異世界で身代わり巫女《みこ》をやらされてます

登場人物紹介
ガリアストラ
自他とも認める絶世の美男子。
ダバダ王国の実業家兼、
ビビアーナ号の船長で
海の荒くれ者を率いている。
新《にい》見《み》瑞《みず》希《き》
ストーカー被害にあっていたOL。
生来のお人好しで、
困っている人を見ると
助けずにはいられない。

ピーケ
パルテニオ共和国の
軍人で
ラフィタの部下。
ラフィタ
ダバダ王国と敵対する
パルテニオ共和国の
軍人。
パウラ
ガリアストラの義妹。
海の女神の巫女だと
言われている。
ハビエル
ビビアーナ号の船員。
生意気な少年だが、
素直で他の船員たちに
可愛がられている。
アメツ
ビビアーナ号の船員で
海神《わだつみ》教の敬《けい》虔《けん》な信者。
海の女神を崇拝していて、
時に過激な行動に……!?

営業事務、新見瑞希《にいみみずき》——そう印字された社員証を首から提《さ》げたまま帰宅したせいで、ストーカーに名前と勤務先が露見した。今更遅いけれど震える手で社員証を服の中に隠し、私は走りすぎて痙攣《けいれん》する太腿《ふともも》の筋肉をさする。

「神様仏様、誰でもいいので、どうか助けてください……っ、お願いします——ゲホッ」

逃げ込んだ夜の林の中、ぽつねんとした小さな祠《ほこら》に身体を押し入れ、荒い息で祈る。

それにしても埃《ほこり》っぽい。音を立てたくないのに咳《せ》き込んでしまった。

少しでも音を潜《ひそ》めようと口を押さえると身体が激しく揺れて、何かにぶつかる。

コオンと高い音がした。

壊してしまったかと慌てて拾い上げたそれは、十五センチぐらいのいびつな形をした木の塊《かたまり》だ。

目をこらすと、顔の形がわかった。一瞬、仏像かと思ったけれど胸に凹凸《おうとつ》がある。

「女神様——？」

呟《つぶや》くのと同時に、林全体を揺すぶるような突風が吹く。私は、目を強く瞑《つむ》って身構えた。

目を開ける前から、何かが恐ろしく変化したことがわかる。

なぜなら、近くに海はないはずなのに、急に濃密な潮の香りが鼻をついたからだった――

ψ ψ ψ

その香りを嗅《か》いだ時、目眩《めまい》のような、眠気のような、くらりとする感覚がした。

直後、すぐ近く――ほとんど耳元で見知らぬ男の声がする。

「ようこそ、俺の船の俺の部屋の俺の戸棚の中へ――こんなところで寝てるなよ」

目を開けると、あまりに明るくて、視界が白く染まっていた。

悲鳴をあげようとするのと同時に、その白い世界からぬっと出てきた手に口を塞《ふさ》がれる。

「少し静かにしてくれるか？」

自分が小さな祠《ほこら》に身体をねじ込んでいたことは覚えてる。でも、これほど狭かった？

十分に身動きが取れない。男の腕を振り払おうともがいても、彼の手はびくともしなかった。

何かにぶつかり、それがガラガラと崩れる音がする。

またものを壊してしまったかもしれないと思い、身体がこわばった。

その反応で私が落ち着いたと思ったのか、男が口から手を離す。

「やめて！　お願い！　やめて!!」

「寝ぼけるな。落ち着いて俺の顔を見てみろ」

男はうんざりした口調だ。言葉の意味がわからず、私は未だに眩《くら》んだままの目を瞬《またた》く。

「俺は男で君は女。だから君が女として危機感を覚えるのも無理はない。と、本来は言えるが、どう見ても君より俺のほうが美人だろうが。襲われると考えるなんて調子に乗りすぎじゃねえか？」

顎《あご》を掴《つか》まれ、無理やり男の顔を見せられた。

ぼんやりとした視界が焦点を結び、男の輪郭《りんかく》がくっきりしてくる。そして、私は息を呑んだ。

「絶世の美男子だろう？」

目の前にいたのは、長く艶《つや》やかな黒髪が似合う美人。けれど女性的なところはなく、男くさい笑みを浮かべている、まごうことなき美丈夫だ。粗野《そや》な感じは少しもない。

優雅な柳眉《りゅうび》に高い鼻梁《びりょう》、薄い唇には、上品な印象が拭《ぬぐ》いがたく存在していた。

ファーで縁取《ふちど》られたロングコートの上からは革の肩帯を斜めにかけ、すらりと長い鍔《つば》のない剣を提《さ》げている。

カトラス――そんな耳慣れない名称が、頭に浮かんだ。銃刀法違反という言葉も。

野生の肉食獣と遭遇してしまった時みたいに、ゆっくりと男の顔を見やると、こちらを覗《のぞ》き込む輝く青い瞳と目があった。

それはまるで波打ち際に立つ者を水底《みなぞこ》に誘う深い海のようで、見ていると不安になる。

確かに彼は、傲慢《ごうまん》な口上も許されるだろうほどに、途方もなく美しい男だった。

今、その口元には歪《ゆが》んだ笑みが浮かび、目には軽蔑《けいべつ》も露《あら》わだ。

「俺のことが好きだからって密航するのはよくねえよなあ？」

「密航？　え、好き!?　な、なんのことだか……あなたが誰だかもわからないし」

「とぼけるな。面倒くせえ」

彼は気怠《けだる》げに黒い前髪をかきあげる。息を呑むほどの色気に、思わず目を逸《そ》らした。

「忘れたってのなら教えてやる。俺の名前はガリアストラ。神官と貴族を両親に持つ女王陛下の覚えもめでたい海の実業家だ。そこらの海賊程度、簡単にいなせる腕もある。顔だけじゃねえ本物の海の男だ。ほら、思い出しただろう？」

思い出すも何も、そもそも知らない。でも彼はきっと有名人なのだろう。

「ほら、告白してみろよ。俺が好きなんだろ？　俺をどう思っているのか聞かせてくれよ、なあ」

彼は嘲笑《ちょうしょう》を浮かべて促《うなが》す。

悪意に満ちたからかいだ。相手の心をずるりと引き出して、ズタズタに引き裂いてやろうと舌なめずりする獣《けもの》の残忍さが滲《にじ》んでいる。

もしも私が本当に彼を好きだったなら、確実に深く傷ついていたと思う。

「あいにくですけど、私はあなたに少しの好意も持っていませんし、今そうであってよかったと思っているところです。それより、ここはどこですか？」

「俺の船――ビビアーナ号の、俺の部屋。さっきも言ったと思うが」

彼は笑みを消して淡々と答えた。

「待って、どこですか？」

「俺の私室兼船長室だ。まったく涙ぐましい努力だ。俺に近づくためにあいつらを出し抜き、船長室にまで忍び込んで……いつから俺をつけ回していたんだか。ったく、気分悪いな」

そこまで聞いて、彼が酷《ひど》く不機嫌な理由を、私はようやく理解し始めた。

「あなたの、部屋？　そもそも、船？　船長室？」

「酒に酔っててここに入り込んだ理由を覚えてないってのは、聞かねえぞ。見張りを置いているからな。弾《はず》みで入れるほど、ビビアーナ号の警備は緩くねえんだよ」

彼は断固とした口調で言う。

私は薄暗い部屋に光を取り入れている窓を見た。力の入らない身体になんとか活を入れて起き上がり、ふらふらと窓辺に寄っていく。

歪《ゆが》んで曇った窓ガラスの向こう側には、どこまでも続く紺碧《こんぺき》の海原《うなばら》が広がっていた。

「海……そんな」

身体がぐらりと揺れる。目眩《めまい》もあるが、地面が、今私のいる場所が、揺れているからだ。

ここは木造の船の一室――そして海のただ中だった。

そのことを認識し、恐る恐る男を振り返る。

「あなたが私を、連れてきたんじゃ――」

「君を？　何のために？　うぬぼれないでくれ。君に欠片《かけら》の興味もない」

仏頂面《ぶっちょうづら》でぴしゃりと言われて、私の顔に血が上る。

「別にその、私自身に興味はなくても、会社とか、お金とかいう理由もあるでしょうし」

「なるほど？　確かに君は金持ちっぽいな。だが俺は金にも困っていない。事業も順調だし、欲しいと口にすれば俺に大金を貢《みつ》ぐ女はいくらでもいる」

ただ事実を指摘する時のような口調で彼は言う。確かにそうだろう、と思わせる説得力が彼にはあった。

「でも私、こんな船に乗った覚えはありません。あなた以外の人の仕業《しわざ》では？」

「俺の仲間はそんな意味のわからねえことしねえよ。どうやってここまで侵入した？　最近、船の出入りには特に注意していたはずなんだぞ。それを、三日間も潜伏していたとは。どんな手妻《てづま》を使ったんだ？」

「三日間？」

「一番最近、停泊した港から出航して三日だ。流石《さすが》に一ヶ月前に停泊した島から乗船していたとは言わねえよな？　ずっと俺の部屋の戸棚に隠れて、こそこそ俺たちを監視してたとか……」

「そんなことしてません！」

「そうであってもらいたいぜ。気色悪いからな」

彼は怒っていた。私が彼を好きなあまり、部屋に忍び込んだと考えているから。

「なあ、君。証明できるか？　君が君自身の意思でここにいたわけじゃねえと」

「……どうやって？」

「知るかよ！　証明できねえなら俺は俺の部屋に突如として現れた君に不快感を示したままでも構わねえよなあ？　君が俺のストーカーじゃねえ保証はどこにもねえんだし」

「私が!?　ストーカーだなんて酷《ひど》い！」

「酷《ひど》いのは君だろう」

二の句が継げなかった。

彼の言う通り、ここが彼の部屋だというのなら、そこに許可も得ず侵入していた私が悪い。

でも、忍び込んだ覚えはないのだ。――ただ、私を追いかけ回していた男の顔は知っている。

そしてそれは、ガリアストラと名乗るこの男ではなかった。私を誘拐する理由がこの人にはない。

「一体君はいつから船に乗っていたんだ？　――事《こと》と次第によっちゃ大変なことになる」

「大変なことって？」

「君がそれを知っていたらアウトだな。だから、それでいい。必死になって知らないふりをしていろよ。ところで、君が自《みずか》らの意思で俺の部屋に侵入したんじゃねえなら、そろそろ謝罪なんかをもらえる頃合いだと思ってもいいかよ？」

ガリアストラは心底嫌そうに、けれど冷静に謝罪を促《うなが》した。

冷や水を浴びせられたような気持ちになる。彼にとって、確かに私は犯人側だ。

私を付け狙っていたあの男が連れてきたの？

もしも、ストーカー扱いされるつらさを私に味わわせようと思ったのなら、効果は抜群だ。

「……ごめん、なさい。そんなつもりは、なかったんですけど」

「君の主張では、君はここに連れてこられただけの被害者なんだからそうだよな」

全く信じていない口ぶりだった。それを責められるはずもない。

私だって、もし私の部屋に隠れていた男が、自分は知らない間にここに連れてこられたんだと主張しても、絶対に信じない。

「それじゃ、君は元いた港に強制送還だ。アルンかい？」

アルン――聞き覚えのない地名だった。

彼の名前を聞いた時から、嫌な予感はしていたのだけれど、一縷《いちる》の望みをかけて尋ねる。

「あの、ここって日本の領海ですよね？」

「ニホンってどこだよ？　ここはダバダ王国とパルテニオ共和国の接続水域だが？」

「……ダバダ？　パルテニオ？」

「次は記憶喪失のふりかい？　そこまでして俺の同情を引きたいか!?」

「ほんとにわからなくて」

じわりと目に涙が浮かぶ。本当に、本当に本当に、わからないのだ。

私は額《ひたい》を押さえて、祠《ほこら》に隠れた後のことを思い出そうとしてみる。

けれどいつ気絶して、ここまでどうやって運ばれたのか、見当もつかなかった。

私の感覚では、祠《ほこら》の中で目を瞑《つむ》り、目を開けたらこの船にいたというふうなのだ。

「泣いてくれるなよ。鬱陶《うっとう》しいからな」

彼が嫌そうに顔を歪《ゆが》めた時、一つしかない扉がノックされた。

「――来客だ。姿を見られないように部屋の奥に隠れていろ」

ガリアストラにしっしと手で追い払われる。

チケットを購入した覚えもない船の上だ。見つからないで済むなら、そのほうがきっといい。

幸い彼に、私をどこかに突き出そうという気はないらしかった。彼の言葉に従い部屋の奥へ行く。

ハンモックに積まれた布団や毛布の陰に隠れられそうだ。

光の差し込まない暗がりに座り込むと、涙が溢れる。意味がわからない。

会社からの帰宅途中、ストーカーから逃げまどっていたのは終業後、つまり夜だ。窓の外の明るさからして数時間は経過している。

そして、元いた場所からかなり離れた場所にいるのは間違いない。だって、家の傍《そば》には川しかなかった。

つまり、誰かが私をここへ連れてきたのだ。――この過程で、その人物が私の身体に触れたのかもしれないと考えると、怖くて気持ち悪くなる。思い出したように震えが起こった。この気持ち悪さをガリアストラという男も感じているのだろう。立場的には奇妙だけれど、気の毒に思った。

「――だから、無理だって言ってんだろ」

ふいにガリアストラが、扉の向こう側にいる人へ不機嫌に言った。何か要求されているらしい。

外にいる人が扉をガタガタと大きく揺さぶる。

「まずは一旦、扉を開けやがれ！　ガリアストラ！」

「君が冷静になったらな！　頭を冷やしてから出直してこい、アメッ！」

外にいる人とガリアストラが怒鳴り合う。

漁師とか、海の男性は気性が荒いイメージがあるから、彼らにとっては普通の会話なのかもしれないけれど、怖い。……そういえば、ガリアストラは漁師という感じじゃなかった。

先程、彼はなんて言っていたっけ？

「……女王陛下の覚えもめでたい、実業家？」

徹頭徹尾わけがわからないまま洟《はな》をすする。

外と内とのやりとりは更にヒートアップしていった。

「ガリアストラァ！　出てこい！」

外の人はどうしても中に入りたいようだ。扉を壊しそうな勢いで叩《たた》き始めた。

ガリアストラが弱ったように首をかきつつ、私の隠れているほうを振り返る。

「……君に俺の義妹《いもうと》のふりをしてもらうか」

「え？」

「実はな、俺は今、とある問題を抱えているんだよ」

状況の割にガリアストラはのんびりとした口調だ。扉を一枚隔《へだ》てた向こうは、物々しい気配が漂《ただよ》っているのに。

「あの、問題って何ですか？」

「もしかしたら港からここに来るまでの三日間の潜伏中に、君も聞き及んでいるかもしれないが」

「聞こえているのか、ガリアストラ！　ミコを出せ！　出せないのなら理由を説明しろ！」

外には複数の人がいて、「ミコ」を出すよう要求していた。

「あの、何もわからないので詳しく教えてください」

扉には内から横木が渡されているものの、外からの衝撃で今にも蝶番《ちょうつがい》が外れそうになっている。

「聞いての通り、あいつらは俺の義理の妹のミコに会いたくて会いたくてたまらないんだ。今すぐこの船から叩《たた》き落《お》とされたくなかったら、俺の義理の妹のふりをしろ。――そういや君の名前は？」

「……瑞希です。新見瑞希。あなたの義妹《いもうと》さんのふりをすればいいんですか？」

「そうだ。やってくれるな、ミズキ？」

ほとんど命令に近いそれに、私は頷《うなず》いた。さほどつらい内容じゃない。

「外の船員たちは、俺がゴルド島で義妹《いもうと》を船に乗せたと勘違いしていて、会わせろって煩《うるさ》いんだ」

ガリアストラの妹さんなら相当な美人に違いないから、会いたくなるのも無理はないかも……いやでも、義理なら似ていないんじゃない？

「私が義妹《いもうと》さんのふりをして会えば、外の人たち落ち着くんですか？」

そう聞くと、ガリアストラは形のいい眉を顰《ひそ》めた。

「ああ。だが、取り返しがつかねえぞ？　いいのか？」

一体何の確認を取られているのかわからない。

ただ彼の義理の妹だという「ミコ」という女性のふりをするだけだ。

彼女が何歳なのかは知らないけれど、話をもちかけてきたのはガリアストラなのだ、義妹《いもうと》を名乗って無理がない程度には年齢差がないか、外の人たちは義妹《いもうと》の顔や年齢を知らないのだろう。

私の容姿が彼らの期待と違っている可能性は大いにあるものの……

「それじゃ、海の女神のミコのふり――頑張れよ？　ミズキ」

海の女神の、ミコ？　もしかしてミコって義妹《いもうと》さんの名前じゃない？

神様に仕える巫女《みこ》さんって意味だった!?

……だからって別に何か問題があるわけでもないよね？

「今開けるから待ってろ！　ドアを叩《たた》くな！　巫女《みこ》が怯《おび》えてるんだっつの！」

連打の音がやむと、ガリアストラはすぐに扉を開けた。

そこに居並んでいた物騒で凶悪な男たちの顔ぶれを見て、心臓が縮み上がる。

「ガリアストラ、そちらの方が巫女《みこ》様か……ご壮健《そうけん》そうでいらっしゃる」

「そりゃあ海の上の海神《わだつみ》の巫女《みこ》だぜ？　五体満足、元気に決まってんだろう」

「だが、頬に涙の痕跡があるように見えるが」

「アメツ、君たちが脅《おど》かすからだよ」

ガリアストラはしれっと言った。

「おれたちはただ巫女《みこ》様にご迷惑をおかけしただけだった、ってことか」

先頭にいた特に顔の恐《こわ》い人——アメツと呼ばれた男が得心した様子で肩を落とす。

彼の身長はおそらく二メートルを超えている。全身を筋肉に鎧《よろ》われた厳《いか》つい男で、眉毛のない三白眼《さんぱくがん》に血の気のない顔をしていた。

道ですれ違いそうになったら、かなり手前から迂回《うかい》したくなるタイプの男だ。

「疑いは晴れたかい？」

「無論だ。悪かったな、ガリアストラ。巫女《みこ》様へは後日改めて謝罪をさせていただきたい」

「キャプテンがアルン港で適当な女を見繕《みつくろ》って巫女《みこ》のふりをさせてるだけじゃねーの？」

長身の男のすぐ後ろに隠れていた小麦色の髪と瞳をした青年が、ひょっこり出てきて言う。

港で見繕《みつくろ》われたわけではないものの、状況として私の境遇を言い当てていた。

しかし、その場にいた人は彼の発言に感銘《かんめい》を受けた様子がない。

アメツという男が溜め息をついて首を横に振る。

「ハビエル、滅多なことを言うなよ。資格もないのに巫女《みこ》のふりをした者は死刑だ。そんなリスクを負う者が早々見つかるはずもない」

耳を疑うような単語が飛び出てきた。私はなんとか反応を堪《こら》える。

「キャプテンが甘い声で迫れば何でも言うこと聞くよーな女、いくらでも見つかると思うけど？」

ハビエルと呼ばれた青年は嫌な目つきで私を見た。十代後半の男の子なのに、かなり荒《すさ》んだ目だ。

ガリアストラとの関係を揶揄《やゆ》するみたいな眼差《まなざ》し。この子も私をストーカーまがいじゃないかと疑っているらしい。

周囲の人にこう思われるくらい、ガリアストラの周辺では女性が引き起こす騒動が多発していたのだろう。

疑われていることはこの際置いておいて、同情してしまった。

私はただの一回で、すっかり神経がすり減っているのに……

「何か証拠があるのか、ハビエル？　そうでなければ巫女《みこ》様に対する侮辱《ぶじょく》だぞ。おまえ、先日の港でも船から降りなかっただろう？　あの時に巫女《みこ》様の部屋を監視していたはずだ。その時、何か証拠を掴《つか》んだのか」

「違うよアメツ。そうじゃないけど……でも！」

「おまえの監視をすり抜けてこの方が船に忍び込んだというのは、無理がありすぎるぞ」

「だけどッ……！」

「おれはおまえの能力を理解しているし、信頼しているからな」

「ッ、そうかよっ！」

アメツさんに褒められて、ハビエルくんは舌打ちしつつ頬を染めた。そして私がそれを見ていたと気づくと、こちらを睨《にら》みつけてそっぽを向く。

アメツさんは改めて私に向き直った。

「巫女《みこ》様、御前を騒がせてしまい大変申し訳ございません」

「僕は認めてねーからな！」

物腰丁寧なアメツさんと、ガンをつけてくるハビエルくん。

二人を先頭に、部屋に押し入ろうとしていた人々は水が引くように去っていった。

最後の一人が扉を閉めてくれてその場が密室に戻ると、かくんと膝が折れる。足に力が入らない。

「……巫女《みこ》のふりをしたら死刑って、何……!?」

「事《こと》が露見すれば死刑になるのを承知の上で、俺のためにここまでしてくれるとはな。君を見直したよ。ただのストーカーじゃねえとな。きちんと港まで送り届けてやる。しかし、俺は本当に罪な男だぜ」

「死刑だなんて知らなかったんですけど!?　どうして説明してくれなかったんですか！」

「ハア？　知らねえわけがねえだろ。常識だぜ」

ガリアストラは怪訝《けげん》そうに眉を顰《ひそ》めた。

「ああ、なるほど。君は記憶を失っているって設定だもんな？　忍び込んだわけでもねえ。気づいたらここにいた被害者で、俺に責められる謂《い》われはないと言いてえんだったな。だから巫女《みこ》のふりをしてはならないという三歳の子どもでも知っている常識ですら、知らねえふりをする」

日本語圏でいつそんな常識が生まれたのだろう？

ぞっとした。

自分が気づかぬうちに死刑に値《あたい》する罪を犯していたことよりも……彼の唇の形が、聞こえる日本語を発する時の形と、食い違っていることに――


「――まあ、君には助けられたんで、君のそのごっこ遊びに付き合ってやろう」

殺到していた船員を追い返せたガリアストラは上機嫌だった。私が知らないと口にした、この世界の常識について、笑顔で説明を始める。

「海の女神に認められた者は巫女《みこ》を名乗る資格を得る。だが、その資格もねえのに巫女《みこ》のふりをした者は、死刑。――世界中どこでも共通認識だと思っていたが、君はどこの国から来た設定なんだい？」

「……異世界です」

私の言葉を全く信じていない彼のその質問に、正直に答えることはそれほど抵抗がなかった。

「なるほど。異世界じゃあ知らねえよなあ」

彼はわざとらしく抑揚《よくよう》をつけて言う。一ミリも信じていないのが窺《うかが》える口調だ。

「私がどこから来たかは、この際どうでもいいです。それより、あの、私、これからどうしたらいいんですか？　無事に船から降りられるんですよね？」

「勿論《もちろん》、君は俺に協力してくれたんだからな。その礼を持たせて適当な港で降ろしてやる。巫女《みこ》のふりをしてもらう以上、一度ダバダのセリシラ港で降りてもらうことになるがな」

「ダバダ王国、ってさっき言っていましたよね。その国の港？」

「そうだが……芸が細かいな」

私が記憶喪失のふりをしていると思っているあなたにとってはそう見えるんでしょうね。

よほどそう口に出してやろうかと思ったけれど、皮肉を言っても仕方ない。

常識的に考えて、勝手に部屋に入る異性は記憶喪失者ではなくストーカーだ。万に一つの可能性で不幸な記憶喪失者でも、それと同時に異世界からの訪問者である可能性はほとんどない。

私がその億分の一の可能性の体現者だってこの場で信じてもらうのは、どう考えても難しかった。

「ダバダ王国の、セリシラ港で降りた後……私はどうすればいいんですか？」

「家までの路銀をやるよ。それでさよならだ。構わねえだろう？」

「……そうなりますよね」

別にガリアストラと一緒にいたいわけではないものの、その後の生活に不安を感じずにはいられない。元の世界に帰る方法なんて、全く思いつかないのだ。

そもそも、こちらへ来た理由がわからない。

ストーカーに追われて、あわや見つかる――そう思った瞬間に、この世界にいた。

「――そういえばこちらへ来る直前、女神様の像に祈ったかも……」

「今度は海の女神に見初《みそ》められた巫女《みこ》のふりをするのかい？」

ガリアストラは私の独り言を聞きとがめると、つまらなそうに打《う》ち棄《す》てた。

「君が巫女《みこ》として女神に与えられた海の宝珠に願ったから、俺の部屋に運ばれてきちまったと？次から次へと口から出任せか。神をも恐《おそ》れねえとは、御見逸《おみそ》れしました。共犯者としては頼もしいね」

「私、そんなこと言っていませんけど。海の宝珠って何ですか？」

「君の知らないふりに付き合うの、いい加減面倒くさくなってきたな」

「……海の宝珠について話を聞かせてください。今、海の宝珠に願うと言いましたよね？」

「ああ？　女神に見初《みそ》められた女は、海の宝珠を与えられ海神《わだつみ》の巫女《みこ》となる。海の宝珠には願いを叶える力がある――と説明してやりゃあ満足なのか？」

「願いを叶える力？」

「まるで初耳といわんばかりだ。演技がうまいのは、俺にとっちゃ助かるよ。セリシラ港までの残る一ヶ月の旅路でも、その演技力を十分に発揮してくれると期待しているぜ」

「海の宝珠ってどうしたら手に入れられますか？」

ガリアストラの言葉は半ば無視して、質問を続ける。

願いを叶える力を持つ宝珠だなんて本当にあるか眉唾《まゆつば》ものだけれど、一番信じられないのが今ここにいる私の存在だ。どんな不思議なことが起きたっておかしくない。

女神像に祈ったらこちらへ来た、ような気がする。

助けてほしいと願ったから、叶えてもらったような気がする。

だからもう一度願ったら——今この時に心の中で願っても叶わないものの、適切な手段で願ったなら、元の世界に帰れるかもしれない。

彼は私の無視にむっと鼻の頭に皺《しわ》を寄せつつ、それでも律儀に答えた。

「神話では、海の宝珠は女神の涙と言われている。それが正しいなら、泣いてもらえりゃ手に入るだろ。もっとも、現実的な話をすれば、女神に信仰を認められた女が巫女《みこ》として認められる時、海の宝珠を証《あかし》として賜《たまわ》る。流れ着いた宝珠を浜で拾ったっていうラッキーな話も聞くがな。闇のマーケットに流れている海の宝珠は、大抵が偶然、海辺とかで拾われたものだ」

「売っているところがあるんですね」

「馬鹿高い値段でな。なんだよ君、海の宝珠が欲しいのか？　俺を惚《ほ》れさせせられますようになんて願っても無駄だぜ？　知っての通り、他者を不幸にする願いは叶わない」

もうガリアストラの言葉はほとんど無視した。

確かに私が悪い。彼の部屋に勝手に入り込んだのは事実だ。それが不可抗力によるものだとしても、事実は揺るがない。だから彼が怒るのは仕方ないこと。

でも、いつまでも謝り続けてはいられないのだ。帰る方法を見つけなくてはならない。

彼にとっても、私は早急に消えたほうが嬉しいだろう。

「夢みたいなことを言ってねえで、そろそろ部屋を出ていってくれ」

「ここを出て、どこへ行けばいいんですか？」

「巫女《みこ》を名乗った君には、この部屋のちょうど真下にある一等客室を使う権利がある。巫女《みこ》の荷物が置いてあるから好きに使え。さあ、俺の部屋からとっとと出ていってくれ」

彼の態度は、ストーカーと同じ空気を吸うのはもう勘弁だと言わんばかりだ。

気持ちがわかるだけに反論はできないものの、気分は最悪で、つい言葉が棘《とげ》を含む。

「海神《わだつみ》の巫女《みこ》っていうのふりをしていること、バレたらあなたの国では死刑なんですよね？　おかげさまで私、すごく大変な状況なんですけど、バレないようにするためのアドバイスとかってないんですか？」

「記憶喪失のふりをやめること」

「だから、私は本当にわからないんですってば！」

私の抗議をガリアストラは黙殺した。

「巫女《みこ》っぽいことをしなきゃならねえ時には、『海の女神の慈悲と恵みがあなたをお守りくださいますように』って唱えておけ。海の女神の慈悲と恵み、ここらへんを状況に応じて使い分けろ」

「わあ、すごい実用的なアドバイスをありがとうございます。概要がさっぱりわからない」

「それと俺に対して敬語をやめろ。俺たちは義理とはいえ兄妹ってことになってるんだからな」

「……ガリアストラお兄ちゃん」

「やめてくれ、気分が悪い」

目眩《めまい》を堪《こら》えるように目頭を押さえ、彼は首を横に振る。

「ガリアストラでいい。義妹《いもうと》の名はパウラ・ラストだ。ミズキ、君の実名は伏せておけよ」

彼が私の名乗った名前を覚えていた上に、口にしてみせたのは意外だった。


「——ふわぁ……っ⁉」

いつものように寝起きに伸びをしたら、ハンモックがひっくり返ってしまった。

「痛！　腰打った……！」

私はぷるぷる震えながら立ち上がり、昨日までのものと違う寝床《ねどこ》を見やる。

低い天井に吊され、宙に浮かんで揺れるのは、どこから見てもハンモックだ。

横たわると身体がお尻から沈み込んで身動きがとれなくなり、寝相が悪いと編み目に絡まりそうになる。

今は波が静かだから御利益《ごりやく》をあまり感じないとはいえ、海のただ中で嵐に遭《あ》った時には、ハンモックじゃないと寝るどころの話じゃなくなるのだろう。

窓の外に見えるのは青い海と白い帆、空を区切るいくつもの縄に帆柱《マスト》。

張り巡らされた縄《シュラウズ》の間を猿のように身軽に飛び回る船員たち——この船は、帆船《はんせん》だ。

「おはよう、異世界……なんてね」

潮の匂いのする薄暗い部屋、縄で壁にくくりつけられた埃《ほこり》を被《かぶ》った大荷物。ここはガリアストラの部屋じゃない。彼の部屋の下の階にある客室だ。

階の最奥にあって一番広く、調度品はどことなく女性らしさがあった。壁際に積まれ、縛りつけられた大量の荷物の中には、女性用の服がたっぷり入っている。

見たところ女性の船員はいないみたいなのに、どうして女性のための物資があるのか不思議だった。

ガリアストラの顔を思い浮かべると、恋人だの愛人だのという単語が浮かんだ。深くは考えまい。

可愛い服というのは異世界でもそれほど変わらないようで、自分で選ぶのなら絶対に着ないデザインのものばかりある。

そのうちの一着、できるだけ地味なデザインの無地の白いワンピースに着替えた。季節は昼か秋か、この服装で快適に過ごせそうだ。

そして、着替え終えた頃、扉がノックされた。

「ガリアストラだ。起きているか？　朝食を持ってきたぜ」

「ありがとうございます」

扉が開き、私はひょいと差し出されたプレートを受け取った。

パンにスープに、レモンがまるごと一個。

レモンがあることにほっとした。海の上では新鮮な果物が生命線だと歴史が証明している。

「新鮮なレモンがあるってことは、最近港に寄ったばかりなんですね」

「君もよく知ってるだろう？　ハビエルの故郷のクレン島で採れたレモンだ。いや、君が乗り込んだのはクレン島の次の島だったか。いや違うか。異世界だったか！」

ガリアストラは自《みずか》らが口にした冗談に、腹を抱えて笑う。感じが悪いものの、頭のおかしいやつと思われるぐらいなら冗談だと思われたほうがましだ。私は開き直ることにした。

「信じてもらえなくてもいいですけど、そういうわけで元の世界に帰るために海の宝珠が欲しいですね。っていうか、あなたもここで食べるんですか？」

「俺の顔を見ながら食う飯はきっと美味《うま》いぜ？」

「むしろ味がわからなくなりそうですね。まあいいですが。何か用があるんでしょう？」

「軽く打ち合わせをしておこうと思ってな」

ガリアストラは肩を竦《すく》めてみせた。

あまり彼に興味があるそぶりをしたくない私は、すぐに目を逸《そ》らす。

ストーカーされることの気持ち悪さは知っている。だから彼が、私に強い嫌悪感を示すのは仕方がない。

それでも、その恐怖を味わったことがあるからこそ、ストーカーと間違われているのは嫌だった。

「……料理、美味《おい》しいですね。……冷蔵庫もないだろうに」

ペースト状のスープは、見た目はともかく、ミンチ状の肉とトマトの味が絶妙だった。

この船での明かりは、ランプやランタンだ。つまり、少なくとも船の中には電気がない。

ということは、冷蔵庫も、ガスコンロもないはずなのに。

「うちの船の飯は美味《うま》いと評判なんだ。素材がいいし、コックの腕がいい」

「へえ〜、いいお婿《むこ》さんになれそうですね」

「コックはアメツだぜ」

「ゲホッゴホッ」

家庭的な男性を想像していたら急にアメツさんの凶悪な顔面を想起させられ、咽《む》せる。

「アメツは君に会いたがっているが、接触を重ねると君が身代わりだと露見する可能性が高まる。会いたくなけりゃ、できるだけ部屋から出ないようにしろよ」

「できるだけ？　出ても構わない、ってことですか？」

「ずっと部屋にいたら息が詰まるだろ？　まあ、強制はしねえよ。出歩くのは、すすめねえがな」

ガリアストラは微笑《ほほえ》みを浮かべていて、一見穏やかに話している。でも、瞳の奥にある感情は、冷えていた。私を信じている、というわけじゃない。

彼が私を強く束縛しないのは、最悪私がどうなってもいいと考えているからだと思う。

「じゃあ、できるだけ部屋にいるようにします」

「そうか。それがいいだろうな」

ガリアストラはもう一度微笑《ほほえ》むと私の頭にポンと手を置いた。……私は思い切りのけぞる。

「なんで逃げるんだい？」

「どうして不思議そうな顔をしてるんですか？　勝手に触らないでください！」

「君にやる気を出してほしいから特別にサービスしてやったんだぜ？」

「ストーカー女だと思っている相手にそういう接触するの、やめたほうがいいですよ……!?　勘違いをエスカレートさせて暴走させること間違いなしですからね!?」

実体験だ。本当にやめたほうがいい。

私がストーカーされることになったきっかけの行為は、ごく一般的な親切の範囲内でしかなかった。それに比べると、頭ポンなんて完全にアウトすぎる。

「だが、俺は頑張ってくれる君に何か報《むく》いたいんだがな。そうだ！　正体が露見せずにダバダ王国のセリシラ港まで辿り着けたら、君のために一晩空《あ》けてやる。そうしよう！」

「一晩空《あ》ける？　どういう意味？　――そういう意味⁉」

いかがわしい提案をされたと気づくのに、数瞬を要した。その後、ぎょっとする。

「たくさん思い出を作ろうな、ミズキ」

ガリアストラはアルカイックスマイルを浮かべている。

男の中には、ひと欠片《かけら》も好意を抱いていない女性を相手にできる人種がいるらしい。

けれど女は、好きでもない相手とは、たとえ美形でも無理、なタイプが多いんじゃないかな⁉

特に私とガリアストラの間にあるような、とんでもない誤解が残っている場合には。

「絶対にいりません！　そして本気で気をつけて⁉　勘違いする女が悪いと言っても、限度ってものがありますからね！」

「敬語はやめろと言っただろう？　俺と君の仲だしよ」

義理の兄妹のふりをしているだけの仲だ。妙な言い方をしないでほしい。

「昨日は驚いて、君に心ない言葉をかけてしまった気がするが、悪かったな」

「な、何ですか、いきなり……」

「君が驚かせるから悪いんだぜ？　こうして見てみると、ミズキ、君は結構可愛いんだな」

ガリアストラが鋭い目尻を緩ませ、魅力的にはにかんでみせる。絶大な威力を持つその表情を前に、私は無表情であるよう努力した。

彼が本心から私の容姿を褒めているだなんて勘違いはしない。

……多分、ガリアストラはストーカーの恋心をコントロールしようとしているのだ。

どうあがいても逃げ場のない船の上で、なぜか彼の義理の妹のふりをすることになった。そんな私が逆上しないように、宥《なだ》めるために、彼は嫌悪感を隠すことにしたんだろう。

そう思うと彼の態度を気味悪がるのも違う気がして、私は力なく溜め息を零《こぼ》す。

「それじゃ今日一日、頑張ろうな。ミズキ」

これから毎朝、そのきらきらしい顔面で応援してくれるのかな……

お互いのために早めにお引き取り願おうと、私は朝食をかきこんだ。


できるだけ部屋にいるようにすると、ガリアストラに宣言してから一週間。

部屋の設備的に、完全に引きこもるのは無理だった。今日も普通に外出のために部屋の扉を開ける。すると、そこにはアメツさんが仁王立《におうだ》ちしていた。

「……失礼しました」

「お待ちください、巫女《みこ》様」

外からドアノブを掴《つか》まれ、半開きのまま扉がびくとも動かなくなる。

「ごめんなさい、今から二度寝の予定ができたので、ごめんなさい。お引き取りください」

「巫女《みこ》様、やはりおれが先走ったばかりに、ご不快にさせてしまったのですね。誠に申し訳ございません」

「いえ、私に謝られても」

謝るならガリアストラに謝ってあげてほしい。

アメツさんは、いもしない義妹《いもうと》さんに会わせろって大騒ぎした軍団のトップだ。

未だにどうしてそんな誤解が生まれたのかがわからない。

わかるのは、海神《わだつみ》の巫女《みこ》という存在がこの世界の人にとって特別なのだろうということくらいだ。

「手短に用件をお伝えいたします」

そう言ってアメツさんは、扉の隙間に足をねじ込んだ。そのまま、その場に膝をつく。

「このたびは、ご迷惑をおかけしてしまい誠に申し訳ございません。お詫《わ》びに、こちらをお持ちしたのです。どうかお受け取りください」

「あの、立ってください」

止めても跪《ひざまず》くのをやめない彼が差し出したのは、ハンドボール大の薄汚い布の塊《かたまり》だ。

とりあえずそれを受け取れば帰ってくれそうなので、手にしたものの、若干臭《くさ》い。

これがお詫《わ》びの品ってどういうこと？

「襤褸《ぼろ》に包んでのお渡しで申し訳ございません。ですが、余人に露見してはならぬと思い、そのような形で保存しておりました」

「何が入っているんですか？」

「開けてください」

言われるがまま包みを開くと、更に野球の球大の包みがあった。それを開くと、ゴルフボール大になる。汚い布のマトリョーシカかな。

「えっと、これは……」

「後もう一枚、開けてください。本来巫女《みこ》様にお返しすべきものですので、こちらをお詫《わ》びとするのは恐縮ではあるのですが、おれはこれ以外に価値のあるものを所持していないのです」

最後のひと包みを開きコロリと出てきたものを見て、私は海だもんねと思った。

それは大粒の真珠らしい。

これなら確かに、お詫《わ》びの品になり得るだろう。

「本来巫女《みこ》様がお持ちになるべきもの、女神の涙、願いの叶う神器——海の宝珠です、巫女《みこ》様」

「えっ、海の宝珠!?」

「——ご覧になればおわかりいただけると思いますが。まさか、見たことがないわけもありませんし」

アメツさんが疑いの目つきを向けてくる。

確かガリアストラが、海の女神によって巫女《みこ》に選ばれると、この宝珠をもらえると言っていた。本物の巫女《みこ》なら宝珠の見た目を知らないはずがないのだ。

「いや、これ自体は見たことあるんですよ、普通に。でも、これは……」

見たことがある、というのは本当だ。私の目には真珠にしか見えないから。

貝が自分の中に入ってきた異物をコーティングしてできる美しい玉。流れる乳に虹がかかったような美しい色彩に、心惹かれないとは言わない。

けれど、欲しければ安月給のＯＬでも買える程度の宝石のはずだ。

それがこの世界では海の宝珠と呼ばれているとは……

そして、どんな願いでも叶えてくれる海の女神の宝だなんてことある？

「巫女《みこ》様、何か気になることがおありですか？」

「その……いや、つまりですね！」

心臓がバクバク音を立てていた。

うまく言わないと、巫女《みこ》じゃないってバレてしまう。そうしたらきっと大変なことになる。

落ち着かないといけない。でも、落ち着けない。

だからその理由を、普通に言えばいいんだと気づいた。

「こんな品を渡されるとは想像もしてなくて……誰でも欲しがるものだし、まさか、本物だとは思えない」

「偽物の宝珠など、存在するのですか？　この輝きを作り出すのは、非常に難しいと思います」

この世界には真珠が存在しないのか、あるいは真珠全てが海の宝珠と呼ばれるのかもしれない。

案外これもただの真珠で、海の宝珠と呼ばれているだけで願いを叶える力なんてないのかも。

そう考えると落ち着いてきたものの、がっかりもした。

私が元の世界に帰るための唯一の手がかりだと思ったのに。

海の宝珠は存在していてもらいたいし、願いを叶えてくれる神器であってほしいけど。

「無償で譲渡されるだなんて信じられません。アメツさんにはこれを使って叶えたい願いはないんですか？」

「おれも欲深い人間ですので、限りなく願いはあります。ですが俗な願望を満たすよりも、海の女神に寵愛《ちょうあい》された巫女《みこ》様にお返しするのが筋というもの」

アメツさんは少し口元を緩めた。その顔はどうしても恐《こわ》い。

でもそれは生まれながらの容貌《ようぼう》であって、彼の申し出は聖人のように無欲なものだった。

「他の者に見られぬように早くしまってください。おれはこれを所持していることをガリアストラにも伝えませんでした。それほど細心の注意を払い所持するべきものです。おわかりでしょうが」

真剣に、警戒に満ちた顔つきで促《うなが》され、ポケットにしまい込んだ。

「……どこぞで巫女《みこ》様にお会いできたなら渡そうと、ずっと思っておりました。ですので、巫女《みこ》様がこの船に乗船されると聞いた時にはやっと時が来たのだと。それなのにお会いできずに時が流れ、おれは我を失ってしまったのです。先日はお騒がせいたしまして誠に申し訳ございません」

「――私が乗船するって誰に聞いたんですか？」

誰かがアメツさんにそんな嘘を吹き込んだらしい。そのせいで、乗ってもいないガリアストラの義妹《いもうと》さんを血眼《ちまなこ》になって探していたというわけか。

「勿論《もちろん》、ガリアストラにです」

「え？　……ガリアストラに？」

「はい」

「えっ、と。ガリアストラは、アメツさんたちに私は船に乗っていないと言っていたはずですよね？」

「は？　——巫女《みこ》様がおれたちのような粗暴な輩《やから》に会わずに済むよう、そう言えとガリアストラに命じておられたのですか？　ですが、乗船時にあれだけ大荷物を船に運ばれていましたし、乗船される時もあなたはコートを頭から被《かぶ》ってはいらしたが、流石《さすが》にあれで隠れていたというのは無理があるかと思います。これが、秋の信託《しんたく》によって巫女《みこ》となられたあなた様に最後の自由を満喫していただくための旅だとは、聞き及んでおります。今後は邪魔だてなどいたしませんので、ご容赦《ようしゃ》ください」

あれ？　ガリアストラとアメツさんの話が噛《か》み合わない。

これ以上話すのは何だかまずい気がして、私は言葉を呑み込んだ。

アメツさんは立ち上がって身を引くと、折り目正しく頭を下げる。

「改めて巫女《みこ》就任、おめでとうございます。その海の宝珠は巫女《みこ》様に捧《ささ》げます。どうか巫女《みこ》様の正義のためにお使いください。女神の信徒として巫女《みこ》様のご裁可に従います」

アメツさん、顔で誤解されるタイプなだけで、すごくいい人なのでは？

部屋を強襲したのだって、ガリアストラが言っていたほど単純な理由ではない可能性が出てきた。

「ガリアストラをあまり信用してはいけませんよ、巫女《みこ》様。なぜあれほど頑《かたく》なにあなたを隠そうとしていたのか、おれにはわかりません。勿論《もちろん》、粗野《そや》な海の男たちに会わせたくないという気持ちはわかりますが……どうもあなたは何かに引っかかっておられるご様子だ」

今まさにガリアストラに嘘をつかれていたかもしれないことに気づいた私は、自然と首肯《しゅこう》していた。

アメツさんも私に頷《うなず》き返すと、宣言していた通りすぐに去っていく。

ひとまず、少し明るいニュースもある。

「この海の宝珠を使えば、私はいつでも元の世界に帰れるかもしれないってこと？」

願えば、叶えられる魔法の玉。もしそれが本当なら、今すぐにでも帰ろうと思えば帰れる。懸念《けねん》があるとすれば、元の世界の場所も時間も寸分違《たが》わぬ状況のまま戻されたら困るってことくらいだ。そうなるとストーカーに追われている状態に戻ってしまう。

「でもこれ、私にってより、ガリアストラの義妹《いもうと》さんに対しての贈り物だし、勝手に使っちゃいけないよね」

ただ、願いを叶える宝珠を使う以外に元の世界に帰る方法なんて思いつかない。

「私、命がけでガリアストラの義妹《いもうと》さんのふりをしているわけで……だったら、ご褒美《ほうび》があってもいいんじゃないかな。ボーナスの内容については交渉すれば……よしっ」

少し大きめの真珠にしか見えない神器を握りしめて、決意した。

勝手に使ったりするつもりはない。ちゃんとガリアストラに説明しよう。

アメツさんからもらったものだと。義妹《いもうと》さん名義で受け取ったものだと。だけど、これが欲しいのだと。ちゃんと説明して、お願いして、譲ってもらう。

きっと誠心誠意話せばわかってもらえる。

異邦人である私にとって、元いた場所に帰るための、唯一の蜘蛛《くも》の糸なのだ。

でも、何もかも正直に説明する前に確認したいことができた。

「アメツさんはガリアストラの義妹《いもうと》さんが帆船《はんせん》に乗ったのを見たって言ってる。でもガリアストラはそもそも乗せてないって……どちらが本当のことを言ってるの？」

私は海の宝珠を握りしめたまま部屋を出た。

「――すみませーん！　皆さん！　ちょっといいですか！」

甲板《かんぱん》で仕事をしている船員たちに呼びかける。

「私がこの船に乗ったところ、見ていた人はいますか？」

後部から上甲板《じょうかんぱん》で働く人たちを見下ろし大声で訊《たず》ねると、彼らは一斉に顔を上げて言った。

「ゴルド島でのことなら、みんな見ていたと思いますぜ、巫女様《みこ》！」

「フード付きのコートを目深《まぶか》に被《かぶ》っていらしたから、お顔は拝見していませんけど！」

「コート越しの体つきを見た限り、もっと凹凸《おうとつ》があると思ったんだがなあ」

「おい、巫女様《みこ》に無礼な口を利くな」

「げえっ、よりによってアメツさんに聞かれるとか、ついてねえ！」

笑いに包まれる甲板《かんぱん》で、私だけは愛想笑いもできない。

船長室を仰《あお》ぐと、ガリアストラが手すりにもたれて私を見下ろしている。彼は、寸毫《すんごう》の動揺も見せずに楽しげに微笑《ほほえ》み私に手を振ってみせた。

その余裕はどこからくるのか。

睨《にら》みつけても、彼の笑顔は揺るがない。

――この船には彼の義理の妹が隠されている。

それを私が知ったことなんて、彼にとっては些末事《さまつじ》らしかった。


しばらくして、ガリアストラが船長室へ引っ込んだ。

私はいつでも使えるように海の宝珠を握り後を追う。文字通り、海の宝珠が私の命を救う生命線になりかねない。

というか、宝珠って願えばすぐに叶えてくれるものなのかな？

女神を呼び出す呪文を要求されたらどうしよう。

冷や汗を流しつつ部屋に入る私とは違い、中にいたガリアストラは落ち着いていた。

「緊張する必要はねえよ、ミズキ。俺は君に危害を加えるつもりはねえからな」

「……そう言うってことは、やっぱり私に何か隠していたんだね、あなたは」

「まあな。だが君は俺と一蓮托生《いちれんたくしょう》の身の上だから、秘密を話しても構わないと思っているぜ。この一週間見たところ、君はそこまで馬鹿ではないようだし」

ガリアストラは目を細めて艶《つや》やかな笑みを浮かべた。

「君は優しい女だから、俺の嘘をきっと許してくれる。だろう？」

甘いマスクで微笑《ほほえ》んでみせる。

私が彼に恋する女性であれば、即行で許しただろう。何を許すかもわからないまま。

でも、許すも何も、私はまだ何もわかっていないし、怒ってもいない。

「何を隠していたのか知らないし、隠している内容がわかるまでは、許すことなんてできないよ」

ガリアストラは机に放られていた黒い革手袋をはめながら目を丸くした。

「意外な反応だ」

「あなたに惚《ほ》れている女の反応ができなくてごめんね」

「そうだな。君はまさか、本当に俺に惚《ほ》れてねえのかよ？　俺に惚《ほ》れてくれているからこそ、どんな状況だろうと俺を許してくれるだろうと安心していたんだが。困ったな」

全然困っているように見えない顔でまた微笑《ほほえ》む。私がガリアストラへの恋心を抑え込んで、やせ我慢しているとでも思っていそうな余裕ぶりだ。

睨《にら》みつけると、彼は更に笑みを深めて私の横を通り過ぎ、部屋の鍵を閉めた。

今この瞬間でさえ、ガリアストラは私を自分に恋するストーカーだと信じているらしい。

「それじゃ、君をこのビビアーナ号の船長である俺しか知らねえ隠し部屋へご案内しよう」

アメツさんは、船に乗ったはずなのに姿の見えない巫女《みこ》を探していた。

巫女《みこ》の姿を求めて船長室を急襲したのだ。それまでに、それ以外の場所は全部調べたに違いない。

それでも見つからなかったのは、見つからない場所に隠されていたせいだ。

「あなたの義妹《いもうと》さん……乗っていたんですね。乗せたと誤解されたなんて嘘はすぐにバレるのに、どうしてそんな嘘をついたんですか？」

「君が巫女《みこ》のふりをした者の末路に怯《おび》えて部屋に閉じこもっていれば、バレやしないはずだったさ」

「ずっと部屋にいるなんて無理だと思いますけど」

「まあ、だから――余計なふるまいをしたら、君を殺すつもりだった」

「なっ」

ガリアストラは部屋の奥、薄紫の紗《しゃ》の裏のハンモックの横にある、戸棚に触れて何かを操作した。するると、カコンと音を立てて戸棚の底板が下に落ち、蝶番《ちょうつがい》でぶら下がる。

「……そこが、隠し部屋の入り口」

「ああ。見つかったらまずい禁制品なんかを運ぶ必要があったら使おうと思って作らせた。この部屋があるのを知るのは他に、陸にいる設計士と大工が数人くらいだな」

急な階段が螺旋《らせん》を描きながら下に向かっているらしいが、真っ暗闇で、明かりはない。

口の中が渇いて、視界がすぼまっていく。

何も言わないほうがいいのは本能的にわかっていた。でも、聞かずにはいられない。

「下の部屋で私を殺すつもりですか？」

「まさか。君にはセリシラ港に着くまでいてもらわねえと困る。君の姿が見えなくなれば、今度こそアメツが俺の部屋で暴れまくって、きっとこの部屋を見つけちまう」

「でも、さっき殺すつもりだったって――」

「アメツや船員たちの前で、あいつらが納得できる形で、だ。そうでなきゃ意味がねえ」

てっきり言い訳とか、弁解するかと思ったのに違った。

「海の上じゃ女神に寵愛《ちょうあい》された巫女《みこ》は病気にならねえ……そんな俗信を利用して、君の病気をでっちあげ偽巫女《にせみこ》であると公表する。俺は義妹《いもうと》が偽巫女《にせみこ》だったと初めて知って悲しむ義兄を演じよう。君が何を言おうと、偽巫女《にせみこ》の虚言《きょげん》であると仲間たちに納得させる自信が俺にはある。そうして騙《だま》された悲しみと怒りに駆られみんなで君を処刑し、あいつらはようやく納得してくれる」

ガリアストラは当人を目の前にして、平然と私の死を予言してのけた。

「巫女《みこ》はもうこの船に乗ってねえってな」

ただ、義妹《いもうと》の不在を証明するためだけに――

「どうかしてる！　関係ない私を巻き込んでまで、どうして義妹《いもうと》さんを隠すの!?」

「見りゃあわかる。ついて来い。もう一度言うが、君を殺すつもりは今はない」

「まるで、人を殺したことがあるみたいな言い方」

「あはは！　殺したことがねえように見えるのか？　俺の美貌《びぼう》は無垢《むく》さまで演出してくれるってのかよ。知らなかったぜ。これは大いなる発見だな」

ガリアストラは笑いながら階段を下りていく。階下から聞こえる笑い声の反響にぞっとした。

「おかしいよ、こんなの……」

この世界の文明や人々の考えはおそらく中世ぐらい。人が人を殺すのに理由などいらない時代なのだ。

人殺しだと認めたガリアストラについていくのは怖い。

けれど、今の私には海の宝珠がある。その気になれば、いつでも逃げ出せるはずだ……多分。

これが本物の神器で、願いを叶えるために特別な手順が必要でないのなら。

「おっ、ついてきてくれたか。足元が暗くて歩きづらいだろう。手を貸そうか？」

「いりません。自分で歩けま――うわっ⁉」

「っと、苔《こけ》があって滑るから気をつけるんだな」

階段から滑り落ちかけた私は、ガリアストラの腕に支えられた。

慌てて離れたものの、彼が笑っている気配は暗闇でも感じられる。それが悔しくて歯がみしてしまった。

「さっさと行きますよ。先に階段を下りて！」

「可愛い姫君の仰《おお》せのままに」

ガリアストラの軽薄な冗談を無視して、階段を慎重に一段ずつ踏みしめて下りていく。

ふいに、異臭がした。

吐き気を催《もよお》す臭《にお》いが、階段の途中から漂《ただよ》い始めている。発生源は明らかに下の部屋だ。

「どうしてこんなところに義妹《いもうと》を置いておけるのか……！　何を笑っているわけ⁉」

「君がなぜそんなに顔を真っ赤にして怒っているのかと思うとおかしくてな。まさか俺の義妹《いもうと》のために怒ってくれているのかい？　知りもしねえ相手だろうに。パウラが巫女《みこ》だからか？　平然とした顔で巫女《みこ》のふりができる君は、信心深い信者ってわけじゃねえだろう」

おそらく彼の義妹《いもうと》は暗くて狭い、悪臭の漂《ただよ》う船室に閉じ込められている。

そんなことをしてなお薄笑いを浮かべている彼を見ていると、目の前が怒りで真っ赤になった。

「私が怒っている理由もわからないなんて……！　女の子がこんな場所に閉じ込められているんだもの、怒る理由には十分でしょ⁉　特別な関係じゃなくたって！　あなたにとっては違うの？　見知らぬ人間だったら、酷《ひど》い目に遭《あ》っていても何も感じない？　あなたの神経ってどうなっているわけ⁉」

「生まれる時に母親の腹の中に大事なものを置いてきちまったに違いねえだろうなあ」

ガリアストラはのんびりと答える。まるで、言われ慣れているみたいだ。

私は、暗闇の中に浮かぶ彼の輪郭《りんかく》を探してその表情を窺《うかが》おうとするのをやめた。

どんな表情をしているかなんて決まっている。いつも通り軽薄な笑みを浮かべているに違いない。

「あなたのことなんて、どうでもいい。義妹《いもうと》さんをここから連れ出せれば、それでいいんだから」

「それは許さねえ」

「アメツさんたちに助けを求めますよ！」

「そうしたら君が偽巫女《にせみこ》だってバレて殺されるな」

「だからって、こんな酷《ひど》い臭《にお》いのする暗くてじめじめした場所に、女の子を置いていけるわけない！」

「……君は、あくまでパウラのためを思い、そう言ってくれているんだよな」

「当然でしょう」

「なら、きっとわかってくれると信じているぜ」

「何を――」

「どうして俺の義妹《いもうと》が外に出ることが叶わないのか。その理由を知ってなお、君の優しさが損なわれねえと信じるしかねえからな、こうなった以上は」

背中をトンと押されて肝が冷えたものの、気づくと階段の一番下まで来ていた。私は底まで辿り着いていて、ふらつくだけで済む。

窮屈な廊下はガリアストラが手にしたランタンの明かりだけで十分に照らし出される。すぐ近くに扉があった。

「ミズキ、この扉を開けて奥に隠された真実を見るといい」

言われなくとも、彼の義妹《いもうと》を助けるためには中に入らないと仕方ない。

私は扉のノブを回して引いた――その瞬間、刺激臭が鼻をつく。吐き気に襲われて、無意識に立ち止まってしまった。そんな私を押しのけて、ガリアストラが中に入る。

私たちの立てた物音に、中の住人もすぐに気づいた。

「――イリス、そこにいるの？」

「忘れちまったのかい、パウラ？　君の侍女は君を置いて逃げちまったんだ。もういない」

「ああ、そうだったわ……そうね、あたし、見捨てられたんだったわね」

掠《かす》れた弱々しい不協和音が微《かす》かに闇の中に響く。

今にも途切れそうなその声からでも、ガリアストラには声の主の感情の機微《きび》がわかるようだ。彼は憐憫《れんびん》の感情を滲《にじ》ませて、その人物に優しく寄り添った。

「可哀想に。裏切り者のことなんて忘れちまえ。君は必ず俺が守ってやるからな」

「うん……ありがとう、お兄様」

そして、黒い革手袋をした手で、ハンモックの上に収まった朽《く》ち木《き》の塊《かたまり》みたいなものを撫《な》でる。

それがガリアストラの義妹《いもうと》だった。

「ガリ、アストラ？　義妹《いもうと》さん、どうして」

問いは、まともな言葉にならない。

悪臭のせいで呼吸が満足にできなかったせいであり、現実を受け止めきれないためでもある。

「……お兄様、誰かいるの？」

「アメッたちが煩《うるさ》くなってるって話はしただろう？　巫女《みこ》である君がこんな状態だと知られたらまずい。だから君のために、君の身代わりをしてくれる女を連れてきたんだ」

「あたしの、身代わり？」

「そうだ。君のために命をかけて巫女《みこ》のふりをしてくれる女で、ミズキという」

ガリアストラが微笑《ほほえ》みを湛《たた》えた顔で私を見て、顎《あご》をしゃくった。

近くに来いという意味だ。けれど、臭《にお》いの大元は明らかに彼女だったので、思わず怯《ひる》む。

「どうしたんだい？　ミズキ」

ガリアストラは顔色一つ変えていない。息も止めず、呼吸も普通にしているように見える。

私はそれを見習いたかった。

普段通り呼吸をしようとし、喉に刺激臭が絡んで咳《せ》き込《こ》んでしまう。

「ゲホッ、ゴホッ、ぅえっ」

「――風邪気味のところ連れてきて悪かったな、ミズキ。君はもう上に戻るかい？」

義妹《いもうと》さんが、自分の身に纏《まと》う臭《にお》いに決して気づかないように、ガリアストラは慎重にふるまっている。

咳《せ》き込《こ》む私をフォローする彼の言葉に涙が出た。

咳《せき》のせいじゃない。自分はなんて馬鹿だったのだろうと思ったから。

「大丈夫、です。――義妹《いもうと》さんに唾を吐きかけたりしませんよ」

ガリアストラは肩を竦《すく》めると、手袋をはめた手で壁に縛りつけられた籐《とう》のスツールを示した。

私は促《うなが》されるままそこに座る。すると、少女の姿がよく見えた。

「巫女《みこ》のふりをするなんて、命知らず」

「そうかな」

「お兄様が好きなのね、そこまでするなんて」

ガリアストラが好きだからこうしているわけじゃない――そう答えるのは、きっと彼女の不安を煽《あお》る。どうして助けてくれるかわからないなんて、きっと怖いに違いない。

だから彼女の勘違いに乗っかることにした。

「うん……あなたのお兄さんのことが好きだから、私は命をかけてあなたを守るね」

すると、彼女が傷だらけの手を、力を振り絞るようにして動かした。

その手を握る。痛まないようにそっと――腐った落ち葉に触れるみたいな不気味な柔らかさを持つ手の感触に、声を殺して泣いた。

「おい、ミズキ――」

ガリアストラが息を呑んで何かを言いさして、やめた。

触るなってことかもしれない。私がパウラちゃんに危害を加えると思ったのかもしれない。私が嘘をついたから、義妹《いもうと》に触れさせたくなかったのかもしれない。

けれど、彼はその先を紡《つむ》がなかった。触れてはいけないわけじゃないのだろう。

私は彼女の手を握り続ける。

事《こと》の発端はただの成り行きだった。成り行きで、巫女《みこ》のふりをすることになっただけだ。

それがこの子を助けることに繋がるのなら、巫女《みこ》のふりをしてよかったと思う。

「ミ、ズキ……ぁの、ね」

彼女――パウラちゃんが喘《あえ》ぐように必死に言葉を紡《つむ》ごうとした。私はその口元に耳を寄せる。

彼女は私にしか聞こえないほど小さな声で、けれど確かな口調で言った。

「お兄様に近づかないで。あんたなんか死んじゃえ」

「え――？」

「きゃあ！　酷《ひど》いわ！」

そして突然、掠《かす》れた声で叫び、どこから振り絞ったのかわからないくらい強い力で私を突き飛ばす。

「お兄様、今この女、あたしに死ねって言ったわ！」

そう言ったのはパウラちゃんのほうだ。

けれど、何が起こったのかわからなくて言葉が出てこない。

パウラちゃんは泣き叫ぶ。彼女の全身を蝕《むしば》む恐ろしい病《やまい》と相まって、その姿はあまりに悲痛だ。

「あたしの手を、握っておいてっ。お兄様に、心優しい女のふりを見せておいて、酷《ひど》いわ！」

「パウラちゃん？　あの、私は何も言ってな――」

「あたしには惨《むご》い言葉を……！　お兄様が好きだからって、酷《ひど》い、酷《ひど》い……っ！」

泣き叫ぶパウラちゃんに言葉を返すと興奮させてしまう。そう思って口を噤《つぐ》んだ。

けれど、それが誤解を助長する。

「君を信用したのは間違いだったのか？　ミズキ」

暗闇で静かに佇《たたず》んでいたガリアストラが、底冷えのする声で言った。私は慌てて弁解する。

「違う、あの、本当に私はそんなことは言っていなくて、むしろ――」

死ねという言葉を口にしたのはパウラちゃんのほう。

けれど、それを病床の彼女の前で詳《つまび》らかにするのは、どう考えても身体によくなさそうだ。

「……悪いが先に上に戻れ、ミズキ」

「うん、わかった」

動揺して泣《な》き噎《むせ》ぶパウラちゃんの前で、これ以上の問答を続けるのは絶対によくない。

私はガリアストラの部屋――船長室に戻る。空気が美味《おい》しくて何度も深呼吸した。

「……混乱、していたのかな？　パウラちゃんは神経が参ってる？　幻聴が聞こえる病気とか――」

中世じみた文明の世界で、船の上でかかる病気。

一つ思い浮かぶ病名がある。あまり詳しいわけじゃないけれど、世界史を囓《かじ》ると聞く病《やまい》だ。

皮膚の異常や幻聴、幻覚などの症状を引き起こす、と本で読んだことがある。

「まさか、壊血病《かいけつびょう》？」

新鮮な野菜や果物に含まれるビタミンＣの欠乏が引き起こす病《やまい》。かつて治療法がわからないために、多くの船乗りを死に至らしめた恐ろしいものだ。

パウラちゃんがかかっているのは、そういう病気なんじゃないだろうか。

その時、階段を軋《きし》ませる足音が近づいてきた。ガリアストラが戻ってきたのだ。

「ガリアストラ！　パウラちゃんは大丈夫？」

部屋に入った彼に訊《たず》ねると、彼は苦笑する。

「俺の前ではパウラを心配してみせてくれるのかい、ミズキ」

「本当に何も言っていないの。それより、海の上で巫女《みこ》は病気にならないって俗信があるから、パウラちゃんは隠されているんだよね？　その病気の名前って――」

壊血病《かいけつびょう》というものじゃないか。

もしかして、この世界ではまだ治療法が確立されていないんじゃない？

私の世界でも柑橘類《かんきつるい》に含まれるビタミンＣがその治療に効果的だと発見されたのは、かなり時代が下ってからだ。だから私は、ガリアストラとパウラちゃんの役に立てるかもしれない。

そう伝えようとしたけれど、ガリアストラは煩《うるさ》そうに私の言葉を遮《さえぎ》った。

「また知らねえふりはやめてくれ。あれが海の女神の呪い以外の何に見えるっていうんだ？　さっさと海水で手を洗え。くだらねえ演技はいい。君まで呪われたら、この旅路は悲惨《ひさん》なものになる」

「呪い？　え？　何？」

「もういい。手を貸せ！」

ガリアストラは乱暴に私の腕を掴《つか》んだ。痛みで声をあげそうになるのを堪《こら》える。

私が義妹《いもうと》のパウラちゃんに暴言を吐いたと思って、彼が憤《いきどお》っているのはわかっていた。

「身体が弱り、過去の傷口が開いて腐っていく。誰でも知っている、海の女神の呪いそのものだ。あれを見りゃあ、誰でもパウラが呪いにかかっているとわかるだろうが、なあ!?」

ガリアストラは怒りも露《あら》わに説明しつつ、私の手を桶《おけ》の水で乱暴に洗う。

「巫女《みこ》なら海の女神の呪いにはかからねえ。かからねえはずのものにかかり症状が進行したパウラは、あの場所から出られねえんだ。だから君に巫女《みこ》のふりをしてもらう。だが、君が巫女《みこ》ではないと露見した暁《あかつき》には見捨てる。全ての罪を君に着せ、船員たちの同情を集めて殺す！　わかったら死ぬ気で巫女《みこ》のふりをしろ！」

ガリアストラに蔑《さげす》むように見下ろされて、私は誤解を解こうと紡《つむ》ぎかけた言葉を呑み込む。

聞きたいことはたくさんあったものの、それも口にしなかった。

何を言っても、今の彼には伝わらないし、響かない。

海水で手を洗わせられているのは、呪いが伝染《うつ》るものだと考えられていて、それを防ぐために効果的だと信じられているからだ。

宗教的おまじないなのか、あるいは水——海水？　で洗浄できるウイルスだと経験的に知られているのか。迷信の可能性が高いと思う。

壊血病《かいけつびょう》にも、土の匂いを嗅《か》ぐと治るなんていう迷信があった。

「俺のことが好きだから命をかけてパウラを守ってくれるっていう言葉に嘘はねえんだよな？」

赤くなるほど乱暴に洗った私の手を解放しつつ、彼は心底私を見下したように言う。

「……パウラちゃんを安心させるためにああ言っただけで、本当にあなたが好きなわけじゃない！　でも、ちゃんと巫女《みこ》のふりはする。パウラちゃんを家に送り届けるために！」

私はストーカーじゃない。パウラちゃんに死ねだなんて言っていない。

ガリアストラは何も信じていない目をして、薄く笑った。

「ああ、頼むぜ？」

私の言葉は伝わらない。悲しいけれど、その非は間違いなく私にあった。

「着替えて帰れ。存外臭《にお》いが移っているからな」

私はこちらに背を向けている彼に謝罪する。

「……ごめんなさい、ガリアストラ」

「何を謝っているんだい？　ミズキ。謝られる覚えがありすぎて、よくわからねえんだが」

「私、何も知らないのに、あなたに酷《ひど》いことを言った」

船に乗っているはずのパウラちゃんを隠そうとしたガリアストラを怪しみ敵視して、悪いことをしているに違いないと決めつけた。

あまつさえパウラちゃんを連れ出そうとさえ考えたのだ。それがパウラちゃんのためになると思ったから。

「――さっさと着替えろ。香水をつけて行けよ」

ガリアストラは私の謝罪に答えなかった。

彼の中の私は、自分の部屋に忍び込んできたストーカーで、言いがかりをつけた上、病気の義妹《いもうと》を傷つける、本当に最悪な人間だ。

「報酬を半分、前払いしてやろうか？　ミズキ」

「何？　家までの交通費のこと？」

一ヶ月かけてダバダ王国のセリシラ港という場所に行き、私は下船させられる。そこから家までの交通費をもらえるという話だった。

「今夜俺の時間をやろう、ミズキ。そうすりゃ君も病床のパウラを更にどん底に突き落とそうって気にならなくなるんじゃねえか？　パウラを無事に送り届けられりゃあ、港でもう半分を支払う」

彼は、私のガリアストラへの好意が暴走してパウラちゃんを傷つけたのだと思っているらしい。だから私の中にあるだろう彼への恋心を、自分の身体でコントロールしようとしているのだ。

着替えながら血の気が引く。

「そんなもの、いらない！」

「それが欲しくてこの船に入り込んだんだろう。君が俺を好きでいてくれている、その気持ちは痛いほど伝わっているってことを、俺も態度で示してやりたいんだよ、ミズキ」

ガリアストラは私がパウラちゃんを二度と傷つけないように、私を懐柔しようとしていた。

パウラちゃんのために、義理とはいえ兄として。

その心根自体は尊敬できる。すごいと思う。

でもその内容は、一切受けつけられない。

「いらない、本当にいらないから！」

ガリアストラは壁に張りつく私を見てきょとんとした顔をした。意外だと言わんばかりだ。

様々な誤解を受けるのは仕方がない。もうそれは諦《あきら》めるけれど、許容できないこともある。

「目的地はここから一ヶ月くらいの場所にある、セリシラ港だったよね？　そこで降ろしてもらって、お別れって話でよかったよね？」

壁伝いにじりじりと下がり、私は逃げ道を探す。彼は必要以上に追っては来なかった。

当然だ。彼は別に私のことが好きじゃない。私が彼を好きなんだと思っているだけだ。

その事実になぜか、心の奥のどこかが痛む。

嫌だ――痛みの理由は知りたくない。

「その日までちゃんとやるから！　私に構わないで！」

「ミズキ！」

ガリアストラの声が追ってきたけれど、無視して部屋を飛び出す。

いくつも酷《ひど》い誤解を受けているとはいえ、今回の誤解は極めつきで最悪だ。

私は船長室を出て階段を下りる。薄暗い部屋に戻る気になれず、上甲板《じょうかんぱん》へふらふらと出ていった。

船縁《ふなべり》にはしっかりとした柵《さく》がある。今は波が穏やかで、端に寄っても問題はなさそうだ。

心臓がばくばくと音を立て、吐きそうで、海に身を乗り出した。

いっそ吐ければ楽になれたかもしれないのに、残念ながら船酔いの気配すらない。

もっとも、いつまでも落ち込んではいられなかった。

「宝珠のことガリアストラに話さなくちゃいけなかった……！」

パウラちゃんのことを知らなかったため、ガリアストラに口封じされそうになったら元の世界に逃げ帰ろうと、ずっと握りしめていたのだ。それをパウラちゃんの手を握る時にポケットに入れて、そのまま忘れていた。

取り出して見ると、海の宝珠は夕日を映して黄金色に輝く。

ガリアストラに再び会うのは気乗りしないものの、流石《さすが》に海の宝珠の件は重要事項だ。何も言わずに隠し持っていたら、今度は盗みの疑いをかけられるかもしれない。

彼の部屋に戻ろうと踵《きびす》を返す。船尾楼《せんびろう》へ向かおうとしたところで、誰かにぶつかった。

「うっ——わあっ!?　え？　落とした！　ちょ、信じられない、嘘、やめて!?」

弾《はず》みで手を開き、気づいた時には、手の中に握りしめていた海の宝珠がなくなっていたのだ。

「うげっ、巫女《みこ》様、アンタなんて格好してんだよっ！」

「そんなことどうでもいいからっ！　大切なもの落としちゃったの。君も探してよね、ハビエルくん！」

私がぶつかってしまったのはハビエルくんだった。泣きそうな私の叫びに、彼はあからさまに嫌そうな顔をする。

「はあ!?　僕のせいにすんなよ！　――キャプテンのシャツにキャプテンの香水の匂い。うえぇ、こんな時間からお盛んかよ」

「何か勘違いしてない!?」

「うるせーなあ。別にいーんじゃないの？　兄妹とはいっても義理なんだから」

「全然よくないからね!?　もうっ！　でも今は置いといて！　本当に大事なものを落としちゃったんだから……なくしたらどうしよう……！」

元の世界に帰るための、おそらく唯一の手段。

無欲なアメツさんからもらえたのは、都合のよすぎる偶然だ。こんな幸運が何度も起こるはずがない。

それ以前にまず、私のものじゃないんだけれど……

「ったく、仕方ねーなあ。何をなくしたってんだよ」

「これぐらいの、小さいビー玉みたいなの」

「ビーダマがわかんねーよ」

そうは言いつつ、ハビエルくんは私と一緒に膝をついて、探してくれた。案外いい子なのかもしれない。

太陽が落ちきったら大変だ。暗い中であんな小さなものを探すのはきっと難しい。

だからといって明日の朝まで放置しておくと、少し波が立つだけで海に落ちちゃうだろうし、奇跡的に残っていても、誰かが拾ってしまう。それが無欲の聖人アメツさんでもない限り、返してくれるとは思えなかった。

誰かを不幸にする願いでなければ叶えてくれる玉。――どんな人だって喉から手が出るほど欲しいはず。

泣きそうになって這《は》いつくばり探し回る。幸運にも、落ちていく西日を反射する黄金の輝きで見つけた。

真珠そのものの見た目をした宝玉は、強く光を照り返し甲板《かんぱん》の板と板の間で輝いている。

「よかった、見つけた……！」

「――海の宝珠」

拾い上げた私の後ろで、ハビエルくんが低い声音で呟《つぶや》いた。

酷《ひど》く情感の籠《こ》もったその声音が何を意味するのかわからず怖くなる。

私は海の宝珠を握りしめた手を胸に抱き、立ち上がった。

「あ、あの……一緒に探してくれて、ありがとうハビエルくん。じゃあ！」

「待てよ、巫女《みこ》様！」

「うっ、痛い！」

「あ、ごめん」

腕を掴《つか》まれて、いとも簡単に足止めされた。

ハビエルくんはすぐに謝って手を離す。でも、屈強な青年の前で私はあまりに弱い。

だからこそ今すぐ逃げ出したかったのだ、けど。

「お願いだよ、巫女様《みこ》。僕の話を聞いて」

ハビエルくんは懇願《こんがん》するように言う。

飄々《ひょうひょう》と憎まれ口を叩《たた》いていた先程までの彼とは大違いだ。必死なその目には、悲しみと絶望の陰りがあった。

それを見過ごすことができず——つい、聞き返す。

「話って、何？」

「ここじゃ話せない。巫女様《みこ》の部屋の下が僕の部屋だから、そこで」

ハビエルくんに腕を掴《つか》まれて、引っぱられるままに歩き出す。

日本でストーカーされるようになった時、様々な人にされた忠告が頭をよぎる。

こうやって無視できずに関わる私が悪いんだ、って。

わかっているのに。ハビエルくんにお願いされたからって彼の部屋に行くなんて、誰もが余計なお節介だって言うのは知っている。

お人好しの自業自得。学習しない大馬鹿者。だから面倒事に巻き込まれる。

同じ失敗を繰り返そうとしている私は、きっと笑われるに違いない。

でも、ハビエルくんの小麦色の目に膜を張る涙を見過ごせなかった。

ここから先、何が起きても自己責任。

何でも起こる可能性がある。どんな恐ろしい事件でも。

そう自分に言い聞かせてみても、彼の手を振り払うことはできなかった。

ハビエルくんの部屋はガリアストラの船長室の下にある私の部屋の、更に下にあった。

今だからわかるけれど、私の部屋もハビエルくんの部屋も、ガリアストラの部屋の真下に位置するはずなのに、船長室よりも狭い。

隠し部屋があるせいだ。おそらく、ハビエルくんの部屋の奥か下の、裏あたりにあるのだと思う。

声が漏れたりしないんだろうか。少なくとも、臭《にお》いは完全に遮断されているようだが。

「扉は閉めて。僕は部屋の奥に座るから、巫女《みこ》様は扉の近くにいていいよ。まあ、それでも僕がその気になれば、逃げようとする巫女《みこ》様なんて簡単に捕まえられるけど」

怯《ひる》んだ私を見て、ハビエルくんが軽く笑って手を振る。

「妙なまねをするつもりはねーよ。ただ、お願いがあるだけだ。その願いが叶わないとしても、僕はアンタに何もしない。ちゃんと帰す」

「そう、それなら――」

「いやいや、自分で言っておいてなんだけど、僕がそう言ったからって納得して安心するのやめてくれる？　もっと警戒しろよ。そんなんじゃ命がいくつあっても足りねーだろ！」

彼は怒ったり呆《あき》れたり、忙しい。その姿に少しほっとする。

この子は、口が悪くても本質的にはいい子なんだろうな、と感じたのだ。

その善良さで私の身を案じてくれているらしい姿は微笑《ほほえ》ましくて、笑ってしまった。

「笑ってる場合じゃねーだろーが……怯《おび》えられないのは好都合だけど、調子くるう」

ハビエルくんは溜め息をつく。先程までの思い詰めた表情が和《やわ》らいで、落ち着いて話ができそうだ。

私が示されたソファに座ると、彼は部屋の奥にある執務机の椅子に腰掛けた。

部屋の内壁には無数の地図――おそらくは海図が貼られている。

「知ってる？　僕が航海士だってこと。船を動かすのが主な仕事。アンタはずっと部屋にいたから知らねーだろうけど。結構な高給取りなんだよ。航海に関する特別な才能があって、キャプテンが僕を買ってくれてるんだよね」

「そうなんだ。すごいね」

「褒めてほしくて言ってんじゃねーからな？」

ハビエルくんは頬を赤らめて不服そうに呟《つぶや》きつつ、壁際に積まれた荷物の一つに近づいた。

鎖《くさり》で厳重に壁際に縫い止められたその木箱は、枠を鉄で補強されている。貴重品箱として使われているのが見てとれた。

ハビエルくんは首にかけていた鍵で鎖《くさり》の錠《じょう》をはずすと、その箱を開ける。

中には金貨を始めとした黄金色の貴重品が詰め込まれていた。

「わ、すごい……金貨がざくざくってこういうのを言うんだね」

「うん。僕の全財産。これを全部あげるから、アンタの持ってる海の宝珠を売ってほしい」

急に本題に入った彼に、私は絶句してしまう。

「贅沢《ぜいたく》しなけりゃ陸で一生暮らせるぐらいはあると思う。ずっと貯蓄していたんでさ」

「でも、待って……その、困る」

「そうだろーね。海の宝珠は女神がアンタを巫女《みこ》と認めた証拠だし、簡単には売れねーだろーよ」

ハビエルくんは、この宝珠が元から私のものだと思っているらしい。

アメツさんは本当に、誰にもこの宝珠の存在を知らせずに隠し持っていたのだろう。彼に懐《なつ》いているハビエルくんが知らないのなら、きっと誰も知らないのだ。

「この宝珠は私にとって、どうしても必要なの。だからお金には換えられない」

だからなんとかガリアストラとパウラちゃんにお願いして、譲ってもらわなくちゃならない。

でも、全財産を投げ出すほどの価値があるものだなんて思っていなかった。

そんな価値のあるものを、ガリアストラたちは私に譲ってくれるだろうか。

元の世界に帰るためとはいえ、つらい思いをしているパウラちゃんから、願いを叶える宝珠を取り上げることができる?

「……あれ？」

そもそも、海の宝珠ってどんな願いなら叶えられて、何なら叶えられないの？

他者を不幸にする願いは叶わない。

ガリアストラには、そう教えられた。

じゃあ、もしかして、病気を治してほしいとお願いしたら叶うんじゃない？

その願いは他者を不幸にする？　海の女神の呪いを解いてほしいと、女神にお願いすることはできないのだろうか――？

「ハビエルくんはどうして海の宝珠がほしいの？」

「……それは、言えない」

「なら、この話はおしまい」

「巫女《みこ》様！　確かに言えねーけど、僕にとって大事なことなんだ！」

ハビエルくんは必死すぎて、怖いほどだ。だけど、私だって平静ではいられなかったので怯《ひる》まずにいられる。

気づいてしまったかもしれない。これまで気づかなかったことに。

でも気づいた以上は、無視なんて到底できない。

「私だって、必死なんだよ。私にとって大事なことなの。ハビエルくんが理由すら言えないなら考えてあげることもできない。私、部屋に帰るね」

「巫女《みこ》のくせに私利私欲で宝珠を使うのか!?　全財産をなげうって助けを求めるやつがいるのに！」

「私だって私利私欲のために使いたかった！　けど、私よりつらい状況にいる人がいるって、気づいちゃった！　その人はどう考えてもハビエルくんよりずっと困ってるし、宝珠の助けを求めてる！」

元の世界に帰りたかった。でも、気づいたのだ。海の宝珠があればパウラちゃんにかかった海の女神の呪いを解けるんじゃないかって。

「ハビエルくんがなんで助けを求めてるかなんて知らないよ！　教えてくれないんだもん！　大体、怒鳴れるくらい元気なら大した願いじゃないんでしょ⁉」

「ッ！　ふざけんな！　何も知らないくせに！　僕より宝珠を必要としているやつなんかいない！」

「とてもそうは思えない！　見えないよ！　言ってくれないとわからない！」

アメツさんは私を海神《わだつみ》の巫女《みこ》だと思ってこの宝珠を託《たく》してくれた。

でも、私は巫女《みこ》なんかじゃないし、パウラちゃんも違うのかもしれない。

だから本来は、アメツさんに宝珠を返すのが筋だという気がする。

けれど、いたいけな病気の女の子を治すことに使うのであれば、許されるんじゃないかと思う。

……いや、許してくれないのかな？

パウラちゃんは巫女《みこ》なのに、海の女神の呪いと呼ばれる『病気』にかかってしまった。

かかるはずのない病《やまい》にかかった彼女を偽巫女《にせみこ》として、アメツさんは許さないのかな。

「やっぱり、今宝珠を一番に必要としているのはハビエルくんじゃないと思う」

「アンタだって言うのかよ⁉」

「私でもない……私だと思っていたけど、違った……」

私の願いは叶わない。

元の世界に帰れると思った。そのために、頑張ってガリアストラを説得するつもりだった。

けれど、パウラちゃんの存在を知ってしまったのだ。

私は弱い。だからこそ、彼女を見捨てられない。もう自分のためには願えない。

「――どこのどいつだよ！　クソッ、金が必要ならかき集める、だから！」

「お金の問題じゃないの。……私はその人から少しもお金をもらうつもりはない」

あの病気にかかった人は、触れることさえ厭《いと》うほどに周囲の人間から疎《うと》まれるらしい。義理の兄であるガリアストラにさえ手袋越しでの接触しかされなかったあの女の子から、これ以上何かを奪うつもりはなかった。

「希望を見つけたと思ったのに……！　ああ、でも、わかったよ。無理強《むりじ》いはしねーよ！　だけどな、僕がアンタに交渉したこと、他のやつらには言うなよ！」

「海の宝珠を欲しがったって知られたくないの？　どうして？」

「海の宝珠がなきゃ叶わないような願いを抱えてるって知られたくねーんだよ。船乗りってのは常に虚勢を張っていなきゃならねーんだ。余裕ぶってなきゃいけねーんだよ。特にアメツにだけは絶対に言うなよ！」

「うん、わかった。約束する」

ハビエルくんがどんな願いを抱えているのかはわからない。

みんなで知恵を出せば助けられるかもしれないが、今、ハビエルくんのお願いを断った私が彼に対してできる唯一の親切が沈黙だというのなら、誰にも言わずに私の胸に秘めておこう。

「本当にごめんね、ハビエルくん」

「もういい。用は済んだんだ、いつまでもそんな格好で僕の部屋にいないで、さっさと――」

ハビエルくんがそう言いさした時、外で怒号が上がった。

「停船しろ!!　今ここでだ！　早く船を止めろ！」

それはガリアストラの声だった。彼は繰り返し停船命令を発している。

ゆっくりと船は減速し、平衡感覚が少しくるう。外がにわかに物々しくなっていった。

「もう停泊の時間？」

「まだ停泊には早い。何かあったみてーだから、巫女《みこ》様はまっすぐ部屋に戻って閉じこもっていて」

ハビエルくんが部屋を飛び出す。取り残された私も、すぐに部屋を出た。

言われた通り自分の部屋に戻ったものの、着替えて、結局ガリアストラに話しそびれている宝珠をハンモックにかけたスーツのポケットにしまってから再び外に出た。

船員たちは揺れる船の帆桁《ヤード》の上を平均台でも渡るかのように器用に歩き、索具《さくぐ》を巻き取り畳んだ帆をくくりつけている。また別の船員たちは甲板《かんぱん》の上と下で声を合わせ、錨綱《いかりづな》を慎重に緩めて錨《いかり》を海底に下ろしていた。

それぞれ自分たちの仕事を終えると、みんな西を見やる。

初め、私には何が起きているのかわからなかった。

未だ燃えるように赤々とした西日は眩《まぶ》しいけれど――太陽が水平線に吸い込まれて輝きを失い、ようやく、何が起きているのかに気づく。

「船が、燃えてる……？」

水平線に、太陽と同じ色の炎をあげて燃え盛る船がある。失火があったのか、木造船は足元の海水の影響をものともせず、もうもうと黒煙をあげていた。

「――どうしたもんかな、アメツ？　俺の明晰《めいせき》な頭脳は警鐘を鳴らしているわけだが」

「迂回《うかい》が無難だろう。避けていくべきだ」

ガリアストラとアメツさんの会話が聞こえて、私は耳を疑った。

あの燃える船は無人ということ？　それを判断できる要素があるのに、私が気づいていないだけ？

「待ってよ二人とも！　あれ、漁船だよ。放っておいたら誰も助けに来ない。このあたりは僕たちぐらいしか通らねーよ！」

ハビエルくんが声をあげる。やはり、あそこには助けを求めている人がいるんだ。

それなのにどうして助けに行かないなんて選択肢を挙げるの？

「だが、リスクがある。おれたちだけならともかく、この船には巫女《みこ》様が乗っているんだぞ」

「でもアメツ、あんな小さな船の水夫にだって、帰りを待ってる家族がいるんだ……！」

「おれたちにも巫女《みこ》様を無事に送り届ける義務がある」

「でもっ……うぅん。なんでもない。……アメツがそう言うのなら、僕はそれに従うよ」

ハビエルくんは握りしめた拳《こぶし》を震わせながら諦《あきら》めるように項垂《うなだ》れる。

私は彼の背中に手を置いてアメツさんを見上げた。

「どうして私が乗っていると助けに行けないんですか？　私もハビエルくんの意見に賛成です。助けを求める人がいるのなら、行くべきだと思います！」

アメツさんが目を丸くして私を見る。どうしてそんな意外そうな顔をするのだろう。困っている人がいたら助けるのは当たり前なはずなのに。

――余計なお節介だと、この世界でも言われるのか。

「ハビエルと巫女《みこ》は助けに行くべきって考えか。二対一だな。アメツの意見は変わらないかい？」

「……巫女《みこ》様がおっしゃるのであれば、救助に行くべきだと考える」

「アメツ、君ってマジで主体性がねえよな。他のやつらはどうだ？」

ガリアストラに投げかけられた問いに、船員たちが肩を竦《すく》めてハビエルくんを見る。みんな温かい笑みを浮かべていた。

彼らの表情を見て、ハビエルくんが頬を紅潮《こうちょう》させる。

「キャプテン？　アメツ？　みんな……それじゃあ！」

「おうハビエル。漁船の船員たちを助けに行ってやろうぜ。そうと決まれば準備万端で行くぞ。一応戦闘準備は整えておけ。巫女旗《みこき》をあげろ。余計なトラブルにならねえように」

ガリアストラが次々に指示を飛ばす。アメツさんもそれを補うように動き出した。ハビエルくんも仕事に取りかかるべく飛び出そうとして、立ち止まって振り向く。

「巫女《みこ》様……口添えどーも」

「それってありがとうのつもり？」

「ありがとって言ってほしけりゃ言ってやるよ！　ありがとう!!」

頬を赤く染めて言うのをからかうと、彼は真っ赤になった。足を踏みならして去っていくのが可愛くて、笑ってしまう。

彼に海の宝珠はあげられない。けれど、彼の望みがいつかきっと叶いますようにと、願うことはできた。


「君も準備が必要だな」

ふいにガリアストラに声をかけられて、私は肩を跳ねあげる。

「巫女装束《みこしょうぞく》に着替えてこい。右奥の荷物の中に長櫃《ながびつ》がある。その中にあるはずだ」

「巫女装束《みこしょうぞく》に？　どうして？」

「……こいつは海の男の常識か。本物の巫女《みこ》の乗った船を海上で襲う馬鹿はいねえからだ」

私が本物の巫女《みこ》アピールすることで避けられるトラブルがあるならば素直に従う。

部屋に戻ると、ガリアストラの言う長櫃《ながびつ》はすぐに見つかった。

虹の光沢を持つ貝殻で花の形に象眼《ぞうがん》された螺鈿《らでん》の長櫃《ながびつ》だ。見るからに高級で、荷物の中で異彩を放っているため気になっていたのだ。

蓋《ふた》を開けると、おそらくは着る順番に、衣装が几帳面《きちょうめん》に入れられている。

「パウラちゃんの巫女装束《みこしょうぞく》か……入るかな？」

まず、一番上にあった濃い群青色《ぐんじょういろ》の刺繍《ししゅう》のある襟《えり》ぐりの大きくあいたワンピースを頭からかぶった。胸元がタイトなデザインで伸縮性がなかったにもかかわらず、なぜか着られる。

おそらく本来の持ち主より上背があっても胸のサイズが小さいおかげだ。少し複雑な気分になる。

更に、レースでふちどりされた、浅瀬の海に似たエメラルドグリーンの上着に袖を通す。袖には切れ込みがあり乳白色の貝殻のボタンで留められていて、内側の群青色《ぐんじょういろ》の刺繍《ししゅう》のワンピースと淡い夕焼けのようなオレンジ色の裏地が覗《のぞ》いていた。

「うわっ、背中のリボンに手が届かない……！」

身体のサイズに合わせて、背中側にある透き通った氷のような淡いブルーのリボンを絞るらしい。凝《こ》り固《かた》まった社会人の身体で必死に背中へ手を伸ばしていると、扉の蝶番《ちょうつがい》が軋《きし》む音がした。

「着替え中なんですけど⁉　ガリアストラ？　なんで普通に入ってくるの⁉」

「リボンに手こずってんだろう？　後ろを向け」

「ああ、服の構造を知ってるから、それでってこと……」

だからってノックもせずに入るのはどうかと思う。けれど彼の表情を見て、文句を言う気が失せた。

彼は険《けわ》しい表情を浮かべている。私に対するものではないようで、その眼差《まなざ》しは遠い。

ハビエルくんが望み、私が支持した救助の提案は、彼にそんな表情をさせるほどリスクがあるみたいだ。

「昔、しょっちゅう着たんでな、よく知ってるんだよ。人手を借りないと着られねえ衣装だよな」

「よく着た？　似たような服をって話？」

「いいや。巫女装束《みこしょうぞく》を、って話だ。今はともあれ、幼少期の俺はただの絶世の美少女だったからな」

可愛い息子に女物の服を着せたいお母さんだったのかもしれない。

ガリアストラが慣れた手つきで背中のリボンをフックにかけ、編み上げていくのを気配で感じる。時折背中に無骨な男らしい指先が触れるのが、とても居心地が悪かった。

「ガリアストラ。知らないふりなんかじゃないから教えてほしい。みんな随分と警戒しているみたいだけれど、救助するだけなのにどうしてこんなにピリピリしているの？」

「流石《さすが》にこの状況で妙なプレイをお望みだとは、疑ってねえよ。これはな、罠を警戒しているせいだな」

「罠？　何が罠なの？」

「救助のために近づいてきた船を襲おうと、岩礁《がんしょう》に何者かが隠れているかもしれねえ。それがパルテニオの輩《やから》だと少しまずいことになる」

「パルテニオって、確か接続水域の……今向かっているのとは反対側の国だよね？」

「ああ。海の向こうにいる、ダバダ王国の敵だよ。来い」

ガリアストラは少しうんざりしたように話を打ち切ると、部屋から出ていく。背中のリボンはちゃんと結ばれていた。

「ガリアストラたちはダバダ王国の人で、パルテニオ共和国は敵なんだ……」

鬱陶《うっとう》しげではあったものの教えてくれたことにも、感謝すべきなんだろう。

貝殻と珊瑚《さんご》のビーズが編み込まれたサンダルを履き、私は彼を追って部屋を出る。

メインマストの頂点に新しく掲げ《かか》られた巫女旗《みこき》と呼ばれるらしい旗は、私のドレスの刺繍《ししゅう》と同じ深い群青色《ぐんじょういろ》に染め抜かれた一枚布だった。

ビビアーナ号の船員は、みんなカトラスを肩帯より抜刀し、炎上する船に近づいていく。

「岩礁《がんしょう》にも、誰もいない……？」

「総員戦闘態勢を取れっ！」

ガリアストラが咆吼《ほうこう》し、甲板《かんぱん》の上を緊張が走る——次の瞬間、岩礁《がんしょう》の陰から哄笑《こうしょう》があがった。

「アハハハハ！　キミ、ガリアストラじゃないか！　キミともあろうものが、のこのこ罠にはまりにくるだなんてどういう風の吹き回しなんだい？」

ひらりと身軽な動きで、岩礁《がんしょう》の頂点に男が現れる。

若い男だった。まだ二十代の前半くらいだと思う。特徴的なのは、顔の右側に巻かれた包帯だ。怪我をしているのかもしれない。他の露出した肌は滑《なめ》らかな褐色《かっしょく》だ。その浅黒い肌とは対照的な白い軍服を身にまとっている。軍服には金の装飾が施《ほどこ》され、手には黒い革手袋をしていた。

さらさらの金髪が潮風になびき、夕日を浴びて炎のように輝く。彼は金の瞳を和《なご》ませて、品のある薄い口元に穏やかな笑みを浮かべているのに、その表情が状況にそぐわなくて、背筋が薄ら寒くなる。

彼は罠だと言った。つまり、ガリアストラとアメッさんの疑念は正しかったのだ。

ハビエルくんをこっそり窺《うかが》うと青ざめて俯《うつむ》いていた。その肩をアメッさんが軽く叩《たた》く。

剣呑《けんのん》な空気が満ちていく船の上で、ガリアストラは余裕の感じられる態度だ。

「巫女《みこ》が憐《あわ》れみ深くも人命を救助したいとお望みだったからな」

そう言いつつ、私を見やる。

思わず目を逸《そ》らしたものの、前に出ろという意味だとすぐに気づき慌てて出た。

自然、岩礁《がんしょう》の上に立つ男の視線が私に落ちる。風が男の金の前髪を靡《なび》かせるのに、その顔は見えなかった。

夕日が逆光になり、男の顔が陰になっているのだ。金色の目の鋭さだけが浮かびあがり、不気味だった。

「嫌な予感はしたが、まさか君がいるとは思わなかったぜ、ニコラウ」

笑う男とガリアストラは旧知の仲らしい。

それでも、誰も抜いた剣を収めようとはしなかった。仲良しというわけではないのだ。

波が高くなり、私たちのいる船が揺れるのと同時に、岩陰から巨大な黒い船がぬるりと姿を現す。

「パルテニオ共和国最高の船と名高いファンタズマプレート号じゃねえか。噂《うわさ》には聞いているぜ」

「ただでかいだけの鈍足の箱でしかない。だから、君たちが逃げに徹《てっ》すれば追いつくのは無理だったんだけれど、こうしてボクに会いに来てくれた以上は、お相手してもらうか」

男は革手袋をはめた手でカトラスを抜き放つ。

パルテニオ、と彼は言った。その単語はガリアストラが先程口にしていたものだ。

「……敵国の人！」

「何その言い方。キミ、面白いね」

ニコラウが私を見て笑う。馬鹿にするような嫌味な笑い方だ。

「ボクはパルテニオ共和国の海軍大佐、ラフィタ・フォン・ニコラウだよ。昔、帝国だった頃に存在した貴族の末裔《まつえい》で、フォンという敬称はその名残《なごり》だとか。巫女《みこ》様、状況は理解できてるかい？」

呆《あき》れた顔で見られ、私はこの事態がどういうことなのか把握した。

私たちが飛んで火に入る夏の虫なんだってことを、痛いほどに。

「――そちらにおわすのはやっぱり巫女《みこ》様だよね。巫女旗《みこき》はフェイクじゃなかったのか。火矢を用意しているんだけれどなあ。船ごと燃やすのは、一応まずいよね」

ニコラウの顔は笑っているのに、金目の奥には冷たい光が宿っていた。

この船に乗って一週間。ほとんど部屋の外には出なかったとはいえ、籠《こ》もりっぱなしだったわけではない。一応用がある時は、最短距離での往復くらいはしていたのだ。

その中で、船員たちは私を丁重《ていちょう》に扱ってくれた。

それは私が巫女《みこ》を名乗り、パウラちゃんの身代わりをしていたからだ。

ところが、私を巫女《みこ》だと認識していてもなお、ニコラウの瞳から冷酷な輝きが消えることはない。

「困ったなあ。うちにも海神教《わだつみ》の信者は多いんだよ。自分の目で見たこともないものを信じるなといつも言っているんだけれど、流石《さすが》に巫女《みこ》を襲うのは躊躇《ちゅうちょ》するだろうね」

海神教《わだつみ》――それが、この世界で信じられている宗教の名前なのだろう。

「貴様！　海の女神を愚弄《ぐろう》するのか⁉」

「キミはダバダ王国の狂信者かい？　いい目をしているね」

アメツさんの歯を剝《む》いた凶悪な顔を見ても、ニコラウは穏やかに笑ってみせた。

「ねえ、狂信者くん。神殿に認められた巫女《みこ》が真の巫女《みこ》とは限らないと考えたことはないかい？」

「……何が言いたい？」

「アメツ、まともに聞くのはよせ。そいつは戯言《ざれごと》を弄《ろう》する男だ」

ガリアストラの言葉に、ニコラウは世にも楽しそうに笑み崩れる。

「酷《ひど》いなあ、ガリアストラは。ボクはただ懸念《けねん》を口にしているだけだよ？　以前、ボクの国で巫《み》女《こ》を名乗る女はほとんど、金で神殿から地位を買った貴族や豪商の娘たちだった。箔《はく》づけのためにね」

「噂《うわさ》に違《たが》わず腐っているんだな、パルテニオ共和国というのは……！」

「他人事だね？　アメツくんと言ったっけ。キミの国だって、上層部の腐敗具合は大して変わらないと思うよ。むしろうちより酷《ひど》いんじゃないかなあ。表面上は綺麗に糊塗《とそう》されている分、よっぽどね」

「確かに金で巫女《みこ》の地位を買う愚かな偽巫女《にせみこ》はダバダ王国にも存在するだろう。いや、していたのを俺は知っている。金で宝珠を買い、あたかも本物のようにふるまっていた者がいたことを。だが、こちらの巫女《みこ》様は違う！」

「ふうん、根拠でもあるのかな？　巫女《みこ》なんて、名乗ってしまえば、ましてや宝珠まで用意されては、誰にも区別はつけられないだろう」

「もしも偽巫女《にせみこ》であれば、おれが必ず始末する。だからその証拠を掴《つか》むまでは、この方は本物だ」

アメツさんの言葉に思わず、生唾を呑んでしまった。

ガリアストラにも、そうなるだろうと言われている。

パウラちゃんが空気の悪い穴蔵で息を殺して隠れていなくてはならないのも、アメツさんたち女神の信者の刃《やいば》から逃《のが》れるためだ。

聞いていたはずなのに、理解していなかった。今になって、信じられないほど怖い。

身体が震えそうになる。けれど、動揺しているのを悟られてはいけない。

「アハハハ！　何だいそれ？　面白いね、うん！　面白い！」

ニコラウは心底愉《たの》しげに笑っている。どうして笑えるのかさっぱりわからない。

「おれは真の信仰を見つけるためにこの船に乗っている。ガリアストラはそれを知っているのだ。偽巫女《にせみこ》など乗せるはずがない。もしも露見した時、おれがどんな行動をとるかなんて知り尽くしているはずだからな」

「それにしてはキミの後ろにいる巫女《みこ》が怯《おび》えているね？」

ニコラウに水を向けられて血の気が引いた。

アメツさんが振り返り、私を見やる。目を逸《そ》らすわけにはいかなかった。

偽巫女《にせみこ》だと露見してはいけない。でも、怖いものは怖い。

私を殺そうとしている人と、向き合わなくてはいけないなんて――！

「ちょっとアメツ。アンタ顔が恐《こわ》いんだから、ガン見するのはやめてやれよ」

足から力が抜けそうだと思った瞬間、ハビエルくんが私の前に出て視線を遮《さえぎ》ってくれた。

「巫女《みこ》様といったって女の子には違いねーんだ。何もなくてもアンタの顔見たら怯《おび》えるって」

「おれの顔、そんなに恐《こわ》いか？」

「アメツの部屋って鏡ないの？」

「船長権限で支給してやろうか、アメツ？」

「……いらん」

ハビエルくんとガリアストラに畳みかけられて、アメツさんは苦い顔で視線を逸《そ》らす。詰めていた息をそろそろと吐きつつ、私はハビエルくんの背中に呟《つぶや》いた。

「ありがとう、ハビエルくん」

「別に、大したことしてねーよ。っていうかごめん。僕が救助したいなんて言ったせいで、あんな野郎と遭遇する羽目になっちまった」

「ううん。ハビエルくんが助けに行きたいって言った時、私だって賛成したし……嬉しかったよ」

「巫女《みこ》様が嬉しい？　なんで？　関係ねーのに」

「だって、困っている人を助けるのはあたりまえのことだもの。――私、そう信じているから。一緒の気持ちの人がいて、ハビエルくんがそう思ってくれて、嬉しかったの」

みんな、余計なことはしないほうがいいと言う。見捨てたほうが、関わらないほうがいいと言うのだ。

そして万が一何かが起きたとしたら、それは私が悪いのだと、自業自得だと罵《のの し》る。

だからハビエルくんという仲間を見つけたようで、とても安心した。

「ハビエルくん、これからどうなるのかな……？」

ニコラウの部下とガリアストラたちは、お互いに抜き身の剣を持って対峙している。

一触即発の雰囲気が漂《ただよ》っていた。

明らかにあちらの船は二倍ほど巨大で人員も多く、戦って勝てるとは思えない。

「巫女《みこ》様がいるんで、戦闘にはならないと思う」

「私がいるから？」

「海の上で巫女《みこ》様に攻撃するとか、女神に喧嘩《けんか》を売るみたいなもんだ。頭がまともなら、やんねーよ」

私の存在が抑止力になっているらしい。

でも、本当に攻撃するつもりはないのかな？　ニコラウというあの男の目は、尋常じゃない。

その時、膠着《こうちゃく》した状況を揺らすように、ガリアストラが口を開いた。

「ニコラウ、大体君はこんなところで何をしている？」

「実は本国からの補給が滞《とどこお》っていてね。積み荷を譲ってくれる人を募集しているんだ」

「いつもの君ならダバダの港を襲って補給するだろうに……別にやれって言ってるわけじゃねえからな？」

譲る、募集、とは言っているけれど、罠にかかった船の積み荷を奪うという意味に違いない。

ガリアストラの疑問を受けてニコラウは笑みを深めた。

「今は何が起きても増援が期待できなくて、敵国に深く踏み入るのはちょっと勇気がいるんだよね。

勿論《もちろん》抜き差しならなくなったら、そうするけど」

悪びれることなく笑いながら頭に巻いた包帯に手をかけ、するすると解いていく。

緩く巻かれていた包帯がはらりと首に落ち、隠されていた彼の顔の右半分が露《あら》わになった。

頬にはみみず腫《ば》れらしい傷痕《きずあと》が蜘蛛《くも》の巣みたいに張り巡らされ、端整だったろう彼の顔を穢《けが》している。毒のあるタコが張りついて爛《ただ》れたようなその痕《あと》は、グロテスクだ。

火傷《やけど》なのか、毒虫に刺されたのか、何が原因でそういう形の傷ができたのか想像がつかなかったけれど、とても衝撃的な光景だった。

「海の女神の呪い……！」

アメツさんが食いしばった歯の間から絞り出すように言う。私は、虚《きょ》をつかれた。

海の女神の呪いを壊血病《かいけつびょう》だと考えていたため、ニコラウの顔の傷痕《きずあと》が呪いだとは思わなかったのだ。

壊血病《かいけつびょう》の患者の傷口を見たことがあるわけじゃないものの、彼の傷はイメージと違う。

けれどニコラウはアメツさんの押し殺した言葉に頷《うなず》いてみせた。

「そう、傷口も膿《う》んできちゃってさ。困るよね。これのせいで、上が補給を渋っていてさあ。僕は国のために精一杯忠勤を尽くしてきたっていうのに、酷《ひど》い話だよ」

「海の女神に呪われた者に対する罰としては軽すぎる。死刑が妥当だ」

「キミたちの国だとそうなるよね。ボク、ダバダ王国に生まれなくてホントによかった」

右顔面が爛《ただ》れる恐ろしい病《やまい》を抱えた人相手に、アメツさんは憎悪を隠しもしない。

パウラちゃんの姿を見ても、彼が憐《あわ》れを催《もよお》すことはきっとないのだろうと思い知った。他の船員たちの様子を盗み見ても、期待できない。

ガリアストラだけが普段とほぼ変わらない様子で肩を竦《すく》めてみせた。

「流石《さすが》にこんな商船で君とぶち当たるのは勘弁してほしかったぜ、ニコラウ。いくら俺が優秀な艦長とはいえ、武力が違いすぎる。今度別の戦場でお互いに兵力を揃え、改めて戦おうって話にはならねえか？　君だって巫女《みこ》を護送中の俺なんかと戦ったってつまらねえだろう」

「ふうん？　そうだね。キミの言葉にも一理あるね、ガリアストラ。確かにつまらない。それに何より巫女《みこ》の乗っている船を攻撃するのは、うちの船員たちも快《こころよ》く思わないだろう。ボクも呪われちゃっていることだし、これ以上酷《ひど》くなっても困る」

ニコラウは勿体《もったい》ぶるように間延びした口調で言う。ピリピリとした空気が肌を焼いた。

私たちをおびき寄せるための罠である船を燃やす炎は、遂にマストの先端にまで上がり旗を覆《おお》う。

「それじゃ、提案だ。巫女《みこ》様が呪われたボクの身体に触れてくれるっていうのなら、キミたちを見《み》逃《のが》してあげてもいいよ。でも、触れられないなら、偽巫女《にせみこ》だから全員殺す」

「勝手なことを言いやがる！」

ガリアストラが激昂《げきこう》した。それをニコラウは飄々《ひょうひょう》と肩を竦《すく》めて受け流す。

「本物の巫女《みこ》なら海の女神に呪われない。巫女《みこ》はボクの呪いを恐《おそ》れる必要ないよね？」

「海の女神の呪いは怖くなくとも、君こそが信用できねえって言ってんだ！」

「ああ、なるほど。それじゃボクからは巫女《みこ》に決して触れないって誓うよ。ボクの目的は巫女《みこ》に触れてもらい呪いの解呪を祈願してもらうことだけだからね」

ニコラウの言葉を受けて、後ろに控えている軍服姿の男たちが抜刀し戦闘態勢に入る。ガリアストラたちも、応えるように応戦態勢をとった。

どうして？　ニコラウは、触れれば見逃《みのが》すと言っているのに。

一つ間違えれば今すぐにでも戦闘の火蓋《ひぶた》が切って落とされかねない——私は慌てて、ほとんど何も考えずに口を開いていた。

「あの、待ってください、ニコラウさん」

「なんだい巫女《みこ》様？　やはり呪われた男に触れるなんて悍《おぞ》ましい行為はできないって言うんだろう。だから雌雄《しゆう》を決するために、ここでたっぷりやり合おうね」

「いえ、その、あなたに触れたら見逃《みのが》してくれるんですよね？　握手とかでいいですか？」

瞬間、ニコラウが軽薄な笑みを消した。

「……自分の口にした言葉の意味を、わかってる？　巫女《みこ》様、ボクはこの手袋を脱ぎ、素手になるよ？」

「はい、構いませんけど」

伝染病なのか？　でも私の予想では、海の女神の呪いは壊血病《かいけつびょう》という名のビタミン不足だ。

もっとも、ニコラウの顔を蝕《むしば》む醜怪《しゅうかい》な傷痕《きずあと》が壊血病《かいけつびょう》の症状としてありえるのかわからない。ただもし、これが伝染病だとしても、だ。

私が触れるだけで病《やまい》に冒《おか》された彼を勇気づけられるのなら、してあげたいと思った。

私の答えに最も激しく動揺したのは、ニコラウの背後に立ち並ぶ軍人たちだ。

「ありえない。触れるだなんてそんな」

「本物の巫女《みこ》様だからじゃないか？」

「だが、ニコラウ様は本物の巫女《みこ》ではないと——」

どよめく彼らをニコラウが一瞥《いちべつ》して黙らせる。次に私へ眼差《まなざ》しを向けた彼の瞳は鋭く研《と》がれていた。

「海の女神の呪いが怖くないのかな、ダバダの巫女《みこ》様は」

「えっ、と？　巫女《みこ》は海の女神の呪いにかからないはず……では、ないんですか？」

私は勿論《もちろん》、本当は巫女《みこ》でもなんでもないので、その例には当てはまらない。

けれど、本物か偽物かもわからないはずの彼らが、どうしてそんなに驚くのか理解できなかった。

「巫女《みこ》様、無理をされなくとも、おれたちは御身《おんみ》をお守りするために戦います」

「アメツさん？　私のことを本物の巫女《みこ》だと信じていないんですか？」

「そうではありませんが……女神に呪われた咎人《とがにん》の穢《けが》れに触れるのを拒《こば》むのは、巫女《みこ》として当然のことです」

「穢《けが》れって、そんな言い方はやめてください」

「呪いは、海の女神に見捨てられるほどの罪を犯した者に与えられる、罰ではありませんか」

強い語調で言い切るアメツさん。彼にとってはそれが真実なのだろう。

本人に非があるからこそ、呪われるのだと信じている。

「海の上にいると悪化し、陸地に逃げれば症状は薄まる。海の女神の怒りだとしか考えられない」

アメツさんがそれを呪いだと信じる根拠を聞いて――私は逆に安堵《あんど》した。

壊血病《かいけつびょう》はビタミンCなどが含まれた生鮮食品を食べられない海の上で悪化する。陸地に戻れば新鮮な野菜や果物を食べられるため、症状が改善するのだ。

やっぱりこれは呪いでも伝染病でもない。

パウラちゃんのような普通の女の子が、女神を怒らせるような罪を犯すとも思えないし――

「ニコラウさん、航海に出て陸地に戻らないまま何ヶ月経ちましたか？」

「半年くらいかな？」

一ヶ月程度ビタミンCの摂取量が少ない状態が続くと、身体に様々な問題が起こる。組織を繋ぐタンパク質が作れなくなり、かつての傷口が開き、粘膜が損傷し、血管が傷つく。

私は医者ではないし断言はできないけれど、やっぱり、壊血病《かいけつびょう》だと思う。

正直、この世界が電気もガスもない帆船《はんせん》時代だと気づいた時から嫌な予感はしていたのだ。

「――早く家に戻ったほうがいいですよ、ニコラウさん。そして、肉も野菜も、ご飯を好き嫌いせずたくさん食べて、たくさん寝て、半年くらい休んでください」

壊血病《かいけつびょう》なら、生活習慣をどうにかすればある程度は改善されるはずだ。

私は大きな船の甲板《かんぱん》の縁《ふち》にいるニコラウさんに手を伸ばした。

「触りたいならどうぞ！　早く握手して家に帰ってください！」

ニコラウさんはじっと私を見下ろして動かなかった。

まさか、見逃《みのが》すと言ったのは嘘だったの？

不安になっている私の肩を、後ろからやってきたガリアストラが抱く。

「君が問題ないのなら、あいつの言葉に乗っかってもいいか」

「うん、大丈夫」

彼は私がパウラちゃんに触れたことを知っている。

海の女神の呪いに対するこの世界の人間の偏見は、私には全然わからないものの、他の人は固まっていた。

停滞している話し合いをガリアストラが進めていく。

「おいニコラウ！　自分で口にした言葉は守ってもらおうか。巫女《みこ》が君のために祈ると言ってくれている。武器を手放せ。中間地点にある岩礁《がんしょう》で巫女《みこ》の手だけなら触れることを許してやる。それが済んだら、速《すみ》やかに離れろ。さもなければカトラスの錆《さび》にしてやる」

「ええっ。ボクは置いていくのにキミは武器を持ってくるの？」

「巫女《みこ》を守らなきゃならねえんだ。そっちが手を出してこなきゃ何もしねえよ」

ガリアストラが私に手を差し伸べる。

その手を掴《つか》もうとすると、もう片方の手が背後から引かれた。

「巫女《みこ》様！　――本当に、呪われたやつに触れに行くの？　嫌じゃねーの？」

私の手を引くのはハビエルくんだった。切羽詰《せっぱつ》まった顔で、そんなことを言う。

元は彼が漁船を助けに行きたいと言い出したので、責任を感じているのかもしれない。

「伝染《うつ》るとか伝染《うつ》らないとかいうのは怖いけど、嫌じゃないよ。大丈夫」

ハビエルくんが言わなかったら、私が助けに行ってほしいとお願いするつもりだった。たまたま彼のほうが早かっただけだ。気にする必要はないんだよという思いを込めて彼の肩を叩《たた》き、私は振り返ってガリアストラの手を掴《つか》んだ。

「君は必ず俺が守る」

その言葉が妙に真摯《しんし》に胸に響き、ガリアストラを見上げた。

私の視線に気づいた彼は、青い目を細める。

「君のしてくれることのために、あいつらがどれだけ救われるか、君はさっぱりわからないって顔をしているな。演技にはとても見えねえよ」

「演技じゃないけど……信じられないのも無理はないね」

「ああ、信じられねえよ。だが俺が守る。必ず。だから安心してくれ」

そのまま抱きしめられて、心臓が止まるかと思うほど驚いた。いや、実際には抱きしめたわけじゃなく、抱き上げたのだ。ひょいと横向きに私を抱え上げたかと思うと、彼は甲板《かんぱん》を走り出す。

それは助走だった。

「嘘でしょッ!?」

岩場までの距離は五メートル。

悲鳴じみた私の声に声を上げて笑いつつ、ガリアストラは飛んだ。

驚異のジャンプ力のおかげで、私を抱えていてもなお余裕を持って着地する。けれども！

「――ジャンプする時はするって言って！　教えて⁉」

「うん？　怖かったのか？　後でたっぷり優しく慰《なぐさ》めてやる」

「そういうのホントいらないので」

岩場の比較的平たい場所まできて、ガリアストラに下ろされた。私は全力で離れる。

「……本当にたちが悪い」

全部わかっていてやっているんだろう。抱きしめられた時、否応《いやおう》なく心臓の鼓動が速くなった。女心を弄《もてあそ》ぶ言葉を、仕草を、呼吸するように使う男に心を揺さぶられるなんて、不毛すぎる。

ましてや、相手は私の言葉を何一つ信じてくれないっていうのにね。

「巫女《みこ》様、怖い顔してどうしたの？」

すぐにあちらもこちらの岩礁《がんしょう》に乗り移ってきた。病気なのに軽やかな動きだ。

「ニコラウさん……」

「ラフィタでいいよ。ニコラウは家の名前で、あんまり親しい感じがしないしね」

「おい待て。どうして君と巫女《みこ》が親しくなる必要があるんだよ」

「だって呪われているボクに触れてくれるっていうんだよ？　巫女《みこ》が公平だからとか、女神に似て慈悲深いとかいうラインを超えてる。もうこれはボクに一目惚《ひとめぼ》れしたとしか思えないよね？」

「違います……そういうんじゃないですから。ほら、手袋脱いでください」

「はーい」

ラフィタさんは元気に返事をしたものの、手袋の爪先をしばらく弄《もてあそ》んでいた。何を勿体《もったい》ぶっているんだろうとじっと見つめると、諦《あきら》めたように肩を竦《すく》めて引き抜く。

無数のぱっくり開いた傷痕《きずあと》から血が滴《したた》って、彼の手は真っ赤になっていた。

あまりに凄絶《せいぜつ》な状態に思わず息を呑む。

「流石《さすが》にこれに触れさせるのは可哀想だから、血は拭《ふ》いてあげるね」

「待ってください。ラフィタさん？　あの、もしも手が痛いなら握手なんてしなくても――」

「今更なかったことになんてさせない」

突然、彼が低い声音になる。ずっと口元に湛《たた》えられていた笑みは消え失せていた。

「あの、ラフィタさん……？」

「気味が悪くなった？　実際に呪われた者を見たことがなかったの？　だから軽々しく言ってみせた？　ボクに触れるだなんて条件を呑むって」

「おいニコラウ、巫女《みこ》に近づきすぎるんじゃねえ。離れろ」

「これ以上離れたら握手できないんじゃないかなあ、ガリアストラ」

「じゃあ、その獣《けもの》みてえな目をやめろ」

「目？　ああ、目ねえ。よく商売女にも怖がられるんだよね、この目。最近は呪いのせいでご無沙汰だから忘れてたな」

見開かれた金色の双眼は、鷹《たか》や鷲《わし》といった猛禽《もうきん》を思わせる物騒な光を湛《たた》えている。

確かにその目にはぎょっとしたけれど、それより気になったのは彼の誤解だ。

私は自船ビビアーナ号との距離を確かめた。岩礁《がんしょう》に乗り上げないよう距離を保って停船している。

この距離なら船にいる人たち——ハビエルくんやアメツさんには多分、聞こえない。

それを確認して、ニコラウさんに向き直った。

「呪われた人を見るのも触れるのも初めてじゃないので、そんなに怖がらなくてもいいんですよ」

「怖がる？　ボクが？」

「え？　あ、違いましたか？　ごめんなさい、その、震えていたので」

痛いのかと思ったが、その目を見た時に違うと感じた。

傷つき、警戒していた。

そして、その身体は小刻みに震えている。

ラフィタさんは震える自分の手を見てびっくりしたように目を丸くした。

「触れられるのが怖いんですか？　痛いんですか？　無理をしているのは、あなたじゃありませんか？」

「ボクが？　違う。キミは何もわかっていない。けれどキミがそんなふうなせいで、周りの人間もそういう態度をとらなかったのかな？　あのアメツくんという男がいい見本だと思うけれど」

「どういう意味ですか？」

「——海の女神に呪われた人間が辿《たど》る末路を、キミはきっと知らないんだろうね。地獄だよ？」

地獄、という言葉で浮かんだのはパウラちゃんの姿だ。

あんなにも暗い穴蔵みたいな場所で、命の火が消えようとしている。

「キミの想像なんて実際に起こる悲劇の足元にも及ばない。ボクが今ここにこうしていられるのは、大佐という階級のおかげだ。家が古い名家で、兄が権力者だからだ。そういった権力や後ろ盾のない者たちがどれほど劣悪な環境に置かれるか、キミは絶対に知らない」

「私、ちゃんと想像できていると思いますけど……」

「存在をなかったことにされた人間を見たことがある？」

ラフィタさんは苦痛を堪《こら》えているのか、顔をしかめた。今、この時、同じ苦しみを味わっているように。

「身体が痛いのに、動けないのに、苦しいのに、誰も見向きもしない。汚らわしいものであると徹底的に接触を避けられ、世話なんて誰もしてくれやしない。そのまま狭くて暗い船底に放置され、満足な食事も与えられずに腐っていき、生きながらにして鼠《ねずみ》の餌《えさ》になる。殺されたほうがマシだという目にたっぷり遭《あ》って、でも同情なんかされない。呪われたのは、海の女神のご意志に反したに違いないからって」

確かにアメツさんならそういう態度をとりそうだ。

でもあれは彼が極端で、他の人は違うんじゃないの？

ガリアストラを見やると、彼は肩を竦《すく》めて言った。

「……それがどこにでもある現実、ではあるな」

「馬鹿げているって、海の女神の寵愛《ちょうあい》を受けた巫女《みこ》様も思ってくれるかい？　女神なんて本当に存在しているのかなってボクは疑ってしまうんだ。何の罪もない子どもが呪われることもある。これは本当に呪いなのか？　ボクはそうは思えない」

塞《ふさ》がらない手指の傷口から滲《にじ》み出《で》てくる血を見下ろしつつ、ラフィタさんは断言する。

「女神なんて存在しない。これは呪いじゃなくただの病《やまい》に違いない」

呪いではなく病気。それは私の推測と同じだ。

危《あや》うく、口にしかける。これはビタミンC不足によって起こる壊血病《かいけつびょう》という病《やまい》かもしれないって。

でもそれを言えば、呪われた人間であるラフィタさんに触れられるから私が巫女《みこ》である、という論拠を壊すことになる。

ラフィタさんは先程、もしも私が偽巫女《にせみこ》なら、私を含めて全員殺すと言ったのだ。

今は彼に、私を巫女《みこ》だと思わせなくてはならない。

「……女神様はいます。あなたの意見には賛成できませんね」

女神像に祈ってこの世界にやってきたらしい私としては、呪いはともかく、女神の存在は信じたい。

「ふうん、がっかりだけど仕方ないか。キミは巫女《みこ》様だもんね。ねぇ、本当に女神に宝珠なんてもらえるの？」

「いい加減にしろ、ニコラウ。キミの船の問題を巫女《みこ》に押しつけるな」

ガリアストラに遮《さえぎ》られて、ラフィタさんが無表情でそちらを見つめる。

途端に険悪になる二人の注意を引くためにも、聞いてみたかったことを口にした。

「ラフィタさん以外にも、そちらの船には呪いにかかっている人がいるんじゃありませんか？　その人たちのお世話はどうしていますか？」

「ボクがやっているけど？　他のやつらは臆病な軟弱者ばかりなんでね。そうして接触したせいで、ボクも呪われてしまったんだろうけれど」

「ああ、やっぱり」

「やっぱりってどういう意味？」

「ラフィタさん、満足に食事も配分されないその人たちのために、自分のご飯を分けそうだなって思ったんです」

「……そうだけど、それが何？　あたりまえのことだよ。あいつらはボクの船の船員で、ボクの家族も同然だ。だから守る。仲間を仲間として扱わない馬鹿どもは、今度の航海には連れていかない」

彼は補給を理由に平気で船を襲う、怖い人だ。

けれど、世の偏見に流されない仲間思いの人でもある。

こういうのって、普段から栄養失調気味で満足に食べられない貧乏な人——食糧配分の少ない人たちに発生する。階級の高い、貧乏そうには見えないラフィタさんがかかっているのは不自然だ。

だから私は、彼が病人を看病しているのだろうと思った。

自分の食糧を分け与え、普通の人なら恐《おそ》れて触れることすら憚《はばか》る仲間を鼓舞しているに違いないって。

「ラフィタさん、失礼します」

ラフィタさんが仲間のために何をしているのか知ったおかげで、恐怖心が消えた。中途半端に突き出されていた手を取って引き寄せると、彼が息を呑む。

「っ、巫女《みこ》様、キミ、本当に触るんだね。驚いたよ――」

「あなたの呪いが解けますように。あなたの仲間たちも、呪いから解放されますように」

動揺する彼の手が遠ざかりそうになるのを握って引きとめつつ、心から祈った。

きっと世間の人はラフィタさんを嗤《わら》うのだろう。海の女神の呪いにかかった人たちに触れたせいでそうなったのだ、自業自得だ、と。

でも私は笑わない。この人は称賛されるべきことをしたと信じる。

「海の女神の慈悲と恵みが、あなたをお守りくださいますように」

この人は、少なくとも仲間に対してはとても立派な人じゃないですか、女神様。

思っていたより温かい手を握りしめたまま、私は教えてもらった巫女《みこ》の聖句を唱える。

女神を信じていないと言っていたのに、ラフィタさんはその金の瞳から涙を一筋零《こぼ》した。

ψ ψ ψ

俺が好きだからパウラを命をかけて守る。

そう口にしながら優しく微笑《ほほえ》みパウラの手を握ったミズキを見た時、俺は一瞬本気で感じ入っちまった。だからこそ、彼女がパウラにしてのけた仕打ちに落胆したのだ。

だが本当に、この女はパウラを罵倒《ばとう》したのだろうか？

「――ぶわぷっ、冷たっ、冷たいですよっ、アメツさん！」

「もうしばし耐えてください」

アメツによって、今ミズキは夜の月に冷やされた海水で御祓《みそぎ》をさせられている。海の女神に呪われた穢《けが》れた人間に触れたためだ。

ニコラウたちは、もはや遠く海の彼方《かなた》に消えている。あいつらは約束を果たした。

「アメツ、そのあたりで許してやれ。巫女《みこ》が別の病気になっちまう」

「十分だと思うか？」

「少なくとも巫女《みこ》の唇は真っ青だな」

身体中をぶるぶると震わせるミズキの頬に触れると、凍りつくように冷たい。

「巫女様《みこ》！　温かいレモネード作ってきたから飲んで！」

「あ、ありがと……ハビエルくん……っ」

ハビエルから湯気《ゆげ》の立つマグを受け取り口をつけると、彼女は心底安心したような顔になった。

どうも、その顔の何かが気に食わず、俺はミズキを急《せ》かす。

「君、少し話があるから俺の部屋に来い」

ニコラウのために祈りを捧《ささ》げたこの女の姿が脳裏にこびりついている。

あのニコラウがミズキに手を取られた時の顔ときたら、笑えないほど傑作だった。女神を信じないとうそぶきながらも希望を求めていたのだろう。

そして、俺が教えた女神の聖句を唱えるミズキの横顔は、……息を呑むほど美しかった。

俺は部屋に戻るや否《いな》や、真っ先に疑問を投げる。

「君はどうしてパウラにあんな言葉を叩《たた》きつけた？」

ミズキは俺の問いに目を丸くしたが、寒さに震えながらもしっかりとした口調で答えた。

「私、言ってないよ。本当に」

これだ。甘い茶色に透《す》き通《とお》る瞳で、ミズキは言う。

嘘を言っていないように見えちまうんで、頭がこんがらがる。

「それじゃ君は、パウラが嘘をついたと言いたいのかい？」

あれは俺にとって、気の毒で憐《あわ》れむべき女。

「俺のせいで偽巫女《にせみこ》に仕立てあげられちまった可哀想な義妹《いもうと》なんだ。小さい頃から知っている。あの子が嘘をついたとはとても思えない」

「ガリアストラのせいで……？」

「ああ、うちは神官の家なんだよ、ミズキ」

それで説明は十分だろうと思ったのに、ミズキはきょとんとしている。

知らねえふりをしているみたいにはとても見えず、俺は続きを口にした。

「親父は自《みずか》らの娘を巫女《みこ》にするために娘の誕生を待ち望んでいた。だが生まれたのが俺だったから、ややこしいことになっちまった。俺が女として生まれてこなかったせいで、うちに養女として引き取られたのがパウラなんだ。……俺はパウラを憐《あわ》れんでいる。なんとか償《つぐな》わなきゃならねえと思っている。だから君がパウラを嘘つき呼ばわりするんなら、俺は君に寄り添えねえ」

「パウラちゃんのこと、私も嘘つきだなんて思ってないよ」

「だが君は、あくまで何も言っていないと主張するんだろう？」

「……困らせてごめんね、ガリアストラ。でも、していないことをしたとは言えないから」

確かに俺は心底困惑していた。どうにかして、存在しない答えをひねり出そうとしている。

この女が嘘をついていると思いたくないと、そう感じているせいだ。

ニコラウに触れていた時の、この女を見てしまってから――

「でも、ガリアストラは私が嘘をついたって思っていてくれていいよ」

ミズキは優しげな微笑《ほほえ》みを浮かべて言う。その顔はニコラウの前で見せた笑顔とよく似ていて、俺を怯《ひる》ませた。

「私はやったとは言えない。でも、ガリアストラには大変な思いをしているパウラちゃんを信じて、肯定してあげてほしいな。だってガリアストラはパウラちゃんのお義兄《にい》ちゃんだもんね」

もしもこの疑いが濡《ぬ》れ衣《ぎぬ》なら、ミズキは何が何でもそれを晴らしたいはずだ。

だが疑いを否定するどころか、受け入れるだと？

これじゃ、潔《いさぎよ》く認めたも同然だ。

彼女はやはり嘘をついているんじゃねえだろうか。俺にいい顔を見せるために、慈悲深い態度を取《と》り繕《つくろ》っているだけなんじゃないか。

本人がいいと言っているのだ、心底疑い、軽蔑《けいべつ》すればいい。

だが、微《かす》かに笑みを湛《たた》えたミズキの唇は美しく、少し潤《うる》んだ茶色の瞳は優しくて――

「つくしゅっ」

ふいにミズキがくしゃみをした。いや、くしゃみをしただけにしては様子がおかしい。

「ごめ、ん。ガリアストラ……ちょっと、寒くて」

「おい、君、顔が真っ赤じゃねえか！」

「そう？　すごく寒いのに……おかしいな……」

ミズキの身体が力を失い、ぐにゃりと崩れ落ちる。辛《かろ》うじて受け止めたその身体は、燃えるように熱い。

「ミズキ？　ミズキ！」

濡れた身体は冷え切っていた。こんな状態でいさせてしまった罪悪感で、俺は彼女を強く胸にかき抱く。

「風邪引いちゃったかな……」

「尋問はせめて着替えさせてからにするべきだったな。悪い」

「嘘ついてるかも、よ……ガリアストラを好きなストーカーが、こうして抱きしめてほしくて」

「こんだけ熱くて嘘も何もあるかよ」

「……やっと信じてもらえた」

熱で顔を上気させつつ泣き笑うミズキを見ていると、罪悪感が募《つの》る。

だが、これまでの君の話を全て信じろっていうのが無茶だろうよ。

「歩けるようになるまで俺の部屋で過ごすしかねえな」

「あ……そっか。巫女《みこ》は、風邪引かないん……だもんね」

「それは俗信だがな。海の女神の呪いには絶対にかからないとされているが、病《やまい》にはなる。少なくとも神殿ではそう認められている」

どこまでが常識で、どこまでが神殿関係者しか知らねえ知識だったか。

どちらにせよ、熱を出しているミズキがそれをうまく理解できなくとも仕方ねえ。

「アメツは言いがかりをつけてくる可能性がある。怪しまれたくねえから、ここで休んでいけ。幸い義理の妹で血は繋がっていねえし、俺と離れがたくて部屋にいるとしか思われねえよ」

説明してやっても、熱で潤《うる》んだ目をしたミズキがどこまで聞いているかは、定かじゃなかった。

「……まずは着替えだな」

彼女の身体を抱き上げると、その身体はどこもかしこも熱い。

「どうしてこうなる前に言わねえんだよ、君は」

いや、俺がこの部屋に連れてきたせいだ。そして、どうにか彼女が嘘をついていない証《あかし》を見いだせないかと探ったせいだ。

俺の行為に、この女が文句を言わなかったせいだ。

ミズキの濡れた身体を拭《ぬぐ》い服を着替えさせ、俺のハンモックに寝かせる。

今夜の俺の寝床《ねどこ》はソファになるだろうが、構いはしねえ。

「薬はあったか……？　あるよなあ。パウラのために一応買ったし」

わかっていたことであるものの、海の女神の呪いに薬の効果はないので、すぐに投薬は打ち切った。その残りがある。

俺は薬瓶を持ってミズキの眠るハンモックに近づいた。

彼女は汗をかき、うっすらと目を開いて浅い呼吸を繰り返している。

「眠れねえのか？　しっかり寝て明日には歩いて部屋に戻れるようになってほしいんだがな」

どうせ自分では飲めねえだろうし、俺たちのために風邪を引いたミズキにサービスだ。薬を口に含んでミズキに顔を寄せた。

だが、唇が触れる寸前で、彼女に顔を押さえられて邪魔される。うっかり貴重な薬を一口飲んじまった。

「おいっ⁉　何するんだよ、ミズキ！」

「何……？」

「薬を飲ませようとしてるだけだ。大人しくしてろ！」

「それなら、自分で飲むから……」

ハンモックの上で身体を起こそうとあがくミズキを見下ろして、溜め息をつく。

「無理するんじゃねえ。俺が口移しで飲ませてやる――」

「やめて！」

思わぬ強い抵抗にあって、驚いた。

「ミズキ？」

「好きでもない人に……キスなんてされたくない。薬を渡して」

「あ、ああ……」

熱で虚《うつ》ろな目をしているのにその言葉はしっかりしていて、俺は頷《うなず》いてしまった。ハンモックの上で身体を起こそうとする彼女を手伝ってやる。

「一口でいいから飲み込め。ゆっくりとな」

「うん……」

ぼんやりとした返事をしつつ、ミズキは瓶を取り落としそうになりながらも、時間をかけて薬を飲み込んだ。

力尽き後ろに倒れそうになる身体を支えてやる間、彼女の言葉の意味を考える。

好きでもない人、だと？

俺の気を引くために言っているようには聞こえなかった。

朦朧《もうろう》としたミズキは、ただ本音を口にしたとしか見えない。

「……俺が好きだからこの船に忍び込んだんじゃねえのかよ」

彼女は薬を飲んで安心したのか、すぐに眠りについた。

「俺のことが好きで侵入したはいいものの、間近に接したら好きじゃなくなった……か？」

十分にあり得る。

俺はミズキの言葉をほとんど信じてねえし、邪険にしちまったからな。

「信じてねえが……ニコラウの言葉を奪った君は妬《や》けちまうほどかっこよかったぜ、ミズキ」

巫女《みこ》とは海の女神の慈悲の体現者。海の女神に認められ、海の宝珠を賜《たまわ》った女。

俺は神官の家に生まれた。神官は誰でも娘の誕生を熱望する。女しか巫女《みこ》になれないせいだ。

俺が生まれた時、親父は大層喜んだという。この俺の顔面によく似た親父の綺麗なツラに惚《ほ》れて貴族の家から押しかけ女房よろしく嫁《とつ》いできたお袋が、俺を娘と偽《いつわ》ったからだ。

俺にも親の期待に応えたいだなんて思っていた純粋無垢《じゅんすいむく》な時期があり、言われるまま巫女《みこ》を目指したことがある。男なのにな。

あの頃に俺が目指したのは、ニコラウのために微笑《ほほえ》んで快癒《かいゆ》を祈ったあの時のミズキだった。

「なんで君が巫女《みこ》じゃねえんだろうな」

理想の巫女《みこ》になろうとする、その勉学の過程で詰め込まれたのはクソみたいな現実だ。

アメツは夢を見ているが、この世界に本物の巫女《みこ》なんてほとんど存在しねえだろう。

ダバダ王国でだって、寄付金の額で次に巫女《みこ》が選ばれる家が決まる。そして、呪いにかかった者を前にした時の対処法として、女神の怒りを体現しろと指南されるのだ。

女神がお怒りになり呪ったのだ、そんなやつとは顔も合わせたくねえと言え、と。

口を利くのも苦痛だと喚《わめ》く。すると巫女《みこ》は女神の怒りを体現していることになり、自然と呪われた者を遠ざけられるという寸法だった。

怯《おび》えれば巫女《みこ》の資質を疑われる。代わりに怒れと教わるのだ。

「……君がパウラに死ねだなんて言葉を投げかけたとは、とても思えねえんだよな」

ソファに横になり、天井からぶら下がって揺れるランタンを見つめ、考えてみる。

パウラはミズキが死ねと罵《ののし》ったと言い、ミズキはしていないと言う。

パウラはミズキが嘘をついていると言い、ミズキは、パウラの言葉を信じろと言う。

俺はニコラウに相対したミズキの姿に巫女《みこ》の理想を見て、彼女の言葉を信じたくなっちまった。

「それすらもミズキの策の内、だったら怖いな」

俺は、パウラのことなら知っている。

俺の代わりに用意された娘。瞳が海のように青いおかげで親父に目を付けられた。なまじ娘のふりをしていた頃の俺が優秀だったせいで厳しくしつけられたパウラだが、誰も恨まず腐らず従順に修練を積んでいたのだ。その結果が偽巫女《にせみこ》への就任なんだから報《むく》われねえ。

パウラが心底信頼していた侍女のイリスは、パウラが偽巫女《にせみこ》に就任したために、あの子を裏切って逃げたという。

それなのに、パウラは俺を許してくれている。

「――わからねえが、ミズキに好かれてなくたって何一つ困らねえ。俺も寝るぞ！」

そうして目を閉じた瞼《まぶた》の裏には、ニコラウのために祈るミズキの姿がこびりつき続けていた。


翌朝。まだミズキの熱は下がっていなかった。

「すごい汗だな」

拭《ぬぐ》ってやろうと手ぬぐいを濡らして頬に触れると、嫌がるように顔を背《そむ》けられる。

この俺が拭《ふ》いてやろうってのに、何だその態度は。

眠っているのだから寝相だとはわかっているが、腹が立って放置してやった。ムカムカしつつパウラの世話をしに行く。気の毒な義妹《いもうと》の世話も慣れたものだ。

「朝だぜ、パウラ。目は覚めているかい？」

「おはよう、お兄様。……あたしのこと、信じてくれる？」

シーツを替えていると、パウラが泣きそうな声音で言い出す。

すすり泣く哀れな義妹《いもうと》を疑うだなんて、勿論《もちろん》これっぽっちも考えてねえ。

パウラはいつも俺の女にいじめられていたしな。ミズキを恐《おそ》れるのは無理もねえことだ。

「ああ。パウラが聞いたと言うのなら、ミズキは死ねと聞こえるような言葉を間違いなく口にしたんだろうよ」

「あの人は、あたしに死んでほしいみたい……っ、うっ、ぐすっ」

「すまねえ、パウラ。俺に惚《ほ》れた女は大体、君みたいな可愛らしい義妹《いもうと》がいるのを知ると我を忘れちまうらしい。俺のせいでつらい思いをさせているな」

「お兄様のせいなんかじゃないわ！　悪いのはいつもお兄様を好きになってしまう人たちよ」

自身が困難な状況にあっても、パウラは俺を庇《かば》う。

その頭を撫《な》で髪を濡れた布巾《ふきん》で丁寧に拭《ぬぐ》いつつ、しかし、腑《ふ》に落ちない事実を思い出した。

ミズキは俺に惚《ほ》れてはいないようだ。高熱にうなされながらも演技をしていたとしたら笑えねえ。

「ミズキが言ったこと、嘘だから信じないでね、お兄様。あたし、何も言ってないから」

「嘘？　何がだ？」

「え？」

パウラは虚《きょ》をつかれたように目を丸くした。

「……あの女、お兄様に何も言ってないの？」

「君に何も言っていないとは主張し続けているが、君が何か言ったとは一度も口にしていない――どうしてミズキが、何かを言ったと考えたんだ？」

パウラとミズキが会ったのは一度きりのはず。俺がミズキを連れてパウラのいる部屋に案内したのは、昨日のことだ。

あの時、それほど長い言葉を口にできる時間はなかったと思うが。

「……あの後、もう一度ミズキが来たのよ。あることないこと、お兄様に吹き込んでやるって言われたの。あたし、すごく怖くて」

「後？　いつのことだ？」

「正確な時間はわからないわ……こんな場所だから」

あの後口論になり、ミズキは俺の部屋を出ていった。その後しばらくは、俺が部屋にいたし、ニコラウの襲撃があり、ミズキも含め全員が甲板《かんぱん》に出た。

ミズキは俺の指示で巫女装束《みこしょうぞく》に着替え、ずっと俺から見える場所にいた。

あり得るとしたら、俺が黒煙を見た船員に呼び出されて、見張り台に上った時か……？

あの僅《わず》かな隙で、ミズキがわざわざ脅《おど》すためだけにパウラのところへ来た？

甲板《かんぱん》はすでに異変を察知して騒然としていたっていうのに？

「お兄様、どうしたの？」

「いや、なんでもないぜ。今日は元気そうでよかったよ、パウラ。兄貴として安心した」

「……あたしはお兄様のこと、本当のお兄様だとは思っていないわ」

「おいおい、急にどうしたんだ」

「迷惑かしら……迷惑よね、女神に呪われたあたしなんかに、想いを寄せられるだなんて」

「俺は迷惑だとは思っちゃいないさ。君が呪われたのは親父のせいだ。自分を責めるなよ」

「ありがとう、お兄様。……でもきっと、あたしはもう長くないわ」

「そんなこと言うんじゃねえ」

「ううん、いいの。でも、お願いがあるの。もし迷惑じゃないというのなら、お兄様、あたしが死ぬまでのほんの短い間でいいの、あたしと結婚してくれる?」

「……結婚? おい、それは」

「やっぱり迷惑なの? 呪われたあたしから想われても恐ろしいわよね。だからお兄様はずっと手袋をしているんだわ」

「万が一呪いが俺にまで伝染《うつ》れば、君を陸に帰してやれなくなるからだ、これは」

「それなら、セリシラに着いたら結婚してくれる?」

パウラの懇願《こんがん》を安直にはねのけることはできず、俺は躊躇《ちゅうちょ》した。

結婚なんてものが人生の選択肢に上がったことはない。

だが、先の短いこの憐《あわ》れな偽巫女《にせみこ》のために形式的な結婚くらい、してやってもいいんじゃないか?

海の女神の呪いにかかった者の命は、長くない。パウラは家に帰還できるかどうかすら、危《あや》うかった。

俺との結婚が彼女の気力を保たせるっていうのなら、約束してやるのは悪い手じゃねえ。

俺を勘当したラスト家に戻るのは業腹《ごうはら》だが、パウラが死ぬまでであれば我慢できるのではないか——そう考えた時、開け放したままの上階へ続く階段の先からミズキの声が響いてきた。

「今着替えているから！　待って!!」

「なんで巫女《みこ》様がキャプテンの部屋で服を脱ぐような事態になってんだよ！」

「悪いパウラ。話は後でな」

ハビエルが訪ねてきているらしい。俺に知らせるためにだろう、大声を上げミズキが時間稼ぎをしてくれていた。

パウラの返答を待たずに上にあがると、ミズキが俺のシャツを着た姿で起き上がっている。

「ガリアストラ！　……この服どういうこと!?」

「熱を出している君を濡れたままは寝かせられねえだろう？」

「そしてなぜ、ガリアストラまで脱ぐの！」

「下に行っていたんだよ。下着は脱がねえから安心しろ」

パウラのところから持ち帰ってきた匂いを悟られねえよう、服を替えて香水を身体にふりかけた。

下着の上に洗い置いておいたシャツだけをはおり、扉を開ける前に、ミズキの額《ひたい》に触れて熱のあるなしを確認する。

「ひぇっ、何⁉」

「いや、熱はまだあるが、元気になったようで何よりだ」

「半分裸みたいなその格好であまりくっつかないでもらえる⁉」

「勘弁しろ。この姿だと説得力があるんでな」

「説得力って――」

ミズキに文句を言われる前に扉を開く。

すると、船長室の前に立っていたハビエルが額《ひたい》を押さえた。

「なんて格好で出てくんだよ、アンタら……兄妹だよなあ⁉　義理でもそれらしくしろ！」

「何か誤解がある気がする！」

力いっぱい叫ぶミズキを尻目に、俺はハビエルに確認する。

「用があるのは俺と巫女《みこ》、どちらだ？」

「巫女《みこ》だよ！　部屋にいねーんで何事かと思ったら、これだよ！」

「ハビエルの相手はできそうかい？　身体がだるいなら断ってもいいんだぜ」

「妙な言い方しないでくれる⁉　ちょっと熱っぽかったからここで休ませてもらっていただけなの！　アメツさんが俗信を信じていそうで怖くて、薬飲んで寝てただけだから‼」

ミズキは我慢の限界に達したのか、小さな拳《こぶし》を振り回してまくし立てる。

まあ、ハビエルはそこまで熱心な海神《わだつみ》教の信仰者ってわけじゃねえし、いいけどな。

「なるほど。ガタガタ震えてたもんね、巫女《みこ》様……でもその格好は誤解必至だよ、すぐ着替えて」

「着替えるから外で待っていてね、ハビエルくん！」

「キャプテンは中にいてもいーの？」

「よくない!!」

そのまま、シャツにパン一でハビエルと共に追い出されるとは思わなかった。

「何だよこれ。女に振られて叩《たた》き出《だ》された男みたいじゃねえか。気に食わねえ」

「……キャプテンも一応、兄妹してるんだね」

「ああ？　どういう意味だよ、ハビエル」

「キャプテンが女に苛《いら》ついてんの初めて見たもん」

「あの女は俺に惚《ほ》れてねえんでな」

「そう、なんだ……」

つい愚痴《ぐち》るように口にすると、ハビエルが笑う。妙に嬉しそうなその横顔に、意味がわからねえほどむかっ腹が立った。

「おい、俺に惚《ほ》れてねえとは言っても、あの女に手を出すんじゃねえぞ」

「別にそんなつもりはないけどさ」

「君も女に興味があるとは思わなかったぜ、ハビエル。だがな、あの女は俺の義妹《いもうと》なんだ。手を出すなら俺と命を懸けた決闘だ！」

「承知しておくって、キャプテン。てゆーかシスコンとか、ちょー意外」

シスコンなんかじゃねえ。ミズキは俺の妹でも何でもない。

否定する間もなく、ミズキが乾いた服に着替えて出てきた。

「お待たせ！　それじゃハビエルくんの用事を聞こうかな」

「……理由、言う気になったから」

何の話か俺にはわからなかった。ミズキもすぐには意味を図りかねたらしく、目を丸くし首を傾《かし》げる。

だが、神妙な面持《おもも》ちをしているハビエルを見て思い当たる節があったようで、目を瞠《みは》った。

目と目で通じ合う二人を見ていると、ざらりとした不快感が胸の奥を撫《な》でる。

ミズキは微妙な立場のはずなのに、俺の知らねえところで随分と交友関係を広げていた。

「行ってくるね、ガリアストラ」

俺を憚《はばか》るような視線を向ける彼女から、顔を背《そむ》けずにはいられなかった。

何だ、この感情。

シスコンじゃねえ。

なら、一体何なんだ？

「妹に近づく男に嫉妬《しっと》とか面白すぎるからやめてよね、キャプテン」

ハビエルが笑って俺の肩を叩《たた》き階段を下りていく。ミズキがそれに続いた。

嫉妬《しっと》？　俺が？　なぜ？　ミズキは妹ですらないのにか。

パウラの周りをうろつく男たちに、こんな思いを持ったことはねえ。

そもそも嫉妬《しっと》とは、愛情から生まれるもののはずで――

「俺が、あの女に？」

ニコラウのために祈ったミズキの横顔を思い出す。

どうしてあの祈りが俺に向いていなかったのか。

どうしてニコラウなんかのためにあんな顔をしてやるのか。

どうしてニコラウのために紡《つむ》がれた祈りの言葉が、ずっと耳の奥に残り続けるのか。

「俺がミズキに？　まさか」

一応仮定として考えてみたが、最終的に自分の思考を鼻で笑う。

ミズキは確かに可愛い女だ。しかし最上の女では決してない。俺がこれまでに出会った女――たとえばダバダ王国女王陛下や公爵夫人、落とせなかった数少ない女たちに、あらゆる点で及ばない。

「確かにあの女の、あの時の姿は俺の理想の巫女《みこ》だった」

それだけの話だ。

そして実際、内面まで理想的だというわけじゃねえ。

「パウラの言葉を信じるぜ、俺は」

ミズキは俺にとって演技のうまい女でしかない。

そう自分に言いきかせずにはいられなかった。

ψ　ψ　ψ

私は、ハビエルくんのどこか後ろめたそうな暗い表情を見て思い出した。

まだガリアストラに渡せていない、海の宝珠――ハビエルくんが全財産と引き換えに欲しがった、それ。

その理由を、彼は話そうとしている。

「あのねハビエルくん」

どんな話を聞いても海の宝珠は渡せない――そう続けようとした言葉をハビエルくんは遮《さえぎ》った。

「無理強《むりじ》いはしねーから。ただ、知ってもらいたいだけ。知った上で、それでも巫女様《みこ》に優先すべき事情があるってのなら、ちゃんと受け入れる。その事情を話せないっていうんであれば、聞きもしねーよ」

そこまで言ってもらっては、彼の言葉をこれ以上阻《はば》む気にはなれない。

私はハビエルくんについて彼の部屋に向かった。

「無理強《むりじ》いはしねーけど、何を知っても黙っていてほしい。キャプテンにもアメツにも」

「うん、わかった」

彼が海の宝珠を欲しがる理由がなんであれ、渡すことはできない。でも、黙っているだけなら、きっとできる。

「見てもらいてーものがある」

ハビエルくんは部屋に入るや否《いな》やそう言うと、手袋を脱いだ。

すぐに彼が何を言いたいのかわかった。

その手にはラフィタさんと同じ、毒タコが足を広げて張りついたかのような、蜘蛛《くも》が紡《つむ》ぎ広《ひろ》げた巣が赤黒く脈打っているかのような、悍《おぞ》ましい傷痕《きずあと》があったから。

「……これ、まさか」

「海の女神の呪い。アンタが、あのニコラウって男の血みどろの手を握っているのを見たらさ、僕にも触れてくれるのかなって、そう思っちゃったんだよね」

私は、この世界で海の女神の呪いと呼ばれるものを壊血病《かいけつびょう》だと推測している。

そうであるならば、ハビエルくん——この船の船員がかかるはずのない病《やまい》だ。

この船には、彼の故郷から積み込まれたレモンが満載されていると聞く。

新鮮なレモンが三食まるごと一個支給されたのは初めのうちだけで、段々とジャムや塩漬けなどの保存食になってきているものの、毎日ビタミンCを少なからず摂取できる。

それなのにハビエルくんがこの状態であるのだとすれば、海の女神の呪いが私が知る種類の病《やまい》であるという推測が崩れてしまう。

「巫女《みこ》様？　えーと、やっぱり気持ち悪いよな。ごめんごめん。不愉快なもの見せたのは謝るよ。だけど、他のやつらにだけは言うなよ。言ったらぶっ殺すからな」

ハビエルくんがまくし立てるように言う。殺すなんて物騒な言葉を口にしてはいても、どこかおどけた調子だ。

私は自分が呆然としていたことで彼を不安にさせてしまったのだと気づいた。

確かに、私の推測の前提は崩れた。

ということは、これは本当に女神の呪いという代物《しろもの》なのかもしれない。

触れれば伝染《うつ》る可能性がある――でも、だからどうした。

もう二度も触れているんだから、今更同じだ！

「ハビエルくん！」

「うわっ、ちょっ、巫女様《みこ》!?」

諦《あきら》めたような顔で手袋をつけ直してしまったハビエルくんに抱きつく。飛びかかったと言うほうが正しいかもしれない。勢いのまま彼を押し倒した。

呪いにせよ病気にせよ、体調の悪いハビエルくんを下敷きにしてしまった！

「ご、ごめんハビエルくん！　倒すつもりはなかったんだけど。大丈夫？　痛まない？」

「……へーき」

「な、泣いてる!?　やっぱり痛いんじゃないの！」

倒れた格好のまま腕で目元を隠すハビエルくんの唇は震えている。

私が覆《おお》い被《かぶ》さった衝撃で血豆とかが潰《つぶ》れたに違いない。最悪だ。

「ごめんなさい。もしかして、私がちょっとぼうっとしてたことで不安にさせたかなと思って、すぐに触ろうって思ったらつい襲いかかるみたいに」

「ぷっ、襲いかかるって、あはは、ははは！」

「痛みで泣きながら笑ってる!?」

「アンタがおかしくて笑ってるだけだよ。泣いているのは、アンタが言った通り不安だったから。

でも、今はおかしくて笑えて不安も痛みも吹っ飛んだよ！」

明るく笑うハビエルくんが、どうしてアメツさんにだけは言うなと繰り返していたか痛いほどわかる。

彼らは仲間だ。本当に仲がよくて、ハビエルくんはアメツさんを慕《した》って後をついて歩いているし、それをアメツさんも気にかけている。

そんな関係が、ガラスのように脆《もろ》く壊れてしまいかねないのだ。

アメツさんは、きっと海の女神の呪いにかかっているというだけで、ハビエルくんを許さない。

「――ハビエルくん、今日一緒にお昼ご飯食べよう」

「はあ？　なんで？」

「いいから食べようね！　はい約束！」

「まあいーけど。……やっぱり譲ってもらえねーんだよな？　海の宝珠。譲ってもらえない理由も聞かないほうがいーい？」

たとえハビエルくんもパウラちゃんと同じ海の女神の呪いに冒《おか》されているのであっても、許可なしに彼女のことは話せない。彼に海の女神の呪いについての偏見がなかったとして、偽巫女《にせみこ》は許せない派かもしれないし。

というか、この世界の人は大半がそうだと思っておいたほうがよさそうだ。

それでも命を脅《おびや》かす呪いにかかっているハビエルくんに、言わずにはいられなかった。

「……ハビエルくんよりもっと酷《ひど》い状態の子がいるんだ」

彼にはまだ治るチャンスがある気がする。でも、パウラちゃんには時間がない。呪いが壊血病《かいけつびょう》であったとしても、私の浅い知識で治せる状態であるとは考えられなかった。

「なるほど。それじゃ、お優しい巫女《みこ》様が僕を後回しにするのも仕方ねーや」

詳しくは言わなかったのに、彼は思っていた以上にさらりと諦《あきら》めた。

「そんな顔する必要ねーよ、巫女《みこ》様。それじゃ軽々しく言えねーよな。教えてくれてありがと」

ハビエルくんは強い男の子だった。きっと怖いはずなのに、助けを求めているのに、私のために笑顔で礼を言える。

「巫女《みこ》様、海の宝珠の使い方わかる？」

「……えっと、昔勉強したかもしれないけど」

「海の宝珠を握りしめて、呪われた人間に触れながら願うといーよ」

何もかも、ハビエルくんにはお見通しだ。

「使うために色々と調べたんだ。具体的な使い方なんて普通は覚えておかねーよな」

「……ありがとう、ハビエルくん」

ハビエルくんも、どうか救われますようにと祈らずにはいられなかった。

ψ　ψ　ψ

ミズキはどうもハビエルの部屋に入ったらしい。警戒心ってもんがねえのかよ、あの女には。

ハビエルには釘を刺しておいたから下手なことはしねえとは思うが、どうもハビエルは初めの頃と違って随分とミズキに心を許しているように見える。

「あの女がハビエルに抱かれたって、俺には関係ねえ」

関係はないはずだったが気にかかるのは、ミズキと秘密を共有しているせいに違いない。

「バレちまわないか不安になっているだけだ、俺は」

だから、仕事をしつつ、彼女がいつハビエルの部屋を出てくるかと様子を窺《うかが》っている。なのに、中々出てこねえ。

……あいつら一体何の話をしてやがるんだ⁉

ミズキもわかっているのかよ？　俺たちが運命共同体で、お互いの秘密がバレたらただじゃ済まねえってこと。わかっていたら、俺以外の船員との交流は極力避けるもんだろうが。

「ガリアストラ？　何を苛立《いらだ》っている」

「アメツか。ハビエルが巫女《みこ》を部屋に連れ込んだまま出てこねえんだよ」

「無理やりにか？」

「いや、そうじゃねえ。だが万が一、ハビエルが妙なまねをしたらぶっ殺せ」

「わかった。監視しておく」

アメツに様子見を任せて、俺は一旦部屋に戻った。

パウラの様子を見るためだ。先程の話が途中だからな。

どうもパウラは結婚に夢を見ているらしい。だが、冷静に考えると俺がその夢を叶えてやれるとは思えねえ。

俺は結婚ってものに夢も希望も持っていない。

だからどこかの適当な男を見繕《みつくろ》って最期の夢を綺麗に彩《いろど》ってやろう。金さえ払えば、どんな仕事でも喜んで請け負《お》うやつはいる。

「元気かい、パウラ――パウラ、おいどうした⁉」

悲愴《ひそう》な泣き声が聞こえ、俺は慌ててパウラに駆け寄った。

「パウラ。どこか痛むのか？」

「痛むのはいつもよ。お兄様、今日も多忙だったんでしょう？　あたしに構っていていいの？」

「船中走り回っているが、いつものことだ。それよりどうして我慢強い君が泣いている？」

「身体の痛みは我慢できても胸の痛みはできないわ……。またあの人があたしのとこへ来たのっ！」

パウラの言うあの人がミズキだというのはわかるが、何を言っているのかは理解できない。

「……いつのことだ？」

「きっとお兄様が忙しく働いている時よ……はっきりとはわからないけれど、午後になってからかしら」

朝ならまだ可能性はあった。ミズキが俺とハビエルを着替えのために叩《たた》き出《だ》した一瞬。

ほんの短い時間だが、ミズキがパウラを訪ねるのは不可能とまでは言えねえ。

だが、午後はありえなかった。俺はミズキがハビエルの部屋に入るところを確認している。

中々出てこねえとやきもきしながら、さっきまでずっと監視し続けていたんだ。俺自身が！

「……泣いてるってことは、何か言われたのか」

「あたしがいるせいで、お兄様がつらい思いをしているんだって。だから早く死ねって、っ」

「そう、か……そんなことを」

ミズキが言えるはずがなかった。言う時間はなかったんだ。

あるとしたら、ミズキが自室としている客室で、そういった言葉を一人で口にした可能性。

この秘密の部屋は、ちょっとした仕組みでミズキが使う一等客室の音が聞こえるようになっている。面倒な客を泊めた時に盗聴できるようにだ。

ところがミズキはハビエルのところにいた。仲間の部屋の音を盗聴できる仕掛けは作っていない。

万が一ミズキがそんな悪態をついていたとしても、それは今日のことじゃねえだろう。

「パウラ、壁越しに聞こえてきただけじゃねえか？　その時、ミズキはこの部屋には来なかったろう？　それか他の日のこと……そうなんじゃねえか？」

半ば縋《すが》るように、パウラに問う。

それなのに、俺の期待は裏切られることとなった。

「確かにミズキは毎晩あたしを呪詛《じゅそ》してるわ。昨晩も酷《ひど》い言葉を夜中まで口にしていた……まるであたしに声が聞こえるのを知っているみたいに。お兄様を絶対に自分のものにしてみせるって……」

もはや、言葉は出ない。

ミズキは昨晩ずっと俺の部屋にいた。

聞こえるはずのない声が聞こえ、来られなかったはずの女が来た、とパウラは言う。

果たして俺は、ミズキとパウラ、どちらを信じるべきか――

「お兄様？」

「ああいや、仕事を思い出しちまってな。急用だ。悪いがまた後でな」

死出の旅路へ出る日の近いパウラに真実を問いただす気にはなれない。

代わりに、義妹《いもうと》の罪の償《つぐな》いを俺がしよう。ミズキには酷《ひど》い言葉をかけてしまった。

「お兄様と結婚できる日が、楽しみ」

背後から追ってきた言葉に、諦念《ていねん》を覚える。俺に惚《ほ》れた女はみんなどこかおかしくなる。

俺の美貌《びぼう》は呪われているとしか言いようがない。

生まれた時から俺の人生は海の女神に呪われ続けている。そう思えて仕方なかった。

ψ　ψ　ψ

私がハビエルくんの部屋から戻り、船長室のガリアストラを訪ねた時、不在かと思うくらい部屋は暗かった。

けれど、彼は椅子に座ってそこにいた。書き物ができる明るさではないので、物思いにふけっていたようだ。

「ガリアストラ……？　あの、もう暗いから明かりぐらいつけたら？」

「何か用か？　ミズキ」

ぐったりと椅子に座るガリアストラの代わりに、私はランタンに火を入れる。

どうも疲れているらしく、彼の顔色はあまりよくなかった。

「ちょうど俺も用があったんだ……まあ、先にミズキから話してくれ」

「私、用が二つあるんだけど、大事なほうの用について話したらガリアストラの用どころじゃなくなりそうだから、先にガリアストラが話して」

「いいや、俺のほうも君の用どころじゃなくなるような話だな」

「えっ、そうなの？　すごく大事な用だし、私から話をさせてもらうね」

私はまず、それほど重要ではない用事から切り出させてもらうことにした。

「まず一つ目は、港に着くまで私をこの船で働かせてくれないかな？」

「はあ？　君が働く？」

「そう。私ってパウラちゃんの家があるセリシラ港まで行ったらお役御免で、そこでお別れになるでしょ？　でもお金も何も持っていないから、支度金が欲しいんだ」

「交通費だけじゃ足りねえのか？」

「異世界までの交通費出せるの？　ガリアストラ」

「……そういえば、そんな話だったな。だが君は、異世界からそこの戸棚に突然移動していたって言ってたじゃねえか。帰る場所なんてねえだろ？　多少の金があったところで、どうするつもりだ？」

ガリアストラは私が異世界から来た説を信じていないはずだ。なのに妙なことを言うなと思って首を傾《かし》げていると、彼がピンと人差し指を立てた。

「一つ提案がある」

「提案？」

「俺が家を用意するから、君はそこに住まねえか？」

「……え？　なんで？　ありがたいけど、意味がわからないよ？」

うまい話には裏があるというのが定説だ。

怪しむ目でガリアストラを見やったせいか、彼は若干動揺した様子で咳《せき》払いする。

「別に疚《やま》しい提案ってわけじゃねえ。俺は世界を股にかけた商売人で、船であちらこちらへ行くわけだが、色んな場所に拠点があると動きやすい」

「もしかして、拠点の管理人をしろってこと？」

「そうだ。君になら管理を任せられると見た」

「ええっ、私って一週間ちょっと前に突如そこの戸棚に現れた、ストーカー容疑のある、異世界出身を謳《うた》う怪しい女だよ？」

「自分でそこまで言うか？」

ガリアストラは呆《あき》れた顔をしつつも、再び咳《せき》払いをする。

「一週間超程度の関係とはいえ、君の人となりは大体理解した。信頼できる人間だと感じている」

「でも、ガリアストラは私がパウラちゃんに酷《ひど》いことを言ったと思っているよね？　それなのに信頼なんてできるの？」

「……君の誤解は解けた。だがその話をする前に、君の返事ともう一つの用事を聞かせてくれ」

どうして誤解が解けたのかはわからないものの、喜ばしい知らせだ。

「それじゃ、拠点の管理人をさせてもらおうかな？　よろしく！」

「ああ。アメツたちには会わせられねえが、これからも頼むぜ」

巫女《みこ》のはずの私が拠点の管理人をしているなんておかしいもんね。鉢合わせってことにならないよう、うまく立ち回りたいものである。

「もう一つの用事は……これ！」

私はガリアストラの前に、ポケットから取り出したそれを置く。その瞬間、彼の表情が驚愕《きょうがく》に染まった。

「海の宝珠⁉　君、初めは持っていないと言っていたが、やはり巫女《みこ》だったのか？」

「そうじゃないの。これはアメツさんがくれたんだよ」

「アメツが？　どういうことだ？」

「……貴重なものだから持っているのを誰にも教えなかったみたい。でも、巫女《みこ》と会う機会があったら渡そうって思っていたんだって。それで私に、というかパウラちゃんに譲ってくれたんだよ」

ずっと渡そうと思っていたのに、色々あって今日になってしまった。

意地汚いとは思いつつ、少し惜しい。

私が元の世界に帰るための唯一かもしれない手段。

宝珠を使う権利なんて欠片《かけら》も持っていないのに、それを手放すのはつらかった。

でも、これはパウラちゃんのために使うべきだ。

「ガリアストラ、これでパウラちゃんを治してあげよう！」

きっと喜ぶと思っていたのに、ガリアストラの反応は予想していたものと全然違った。

その表情は葛藤《かっとう》に凍りつき、しばらく苦悶《くもん》に歪《ゆが》んだ後――項垂《うなだ》れる。

「いや……駄目だ。こいつはアメツに返すぞ」

「なっ、なんで⁉」

「君、これを使うと何が起きるのか、ちゃんと理解しているのか？」

「……もしかして副作用があったりするの？　ガリアストラやパウラちゃんに迷惑をかけるとか？」

「そうじゃねえ！　どこまでも君は他人本位だな！」

ガリアストラが髪をかき回しながら呻《うめ》く。

「まず一つ、パウラが健康を取り戻すということは、十中八九巫女《みこ》に復帰する」

「偽巫女《にせみこ》だってわかっているのに？」

「んなの初めからわかっていたことだ。パウラが望まなくとも、親父がやらせる。……それに今となってはパウラが自《みずか》ら辞退するとも思えねえ」

彼は痛みを堪《こら》えるように息をゆっくりと吐き出した。

「君はパウラに対していかなる暴言も吐いていないと主張し続けてきたな。俺はそれを信じなかった。だが、嘘をついていたのはパウラだとわかった。君の言葉を信じず、疑ってすまねえ」

ガリアストラが頭を下げるのを見て、驚いた。誤解が解けて嬉しいというより、パウラちゃんが疑われている理由が気にかかる。

「どうしてパウラちゃんが嘘をついたなんて思うの？」

「あの子の言葉に全く整合性がねえ。パウラの言葉を信じるのなら、君はパウラにすでに三回は会いに行っている。だが、パウラが君と会っていたと言う時間に君が別の場所にいるのを俺は見ている」

「私がパウラちゃんに会ったのは、確かに一回だけども」

「君が忍び込んできてそのたびにパウラの死を望むような暴言を吐いた、とあの子は主張しているんだ。覚えはねえだろう？」

「ないよ、ないけど――」

「俺はあの子を信じたかった。だが、流石《さすが》に信じきれねえ。この目で君が別の場所にいるのを確認しちまっているからな」

ガリアストラは眉間《みけん》に深く苦悩を刻む。

「俺に惚《ほ》れた女はおかしくなる……初めは君がおかしいんだと思った。だが違ったんだ。おかしくなっているのはパウラだった。俺のせいだ」

「待って、ガリアストラ。パウラちゃんが嘘をついているとは限らないよ」

「はあ？　今更、君は何を言っているんだ？　パウラが嘘をついていないということは、君が嘘をついてたって話になるんだぞ。そもそも、俺が見た君は幻覚か？」

「もしかしたら、女神の呪いが原因で色々な症状が出ているだけなんじゃないかな？　それこそパウラちゃんは幻覚を見たり、幻聴を聞いていたりするのかもしれない」

もしもパウラちゃんを蝕《むしば》むものが壊血病《かいけつびょう》ならば、そういう症状が出てもおかしくないのだ。

「パウラちゃんには本当に聞こえているのかもしれないよ。見えているのかもしれないんだよ。嘘をついているとは限らないんだよ、ガリアストラ」

「なんで君がパウラを庇《かば》うんだよ。君は言いがかりをつけられているんだぞ？」

「だって、パウラちゃんはお兄さんのガリアストラのことが大好きなんだよ」

私が悪口を言っている幻聴を聞いているのなら、それはガリアストラを好きすぎるせいだろう。

「だからガリアストラだけは、どうかパウラちゃんを信じてあげてほしい」

もし嘘をついていたとしても、それは可愛い嫉妬《しっと》のようなものだ。

今、絶望の淵《ふち》にいるせいだ。死に至る病《やまい》にかかっている人が、助けを求めるのと同時に怨嗟《えんさ》の言葉を吐かずにいられないことを、私は責められない。

「勿論《もちろん》、私は言っていないと言い続けるし、迷惑を被《こうむ》ったら声をあげていくけどね」

「俺には、パウラを信じろと？」

「そうだよ。きっとパウラちゃんは寂しいに違いないから」

ガリアストラが海の宝珠を辞退するのは、贖罪《しょくざい》の気持ちからなのかな？

濡《ぬ》れ衣《ぎぬ》を着せられたことで確かに傷つきはしたけれど、そんなことのために断らないでほしい。

人の命には替えられないのだから。

海の宝珠を使えば治るのであれば、今すぐにだって使うべきだ。

「ミズキ――君、パウラに何か言われただろう？　何を言われた？」

「別に何も」

「いや、何か言ったはずだ。絶対に」

ガリアストラは確信している様子で問いただす。誤魔化《ごまか》せないと諦《あきら》めて、私は当たり障《さわ》りない部分だけを言うことにした。

「……お兄様に近づかないで、って言われたかな。ガリアストラのことが大好きで、傍《そば》にいる私に嫉妬《しっと》しちゃうんだね」

「他にも何か言っていただろう」

あんたなんか死んじゃえ、そう言われたものの、ここで蒸し返す内容じゃない。

「心が弱っている時に口にしたことを、いちいち論《あげつら》うのはどうかと思う」

「パウラのために言わねえってか」

ガリアストラは表情をくしゃりと歪《ゆが》めた。その顔には奇妙な笑みが浮かんでいる。ふいに、青い瞳が泣きそうに潤《うる》んだ。

「――やはり、パウラのために海の宝珠は使わせられねえ」

「どうして!?」

「セリシラ港には拠点もあるし、アメツやハビエルも出入りする。それで何が起きるかって、今後神殿で新人巫女《みこ》として活動を始めるパウラの顔と君の顔が一致しねえって話になる」

「それが何だっていうの？」

「君が偽巫女《にせみこ》だと、少なくともパウラのふりをしていたパウラ以外の人間であると、アメッにバレる。アメッは海の宝珠を騙《だま》し取《と》られたと感じるだろう。地の果てまで追って君を殺そうとするはずだ」

指摘された可能性を、私は少しも考えていなかった。

確かにアメッさんから見て、私は海の宝珠を盗み取った人間になってしまう。

「だけどガリアストラ、事情を説明すればアメッさんだってわかってくれるんじゃないかな？」

「君がパウラを名乗って海の宝珠を使ったことを知れば、何のために宝珠を使ったとしてもアメッは我慢ならねえさ」

「だからパウラちゃんを治さないほうがいいって言うの？」

ガリアストラが頷《うなず》いた。けれど、到底受け入れられない提案だ。

「何か方法があるはずだよ。パウラちゃんを治さないなんてありえないよ。方法があるんだから。ガリアストラの義妹《いもうと》なんだよ？　私の命と引き換えにしてでも守ろうとした義妹《いもうと》さんでしょう!?」

私の言葉に、ガリアストラははっきりと傷ついた顔をする。

どうしてそんな顔をするの？　別に、責めたわけじゃないのに。

ただ義兄として、義妹《いもうと》のことを一番に考えてほしかっただけだ。

「……君は人間の善意しか信じられねえんだな、ミズキ。全く、君ほど海神《わだつみ》の巫女《みこ》に相応《ふさわ》しい女は見たことがねえ」

ガリアストラの声も、身体も震えていた。

「海の女神は慈悲深い女で、人間を信頼し、寄り添い、見守っている。だが人間の醜《みにく》さに心を引き裂かれ裏切られるたびに涙を流す。その流した涙が海の宝珠になると言われている」

彼がどうして震えているのかわからなくて、かける言葉が見つからない。

「馬鹿なまねをすれば、君も女神と同じように泣くことになる。海の宝珠は俺が預かっておく」

戸惑《とまど》っている私の隙を突いて、ガリアストラは机の上の宝珠を取り上げた。そして、壁に固定された貴重品棚の、鍵のかかる引き出しの中にしまうと、首から提《さ》げた鍵で錠《じょう》を下ろしてしまう。

「そんな！」

「パウラのことは捨て置け。呪われたのはあいつの自業自得なんだ。余計なことはするな」

「余計な、こと……」

これまでに何度も言われたことのある言葉。

それが突き刺さって痛む胸を押さえた私に、ガリアストラは痛ましげに眉を顰《ひそ》めた。

「君の優しさは嬉しい。君の慈悲深さが眩《まぶ》しい。君に君のままであってほしい……だが、ミズキ、だからこそ俺は君を力尽くで止める。海の宝珠は港に着いたらアメツに返す」

その言葉はからかいにもお世辞にも聞こえなかった。

私を慈《いつく》しむような目で見つめてくれる。

それは確かなことなのに、死病に冒《おか》され苦しむ女の子を救おうとする私に、余計なことをするな、とみんなと同様に言い放つのが信じられなかった。

「どうして？　今度ばかりは私、余計なお節介だなんて思わない！　あなたの言ってることは意味がわからないよ、ガリアストラ。義理の妹だから？　仲が悪かったの？」

「可愛がっていたさ。贖罪《しょくざい》のためにな。俺のせいで偽巫女《にせみこ》にされて、海の女神に呪われさえした義妹《いもうと》を心の底から憐《あわ》れんでいた。君の命を犠牲にしてでも守ろうと思うくらいに」

「それならどうして――」

「君を好きになってしまった」

「……何の冗談？」

「俺は多分君が好きなんだよ、ミズキ。だから君を犠牲にする選択肢は、もう選べねえ」

「馬鹿なこと言わないでよ。ガリアストラみたいな人が私を好きになるはずない」

「俺みたいな人って何だよ？」

「あなたみたいに完璧《かんぺき》に美しくて優秀な人。――好きになってもらえるような覚えなんてない。今度はどういう企《たくら》みなの？　私をあなたに惚《ほ》れさせて、操りたい？　パウラちゃんと実は仲が悪くて、それを隠そうとしているの？」

ガリアストラ――ビビアーナ号の船長。初対面から、私の心を操ろうとした人。

今度はどんなふうに私を踊らせたいと思っているのだろう？

「……まさか、パウラちゃんを治してあげるより、別のことに宝珠を使いたい？」

「違う！　そんなつもりは毛頭ねえ！」

「それじゃどうして？　パウラちゃんはあなたの義妹《いもうと》なのに！」

「頼むから聞いてくれ。俺はきっと、君に惚《ほ》れたんだ。そうに違いない。何しろニコラウのために祈る君の姿は、俺が憧れた巫女《みこ》そのもので――」

耳を傾けたら操られてしまいそうで、私は耳を塞《ふさ》ぐ。

ガリアストラは不思議な引力を持っている。女性を魅了する魔性の力だ。平凡なOLの私ではいずれ抗《あらが》いきれなくなる、妖しい力。

惑《まど》わされないように、私は慌てて船長室から逃げ出した。


逃げ延びた船首楼甲板《せんしゅろうかんぱん》の手すりに寄りかかり、早鐘みたいに肋骨を叩《たた》く心臓を宥《なだ》めようと撫《な》でていた私は、ふいに背中を叩《たた》かれた。

「痛っ!?」

「あーごめん、力加減を間違ったかも?」

「ハビエルくん? びっくりして落ちちゃったらどうするの!」

「そうしたら海に飛び込んで助けてやるよ」

さらりと言われて怒りが引っ込む。ハビエルくんは屈託のない笑みを浮かべていた。

「ところで昼飯、僕と食うんだろ? ちょうど休憩時間だから付き合ってよ。僕は仕事があるんだ。巫女《みこ》様と違って暇じゃないからさー」

そういえば、さっきハビエルくんを食事に誘ったんだった。正午はとうに過ぎている。色んなことがありすぎて、すっかり忘れていた。

ハビエルくんが何を食べているのか見たい。献立《こんだて》にレモンがあるならお手上げだ。この世界に呪い、あるいは私の知らない未知の病気が存在するってことになる。

「そうだったね。思い出させてくれてありがとう」

「忘れてたのかよ……何かあったのか？」

ハビエルくんが目敏《めざと》く私の顔を覗《のぞ》き込む。

彼だって大変に違いない。それなのに、私を気遣い心配そうに眉を顰《ひそ》めるその顔を見ていると、決壊ギリギリで堪《こら》えていた涙が、堰《せき》を切った。

「うわっ、泣くのかよ⁉　何があった？」

「ごめん……ガリアストラと喧嘩《けんか》、みたいなことになっちゃって」

「へー！　キャプテンが女と喧嘩《けんか》するなんて意外だな」

「喧嘩《けんか》、しないの？　ガリアストラって」

「しないってか、喧嘩《けんか》にならないって感じ。キャプテンが女を怒らせてんの見たことねーよ。あの顔も十分理由の一つだけど、それだけじゃなく女を操るのは得意だし」

まさに私が受けようとしていた仕打ちそのものだ。

「巫女《みこ》様を泣かせるなんてキャプテンらしからぬ失態だな。まあ、兄妹喧嘩《げんか》ってやつだよね」

彼に手を引かれて、私も歩き出す。ハビエルくんの背中はアメツさんやガリアストラより細身なのに、妙に頼もしい。

私はハビエルくんの手を、痛くないように少しだけ強く握り返した。

「ありがとう、ハビエルくん」

「昼飯食べよーよ。嫌なこと考えんのは大抵腹が減ってる時だからさ。部屋で待ってて」

ハビエルくんの言葉に甘えて部屋で待っていると、調理室から食事を持ってきてくれる。

私の分とハビエルくんの分。二つのプレートには明らかな違いがあった。

「……レモン、片方ないけど」

「そっちは僕のプレートだから大丈夫。巫女《みこ》様にはちゃんとうちの島特産のレモンの砂糖漬けがご用意されてるよ」

「ハビエルくんは食べないの？」

「僕、レモン料理についてはアメツよりできるから担当してて、作る時にながらで食いまくってるから食べ飽きてるんだよね」

ハビエルくんがレモンを食べていない可能性なんてほとんど信じていなかったのに、ここに来て状況が変わる。

料理を作る時に食べまくったとは言っているものの、私の目の前にある彼のプレートにレモンが存在しない以上、可能性は確かに存在した。


ハビエルくんは小食というわけでもなく、育ち盛りの男の子らしく、もりもりパンとスープの食事を進めた。量が少なくて栄養失調になっているという線はなさそうだ。

「ハビエルくん、船に乗ってから本当にレモンを食べてる？」

「食ってるけど、なんで？」

そう問うと、ハビエルくんが不思議そうに目を丸くする。

呪いは呪いではないかもしれない。

壊血病《かいけつびょう》という病《やまい》なら、彼程度の進行度の人はビタミンCの含まれるレモンを食べれば治る可能性がある気がする。

けれど、確証もないのに希望を持たせることは言えない。もしも違っていたら、どれだけ落胆するだろう。

「……えーと、嫌いだから自分の配膳から抜いてもらったように見えて」

「そんなわけねーから。僕の家ってレモン農家だしね。僕の血は全部レモンでできてると言っても過言じゃねーよ」

「それじゃ、あーん」

「はっ⁉　いやっ、そんなこと巫女《みこ》様にさせたのバレたらキャプテンに殺される！」

「好き嫌いしているんじゃなければ食べられるはず」

私は、自分の皿に盛られたレモンの砂糖漬けをハビエルくんの口元に突きつけた。

「ガリアストラを引き合いに出して逃《のが》れようとしているのが怪しい……！」

「なんで子どもみたいな疑いかけられてんの僕⁉　いいよ、わかったよ！　食えばいーんだろ！」

彼が観念したように口を開く。私はその口にスプーンを突っ込んだ。

「巫女《みこ》様の疑いの眼差《まなざ》しが怖いんだけど」

「ちゃんと呑み込むか監視してる」

「めちゃくちゃ疑われてんなー僕⁉　何かしたっけ？」

ハビエルくんは特に問題もなく咀嚼《そしゃく》し、レモンの砂糖漬けを呑み込んだ。吐き出そうとする様子も見られない。

「お味はどう？」

「うちのレモンの味だなーって……ただやっぱ鮮度落ちてると味も落ちるよな。巫女《みこ》様にうちの採れたてのレモンを食ってもらいてーよ」

特に不審はないなら、ハビエルくんがレモンを定期的に摂取しているというのは本当なの？　呪いは存在して、私の当て推量は完全に間違っているってこと？

でも、可能性が少しでもあるのなら賭けてみたい。

彼に海の宝珠を使ってあげることはできないのだから。

「あのね、ハビエルくんにお願いがあるんだけど」

「承諾するかはわかんねーけど、聞くだけは聞く」

「レモン料理を教えてほしい」

「はあ？　……あー、キャプテンに食わせて仲直りしたいとか、そーいうの？」

「えっ⁉　いや、まあ、ハビエルくんがそう思いたいのなら、それでもいいけれど」

「なんだよそれ。でもまー、いいよ」

「ホントに⁉」

「うん。巫女《みこ》様がそれで気晴らしになるって言うなら付き合うよ」

ハビエルくんの言葉に胸が詰まる。あくまで泣いていた私のために料理を教えてくれるのだ。その優しさに報《むく》い、彼を蝕《むしば》んでいるのが呪いか病《やまい》かくらいは、はっきりさせてあげたかった。

調理室があるのは下甲板《げかんぱん》の更に下、ほとんど海の中だった。

暗い調理室はランタンの明かりだけで、一人だとちょっと怖い。

「キャプテン、顔の印象通り甘いものが結構好きなんだよね。そう言われるのを嫌がって人前だとあんま食わねーけど。だから甘いもん。とりあえずレモンクッキーとかどう？　混ぜてこねて焼くだけ」

「それでよろしくお願いします、先生！」

「じゃ、ここに材料があるから、こねよーか」

ハビエルくんがドンと調理台の上に置いたのは、ふるいにかけられた後と思《おぼ》しき小麦粉、混ぜやすいよう一センチ角に切られたバター、綺麗に輪切りにされて並べられた砂糖漬けレモン三個分。

すでにほとんどの工程が終了していた。

「ハビエルくん、どれだけ私のこと料理できないやつだと思ってるの……!?」

「え？　巫女《みこ》様なんて竈《かまど》の前に立ったこともないでしょ？　火の付け方とかわかる？」

「か……まど……？」

「初めて言葉を知ったみたいな顔しないでよ。わからねーなら僕がやるから」

彼は机の端に置かれていた石と鉄のようなものを打ちつけ出した。あまり見覚えのない形状のそれが何なのかは、流石《さすが》にわかる。

「これはもしかして、火打ち石……？」

「見るのも初めて？　マジで甘やかされてるんだなー、巫女《みこ》様って」

「一応身の回りのことは自分でできるんだけどね⁉」

「着替えとかはできるみてーだな？　まさかキャプテンに手伝わせたりしてねーだろ？」

「まさ……か……」

「消え入りそうな声やめてくんね？」

海水でずぶ濡れになった状態のまま寝てしまったところを着替えさせられたものの、あれは人命救助の一環だと信じることで色々乗り越えようとしているんだ、放っておいてほしい！

「そんなことより！　ハビエルくんの知ってるガリアストラの話を聞かせてくれない？」

「キャプテンの？　そういえばキャプテンって勘当されてるよね。でもアンタが船に乗ったってことは、勘当が解かれたとかなの？」

「勘当？」

「親とトラブルになって、家を飛び出して海に出たって聞いてるけど」

「えーっと、私そのあたりのことはあんまりよく知らないんだよね……」

そのあたりのことどころか何も知らないが、そう言っておく。ハビエルくんが薪《まき》に火をつけて竈《かまど》に火を入れるのを眺《なが》めた。

「私、ガリアストラのこと全然知らなくて……だから知りたいなと思ったの」

「僕の知ってるキャプテンを、か。まー、フェアな男だよ。腕《うで》っ節《ぷし》も強いんだけど、強さばっかり賛美しないで、僕みたいな頭脳労働もちゃんと認めてくれる。いいボスって感じかな」

「リーダーとしては尊敬できるタイプってことね」

「男としても、そこまで酷《ひど》いことはしてねーよ？　遊ぶ女はちゃんと選んでる。身持ちの堅いお嬢さんを本気にさせて振るようなまねはしてねーし」

「当たり前に駄目なことを当たり前にやってないからといって、評価は上がらないけどね」

「巫女《みこ》様がそこまで怒るとは、喧嘩《けんか》の原因って何だったわけ？」

ガリアストラがパウラちゃんのために海の宝珠を使わせてくれない、なんて。ハビエルくんに相談することじゃない。

だんまりを決め込んでいると、やがて彼は肩を竦《すく》めた。

「何か意見の行き違いがあった、ってことか。僕が言えるのは、キャプテンとアンタの意見が食い違ったのなら、おそらくキャプテンが正しいだろうってことかな」

「そんなことっ！」

「アンタはホントにいい人間だし、いい巫女《みこ》だと思うけど、そんなに頭いい感じはしねーよな」

「うぐっ」

「だけどキャプテンの頭の出来は、そんじょそこらの輩《やから》と違う」

ハビエルくんはすっと一方向を指さした。その手は小麦粉まみれになっている。

いつの間にか、彼が材料を練《ね》っていたのだ。何もしていない私はせめてと思って、慌ててクッキーの型を探したのに、見当たらない。

「目的地が東であってもキャプテンが西に針路を取れというなら、それが正しい。僕の目には東の海が穏やかそのものに見えたとして、キャプテンにはその先の海を荒らす賊が見えているからだ」

そこでハビエルくんは正反対側に指をさし直す。もう片方の手には棒を持ち、生地をのばした。

「西に目的地へ向かうための定期船があって、同じルートを辿《たど》れば安全に目的地へ辿《たど》りつけると知っているからだ」

「ガリアストラには私には見えないものが見えているの……？　だから駄目だと言うの？」

「少なくとも僕はキャプテンが気分や感情で指針を決めたところを見たことがないし、正しい結果を出すのを体験してきたよ」

そう口にする彼の言葉の土台には、力強い信頼が横たわっている。

「ガリアストラってすごいんだね。ハビエルくんにこんなことを言わせるなんて」

「ああ、すごい男なんだよ、キャプテンって」

ハビエルくんは我がことのように誇らしげに笑った。

「僕の生まれ故郷のクレン島って、ダバダ王国とパルテニオ共和国の間にある海峡の航路の、そこから若干外れた場所にあって、交通の便がすげー悪いんだよね。そんなとこだから商売も一苦労だし、生活必需品を仕入れるのも大変。そんな中、僕の父親は船がなくて仕方なく浅瀬用の漁船で商売しようと遠洋に出て、そのまま帰ってこなかった」

「ハビエルくんが燃える漁船を見て救助したいと言ったのは、それでなんだね」

「そーだよ。親父を思い出したんだ。ま、大昔の話だし親父が乗ってるわけがねーんだけど、同じようなやつがいるのかなって思ったら見捨てられなかった」

彼は私の手に小麦を縁《ふち》にまぶしたコップを握らせ、クッキーの生地に押しつけさせる。これを型の代わりにするらしい。

「僕は、自分の航海士としての才能を条件付きで売り込んでいた。条件は二国間にあるウゴサ水道を通行する際、クレン島を必ず経由すること。それを、キャプテンだけが呑んでくれた。何の得にもなりはしねーのに、クレン島に届ける生活必需品を積み込む専用のスペースまで開けてくれたんだ。勿論《もちろん》場所代は取られるけど、適正価格。輸送費は含めないでいてくれる。仲間の島に立ち寄っているだけだからってさ」

ハビエルくんは私が丸い形に切り取った生地の上に輪切りの砂糖漬けレモンを乗せて、小さな鍋の底に並べていった。

「巫女《みこ》様、ちょっとピンと来てないだろ？　中々いねーんだぜ？　ここまで便宜《べんぎ》を図《はか》ってくれるキャプテンって」

「ガリアストラがすごいっていうのはわかっているよ、ちゃんと」

ただの美貌《びぼう》の自信家じゃないってことは、結構前から理解している。

けれど、まだまだ全容が見えなくて、知れば知るほど私とはかけ離れた人間なのだと思い、たまに彼の存在に怖じ気《おけ》づきそうになるのだ。

だから彼が私を操るためとはいえ、好意を意味する言葉を投げかけてきたことに混乱している。

「巫女《みこ》様が想像もつかないような未来がキャプテンには見えてんだろーね」

私が丸く切り取った生地の上にハビエルくんがレモンを載せて、焼く準備が完成した。

「後でクッキー持っていって聞いてみたら？　よほどのことがなけりゃ、キャプテンは理由を説明してくれると思う」

「説明してくれなかったら……？」

「巫女《みこ》様は知らないほうがいいって判断したってことだろ？　知らなくていいんじゃねー？」

「よくないよ！」

「キャプテンを出し抜くとか巫女《みこ》様には土台無理だし、反対されて邪魔されてんなら諦《あきら》めたほうがいいと思うけど」

「諦《あきら》めるなんて、できない」

「……ま、クッキーが焼けるまで時間があるし、色々考えてみれば？」

竈《かまど》に設《しつら》えられた大きな鍋の中に、小さな鍋を引っかけて焼くらしい。

ハビエルくんの感覚頼りの一発勝負だ。

船が揺れるたびに、燃えた薪《まき》が煉瓦《れんが》の竈《かまど》から木造の床にこぼれ落ちそうになるのをドキドキして眺《なが》めているせいか、思考はまとまらない。でも、香ばしい匂いに心が温かくなった。

「美味《おい》しそうな匂いだね」

「そーだね。巫女《みこ》様は火傷《やけど》するといけないし離れてよね」

「……色々教えてもらうはずだったのに、クッキーの型取りしかしてないな」

「船は揺れるし危ねーから、本格的に習うなら陸地でやってよ。鍋に近づかれるのも怖い」

ハビエルくんにそう言われるのは仕方のないことで、私は一度鍋に向かって倒れ込みかけた。

革手袋の上にミトンをつけた彼は慎重に小さな鍋を取り出し、机の上に置いて中を見せてくれる。

「クッキーの上に置いたレモン、意外と綺麗な形のまま残ってるんだね」

続いて彼がトングを使ってクッキーを皿の上に並べていく。その一つをひょいとつまむと、ぎりぎり持てる程度の熱さだった。

「ハビエルくん、あーん」

「いや、僕はいらないって——はいはい、食えばいーんだろ」

それを唇に押しつける私に、彼は大儀そうに口を開く。彼の口にクッキーを突っ込んで、私も食べた。

「うん、美味《おい》しい」

「キャプテンにあげるんだろ。全部自分で食うなよ」

「半分はハビエルくんにあげるから、捨てずにちゃんと食べてね」

「ほとんど僕が作ったようなもんだけど……巫女《みこ》様が型抜きしてくれたんだもんな。食うよ」

「本当かなあ。あーん」

この世界には、本当に海の女神の呪いがあるのかもしれない。

だとしたら、いくら柑橘系《かんきつけい》の果物を食べて、ビタミンCを補っても無駄だ。

でも、何らかの理由でハビエルくんが食べていると嘘をついているだけなら？

低い可能性だ。多分違うんじゃないかなって思ってる。

異世界から人間を招いて意思疎通までできるようにしてくれたこの世界の女神様なら、人を呪うことなんて至極簡単だろう。けれど可能性が少しでもあるのなら、試してみたい。

無理やりにでもレモンを食べさせようという決意と共にクッキーをハビエルくんの唇に押しつけていると、背後に人の気配が迫った。

「――随分、巫女《みこ》と仲良くやってるじゃねえか、ハビエル」

「げっ、キャプテン！　なんでこんな最下層に⁉」

扉の框《かまち》にもたれかかるガリアストラがいた。彼は責めるような目で私を見ている。ぎくりとした。

彼にとって私はパウラちゃんの身代わり。不用意に動いて彼のあずかり知らないところでボロを出されたら困る、ってところかな。

まさか本当に、彼が私を好きなはずはない……

「巫女《みこ》の姿が見えねえと探してみれば、こんな場所に隠れて男といちゃついていたとは思わなかった。俺ほどの美形を毎日見ておいて、どうしてそっちに行くかねえ？」

「自信があるのは結構だけど、その言い方はハビエルくんに失礼じゃない？」

「巫女《みこ》様、ちょっと今のキャプテン目がやべーから、火に油を注がないで」

確かにガリアストラの目は据《す》わっていた。私の勝手なふるまいがよほど許せないらしい。

「うわあ、喧嘩《けんか》ってマジだったんだ……巫女《みこ》様が勝手にヒステリー起こしてるだけだと思ってた」

「ハビエルくんそんなこと思ってたの⁉」

「この女、俺が連れていっても問題ねえよな、ハビエル？　それともまだ何か用でもあるのか？」

「いーや、なんもないし連れてってていーよ」

「ハビエルに許可されなくても連れていくけどな」

「なら聞くなよ——巫女様《みこさま》、忘れ物！」

ガリアストラに引かれるまま調理室を出ようとした時、ハビエルくんが包みを投げてよこした。

なんとかキャッチした紙包みは、中にクッキーが入っている軽い感触がある。

「報酬代わりに半分いただいとくから、そっちはちゃんとキャプテンにあげなよ、巫女様《みこさま》！」

「ハビエルくんもちゃんと食べてね！」

「わかったって」

ひらひら手をふるハビエルくんに手を振り返す。

もう片方の腕を握るガリアストラの手は、なぜだか先程より優しくなっていた。

上甲板《じょうかんぱん》にあがり船長室まで戻ると、ガリアストラが気まずげに切り出した。

「ええと、君が先程調理室でやっていたのは、つまり……」

「ハビエルくんに教えてもらって、クッキーを作っていたの。その、ほとんど私は何もしていないようなものだけど……」

「俺のために、ってことか？」

ガリアストラは、毎日太陽に晒《さら》されているくせに白い頬を、紅潮《こうちょう》させる。

目まで逸《そ》らして照れたような顔なんてしないでほしい！　びっくりした!!

きっと誰が相手でもこういう態度ができる人なのだ。平凡なＯＬの心臓に悪すぎる。

「えっと、まあ、そういうことになるのかな……？」

「そうだったのか」

ガリアストラは妙に嬉しそうに破顔した。私の心臓が絞られたみたいに痛む。

ハビエルくんにレモンを食べさせる作戦の一環。そのためにレモン料理を教えてもらおうと思ったのだ。

途中でガリアストラにあげるという話になり、すんなりハビエルくんが教えてくれるならいいかなとも考えて、ガリアストラにあげる予定で型抜きをしたのも嘘じゃない。

でもあくまで成り行きなのに、そんな嬉しげな顔をされると困る。

「その、ガリアストラと仲直りしたくて。一緒の船にいるのに気まずいのは嫌だから」

気まずさの原因は、彼の告白を打ち捨てて逃げてきた私にある。

けれど、魔法もかくやという魅了から我が身を守るのが、それほど悪いことだとは思えない。

ただ、冷静に、彼と話したいことがあった。

「……もしもパウラちゃんのために宝珠を使うと、どんなことが起こるって心配しているのか、ガリアストラの考えを聞いてもいい？」

「早晩君がパウラの名を騙《かた》ったと露見する。調べればすぐ、君がどこの神殿にも所属しねえことが判明し、君は偽巫女《にせみこ》として糾弾《きゅうだん》される羽目になるに違いない。そうなったら、少なくともダバダ王国では指名手配だ。君が生きられる場所はなくなるだろう」

話を聞いて、降りかかると予測される災難の規模に唖然《あぜん》とした。

「あの、出頭とかしたらどうなるのかな……？」

「死刑になるな」

初めから言われていたことだった。

巫女《みこ》のふりをするのは死罪に値《あたい》する。だから誰もしないのだ。

してしまったとしたら、しらを切り、隠し続けなくてはならない。

「それが、苦しんでいるパウラちゃんに海の宝珠を使わない理由なんだね」

「ああ。パウラを助けるために君が死刑に処されては困る」

「……ガリアストラ、目の前に困っている人がいたとして、その人に関わったら厄介事に巻き込まれるかもしれない。その時、あなたはその人を助ける？　それとも見て見ぬふりをする？」

「パウラのことか？　なら、見て見ぬふりをしろ」

「助けて厄介事に巻き込まれて死ぬような目に遭《あ》う人のこと、どう思う？」

「ただの馬鹿だな。君はそんな大馬鹿野郎にはなるなよ」

そういう答えが返ってくることはわかっていたものの、ちょっと泣きそうになる。

日本で私が声をかけてしまった男は、少し挙動がおかしかった。それでも困っている様子で、必死になって何かを探していたので、つい声をかけたのだ。

彼は財布を探していて、私は話をしつつ一緒に探した。見つかった時には亡くなったママの形見なのだと言って、お礼を言ってくれた。

あの時私は、彼の役に立ててよかったと心の底から思った。

今だってその気持ちが消え失せたわけじゃない。

「……そっか。うん、答えてくれてありがとう、ガリアストラ」

追い回されて、林の中に逃げ込んで、神様に縋《すが》って祈るほど怖かったけれど、それでも困っている人を助けたことを後悔したくない。

そんな私は、きっとガリアストラから見れば大馬鹿者なのだろう。何度話し合ってもわかりあえる日は来ない。

でも、それならどういう手段が私に残されている？

「それにしても、君の作ってくれたレモンクッキーはすげえ美味《うま》いな。俺の拠点の管理を始めた暁《あかつき》には毎日作ってもらおうか」

「いやそれは、ハビエルくんの協力がなければできなかったもので――」

自分で口にし、この状況を打開する方法に気づいてしまった、かもしれない。

「協力……誰かの」

「ミズキ？　どうしたんだ？　俺は別に君がクッキーを作れなくても気にしねえぜ？」

「あ、うん。ハビエルくんに教わるから期待していてね」

「いや、ハビエルと君を二人っきりにさせるくらいなら、何も作れねえままでいいんだが」

「ボロを出さないように気をつけるから、大丈夫」

「そういう意味で言ってるんじゃねえが!?」

ガリアストラのびっくりした顔は、それでもなお綺麗だ。こんな人とわかりあえると思っていたのが、そもそも間違っていた気がする。

遠い未来を見据《みす》える人が足元に転がる石ころの嘆《なげ》きに無関心でいる事実を責めようと思うほど、もう子どもじゃない。

きっとガリアストラが正しくて、私が間違っている。

でも今回の場合、間違いを犯して苦労するのは私だけみたいなので、たとえガリアストラに嫌われてもやってみようと思った。

ψ　ψ　ψ

「――ガリアストラ、もし私のことが嫌になったら、拠点の管理人をさせてくれるという話、いつでも撤回してくれていいからね」

妙にすっきりとした顔で嫌なことを言い出すミズキの表情を、俺は思わず探った。

俺の下心に気づいてやんわりと牽制《けんせい》しているのかとも考えたが、困ったようにニコニコ笑う彼女の目に俺を厭《いと》う色はない。

少々きつく言いすぎたのを気にしているのかもしれなかった。

「そんなつもりは少しもねえよ。休暇をとって君と過ごす家をどこに建てるか、今からわくわくしているんだからな」

「一から建てるつもりなの？」

「君も一緒にデザインしよう。家が建つまでは海辺のロッジでも借りてゆっくり過ごすかい？」

「……ガリアストラの話は夢があっていいよね」

「俺は本気で言っているんだがな、ミズキ。君を、まあその――なんだ」

なぜ俺は口ごもっているんだ？

口にしなれた言葉をいつものごとく口にすりゃあいいだけなのに。

「――好きになっちまったから、な」

意思を無視して心臓がうごめき、血潮が妙に全身を巡る。本当に、何だこれは。

一瞬、目を見開いたミズキの頰に赤みがさし、俺の言葉が彼女の胸の奥に秘められた襞《ひだ》に触れた感触を得る。とんでもないものに触れちまった気がして、何もされてねえのにたじろいだ。

だが、ミズキは目を逸《そ》らすと小さく息を吐き、顔を上げた時には呆《あき》れた表情を浮かべている。

「はいはい。ありがとうね」

その反応に、奇妙なほど落胆している自分がいた。

送った秋波《しゅうは》を軽くいなされただけだっていうのに、惨《みじ》めだ。

今、はっきりと理解する。おそらく彼女は初めから、ずっと正直だったんだ。

この女は俺に惚《ほ》れてなんかいねえ。異世界だのなんだのって話はまだよくわからねえが、俺の船に突如現れたって話も事実なんだろう。海の女神に宝珠を与えられてもおかしくないお人好しだからな。

つまり――当初考えていたほど、この女は俺が好きじゃねえんだ。

むしろ、俺は嫌われているのかもしれない。

何度も傷つけるような言葉を口にし、侮辱《ぶじょく》した。

ふいにこれまでに覚えたことのない焦燥感《しょうそうかん》に駆られ、ミズキの眼差《まなざ》しを俺に向けさせた。

「ミズキ、どうしたら冗談じゃねえと君に伝わるんだ？」

「何のこと？　まさか、好きとかいうアレ？」

「言葉じゃ伝わらねえなら行動で示すか？　君にキスをすればわかってもらえるのか？」

「えっと、そういうのは困るよ」

「何が困る？　俺みたいな男に好かれるのは迷惑ならそう言え。だが、俺が君を好きだという事実は認めてくれ。認めた上で君の気持ちを、俺の感情が君の心にもたらした変化を教えてくれ。何も変わらねえっていうんならそれでもいい。だが――」

「ちょっと待って！」

ミズキを壁際まで追い詰めて、その額《ひたい》に自分の額《ひたい》を押しつける。

こうすれば彼女は頬を紅潮《こうちょう》させるんだから、全く脈がないというわけでもない。

そう思いたいだけかもしれないが……いや、なんだよ、この惨《みじ》めったらしい考えは!?

「ガリアストラはとてもかっこよくて、みんなに信頼されるリーダーで、頼りにされていて」

観念したように口を開いた彼女が紡《つむ》ぐのは、俺を褒める言葉なのに、嫌な予感がしてたまらなかった。

「そんな人が、私を好きになるはずがない」

「んなことねえ！」

「……ううん、絶対にない」

ミズキは何の根拠もなく断言する。口が渇いて舌がひりついた。

なんで俺がこんな扱いを受けなくちゃならねえんだよ。

無理にでも押し倒して事《こと》に及べば、終わる頃にはなるようになっているんじゃねえか？

そんな血迷った考えを巡らす俺を見つめ、ミズキは淡く笑って切り出した。

「私、ここに来る直前、ストーカーに追われていたの」

「はあ!?　君は大丈夫だったのか!?」

「うん。女神様の像を見つけてお祈りしたせいか、こちらの世界に逃げられたからね。ガリアストラの部屋に連れてきてもらって、逃げ切れたよ。心配してくれてありがとう」

「……だから君、ストーカー扱いは嫌だと何度も言っていたわけか」

彼女の言葉を信じて、その上で考えてみる。するとミズキの状況を説明できる現実的な可能性を一つ、思いついた。

「もしかしたら、その女神像の中に宝珠が隠されていたのかもしれねえな」

「海の宝珠が？　あ、それで私の願いを叶えてくれたってこと？」

「それなら君が突如俺の部屋に現れたって話に説明がつく」

異世界というのはピンと来ねえが、ミズキがこれまで過ごしていた場所と船の様子が随分違うのかもしれねえ。人種も俺とは若干違うようだし、それで彼女がここを異世界だと思っている可能性はある。

「そっか、女神様はもう私の願いを叶えてくれていたんだね」

「……それで、君は俺とストーカーが被《かぶ》るから、俺に迫られるのは嫌悪感が湧《わ》くってわけか？」

「そうじゃないよ。初めて会ったのがガリアストラで安心した。ストーカーの疑いをかけられたのは嫌だったけれど、こんな人なら確かに私になんか用はないだろう、って」

「君を不安にさせるから、俺の想いなんて消しちまえっていうのか？」

「そこまでは言わないよ。でも、結局は遊びなんでしょ？　それならちょっと控えてくれたほうが嬉しいなっていう話なんだよ」

「どうして遊びだと思うんだ、君は」

「ガリアストラは付き合ってとか、結婚を前提にとか、絶対に言わないね」

ミズキの指摘にぎょっとした。

正式な恋人関係や結婚を迫られた経験は、数え切れないほどにある。義理の妹として信じていたパウラにさえ裏切られ、結婚を迫られたところだ。

ミズキが迫ってきているわけではないのに多少身構えた俺を見て、この女は笑った。

その諦《あきら》めたような笑みに、何かを決定的に間違えたことを悟る。

「遊びが悪いとは言わないけど、私はもう二十六歳で将来のことを考える年齢なの。お付き合いするなら結婚を前提にしか考えられないし、船の中に私しか女がいないからって遊びの相手にされるのは、その……迷惑なの」

彼女の声音はあくまで優しく、物わかりの悪い子どもを諭《さと》すみたいに穏やかだ。

「だからごめんね。ガリアストラはもしかしたら、あなたなりに本気で言ってくれているのかもしれない。そうだとしたら、それ自体はありがたいことだと思う。でも今は遊びの相手をしている余裕はないし、まともに受け取るつもりもない」

穏やかに言い終えた後、硬直して一言も発せずにいる俺を見上げて彼女は苦笑した。

「いつも助けてくれているのに、ごめんなさい。こんなんじゃ、ガリアストラの拠点の管理をさせてもらうのなんて無理だよね。あの話はなかったことにしよう」

無一文の上、異世界から来たと信じているくせに。俺に頼らなかったら、路頭に迷うしかねえだろう。

それでも、ミズキは未練のない様子で部屋を出ていく。

俺にはまだ話したいことがあったのに、みっともない気がしてその背を追うことができなかった。

「ふざけんなよ……この船に君しかいないから、君を相手にしているわけじゃねえ」

ミズキのいない部屋に、自分の吐露《とろ》が未練がましく響く。

「だが、結婚、か。確かに考えもしなかった……女はいつもその話をする」

彼女は俺と結婚を前提とした付き合いがしたいわけじゃない。そのつもりもなく誘いをかけてくる俺を切り捨てただけだ。

つまり万が一俺がプロポーズをしたとしても、断る可能性はある。

「叶わねえかもしれない想いを抱えるってのは、こんなに居心地が悪いのかよ」

なら、本気になんてなりたくもねえ。駄目かもしれねえのに、結婚なんて考えたくもねえ。

世のフラれた男どもはその後、一体どうやって生きてるんだ？

「片思いなんぞ俺には向いてねえ」

女なら誰だって俺を求める。俺が求める以上に与える。

ミズキ以外の相手であれば、こんな苦しみは味わわなくて済む。

「適当に金を渡して別れるのも手か」

これからも近くにいて、共に過ごしてみたいと思った。だから拠点の管理を任せようとした。

だが、こんな想いはいらない。

手に入らないかもしれない不安に怖《お》じ気《け》づくのも嫌だ。

「……結婚、ねえ。チッ、考えたくもねえ！」

頭を振って、一瞬浮かんだ考えを振り払う。

もしも俺が本気になって、ミズキだけを生涯にわたる伴侶として選んだとして。

それをミズキに伝えて受け入れられたとしたら――と。

考えた時に胸に馬鹿みてえに湧《わ》き上がってきた妙に浮《うわ》ついた感情を追い出そうと、俺は何度も頭を振る羽目になった。

ψ　ψ　ψ

目的の部屋は私の部屋の下の階、ハビエルくんの部屋と同じ階にある。

これまであまり近寄らないようにしていた場所――私は意を決して扉をノックした。

すぐに開かれた扉の内側の部屋の主の視線は、しばらく高い位置で訪問者の顔を探す。その表情が険《けわ》しくて逃げ出したくなってくる。

でも、私を見つけると、彼の表情は幾分か和《やわ》らいだ。

「――巫女《みこ》様でしたか」

「いきなりすみません、アメツさん。少しお話がしたくて来たんですが、お時間ありますか？」

「勿論《もちろん》です。部屋へどうぞ」

「あ、はい」

ノータイムの返事だった。私が時間を作ってほしいと言えば、なくても作りそうなのが怖い。

部屋に入って二人きりになるのは躊躇《ためら》われたけれど、これから私がするのは内緒話だ。背に腹は代えられない。

「お邪魔します……」

「どうぞ、椅子をお使いください」

アメツさんの部屋は驚くほど殺風景だった。ハンモックと作りつけの机と椅子が一脚しかない。

机の上に本とランプ、ハンモックにかけられた洗い替えの服らしきもの。それ以外には本当に、何もなかった。

「どのようなご用件でしょうか？　おれにできることがあれば何なりとお申しつけください」

「……その、お願いがあるんです」

「はい、巫女様《みこ》。どうぞ何でもおっしゃってください」

即答。問題は私が怯《おび》えてしまうことくらいで、アメツさんに助けを求めるのはきっと正解だ。

「アメツさんにいただいた海の宝珠なんですが、その、ガリアストラに取り上げられてしまったんです。それを取り戻すのを手伝ってほしくて――」

「今すぐ殺してきます」

「待って、待って待ってください⁉　ちょっと、待ってください！　お願いします！　落ち着いて聞いてください‼」

慌てて部屋の扉の前に立《た》ち塞《ふさ》がって、アメツさんの通り道を遮断する。私を無理やりどけて行くわけにはいかないのか、彼はない眉を顰《ひそ》めて立ち止まった。

「どうか落ち着いて聞いてください、アメツさん！」

「おれは落ち着いていますが」

冷静に仲間を殺しに行こうとするのは、もっとやめてほしい。

どう見てもアメツさんは本気だ。私は自分が偽巫女《にせみこ》だとバレれば殺されると改めて感じ、震えそうになる。

それを抑え込んで、乾く唇を舐めてから問う。

「アメツさんは、目の前に倒れている人がいるとして……その人が例えば、凶悪な殺人犯で、助けたら殺人犯に目をつけられてしまうかもしれないとなった時、助けるのは間違っていると思いますか？　馬鹿なことだと、そう思いますか？」

「申し訳ありません。質問の意図がよくわかりませんが、必要ならおれは助けると思います。人殺しが反撃してこようと鎮圧する自信がありますので」

そういう話ではないんだけれど、私のたとえ話がわかりにくいのが悪いよね。

「私も、助けたいと思います。どんな人が相手でも。私が人助けをすることと、その相手がどんな人なのかは全然別のことだから。でもガリアストラは私のために助けるのをやめさせようとして、私から海の宝珠を没収したんです」

「……ガリアストラが、巫女《みこ》様のために？　巫女《みこ》様は人殺しを助けるために海の宝珠を使おうとされているのですか？」

「人殺しはわかりやすくするための極端なたとえ話です。助けたら少し困ったことになるかもしれないけれど、ガリアストラが考えすぎなんじゃないかなって思うんです。私は絶対に大丈夫だと信じていて」

「ガリアストラが困難な状況に陥《おちい》ると予言するなら、その通りになるでしょう。あの男には先見の明がある」

「アメツさんもハビエルくんと同じことを言うんですか……！」

「……ですが、おれは巫女様《みこ》のお気持ちを尊重したく思います」

「じゃあ、協力してくれるんですか！」

「ええ。ガリアストラから海の宝珠を取り戻す手助けをさせてください。どのような危険が発生しようと、おれが巫女様《みこ》をお守りさせていただきます」

もし何かが発生するとしたら、私が偽巫女《にせみこ》だとバレる時だ。アメツさんが守ってくれることはきっとないものの、その気持ちが嬉しかった。

「ありがとうございます、アメツさん！　私だけじゃどうにもできそうになくて、よかった……！」

海の宝珠の存在は、船員にあまり知られないほうがいい。この船で私が海の宝珠を持つと知っているのは、ガリアストラのほかにハビエルくんとアメツさんだ。

ハビエルくんには別の子のために宝珠を使うと言った手前、頼れるのはアメツさんしかいない。

「それではガリアストラをぶん殴って奪い取ってきます」

「待って!?」

扉に張りついてアメツさんの暴走を阻止する。彼は困り顔だ。

そんな顔をされても私のほうが困っている！

「どうか穏便にお願いしたいんです！　具体的に言うと、言葉はとても悪いけれど盗むのに協力してほしくて！」

「どうしてそのようなまどろっこしいことを？　肉弾戦ではおれのほうが圧倒的に強いので、ガリアストラを閉所に追い込めば制圧は容易ですが？」

「物騒な考えから離れていただきたいですね！」

こっそり盗み出さなくてはならないのには、わけがある。

ハビエルくんが教えてくれた宝珠の使い方によると、パウラちゃんを治すためには直接触れないといけない。

真正面から海の宝珠を奪えば、ガリアストラは私がどうしてそれをしたかすぐに気づく。船長室を封鎖されたら、たとえ海の宝珠があってもパウラちゃんを治せなくなる。

「秘密裏《ひみつり》に盗む……ガリアストラに願いの成就を邪魔されるのを懸念《けねん》されておいでですか」

「そうなんです！」

「巫女《みこ》様にお命じいただければ、おれが血路を開きます」

「それは、その」

目標が海の宝珠の時は、アメツさんに助けを求められる。でも、船長室を封鎖された後は、何のために押し入ろうとしているのか説明できない。

海の女神に呪われた偽巫女《にせみこ》がそこにいると、彼に教えるわけにはいかない。

「――なるほど、大体わかりました」

「えっ、アメツさん？　わかったって何が？」

「巫女《みこ》様がそのような顔をされる理由です。だが、所詮はおれの想像にすぎない」

私はどんな顔をしてしまっているの？　アメツさんはどんな想像をしているんだろう。

怖いし、聞きたい。けれど、もしも私の考えが当たっていたらどうしよう？

表情のせいで全てが露見し、パウラちゃんにまで危険が及んだら――

「巫女《みこ》様、どうかご安心ください。おれは巫女《みこ》様のために働きます」

アメツさんはそう言いながら、扉に張りつく私の足元に跪《ひざまず》いた。

「おれはかつて神殿で働いていました。神殿が行う数々の不正や欺瞞《ぎまん》を糊塗《こと》する裏の仕事をしていたのです。それに疲れ果て、今は真の信仰を求めこの船に乗り、各地を旅しています」

彼が何を言うつもりなのかわからなくて恐ろしかった。裏の仕事って、一体何？

アメツさんの顔が怖いし、言うことも怖いし、物騒なお仕事しか思いつかない。

「巫女《みこ》を名乗る方にも何度も会ってきました……ですがその中に、海の女神の呪いを持つ者へ慈悲を示した方はいません」

「ラフィタさんのこと、かな？　握手しただけですが」

「巫女《みこ》様はあの男に対して寛大でした。海の女神の怒りが伝わってくると嫌悪感を剥《む》き出《だ》しにし、怒鳴り散らし足蹴にしたりはなさりませんでした」

「そんなことするわけないでしょ!?」

見るからに具合が悪そうな人を前に、病気が伝染《うつ》るかもしれないと怯《おび》えるのならまだわかる。

でも、足蹴にするとか意味がわからないよ。

「……巫女《みこ》様は、これまでに見た巫女《みこ》様の誰とも違う」

「わ、私のことを疑ってるんですか？」

「いいえ、何が巫女《みこ》として正しいのか、おれにはわかりません。ですが海の女神の呪いに冒《おか》されたあの穢《けが》らわしい男に慈悲深く触れてやる巫女《みこ》様を拝見した時、胸を打たれたのです。これこそが巫《み》女《こ》として正しい姿ではないのかと」

アメツさんの強い眼差《まなざ》しに射貫《いぬ》かれ、私は息がしづらくて苦しかった。

重い重い期待に押し潰《つぶ》されそうだ。

けれど顔を上げなくてはいけなかった。事《こと》の正否にかかっているのは、私の命だけじゃない。

「私にだって、正しい巫女《みこ》の姿なんてわかりません。でも、倒れている人を助けることと、その人がどんな人かは関係がないと思っています。だから助けます。女神様に怒られている人のことだって、助けられるのなら助けるんです」

「ご立派なお志《こころざし》だと思います」

アメツさんに、もしかしたらバレちゃったかもしれない。

私が海の女神に呪われた人を助けようとしているって……でも邪魔をするつもりはないようなので、ガリアストラよりはマシだ。

巫女《みこ》を名乗っていた人が海の女神に呪われたのでなければ、アメツさんは殺そうとまで思わないらしい。

「海の宝珠はガリアストラの部屋の、鍵のかかった貴重品棚の中にしまい込まれています」

「ああ、ガリアストラがいつも首からかけている鍵が必要ですね」

「こっそり借りたりできますか？　私じゃどうしても手出しできなくて」

「ふむ……鍵そのものがなくとも、鍵開けは可能だと思います」

「えっ、そんなことできるんですか？　すごい！」

「褒められた技能ではありませんよ、巫女様《みこ》」

やんわり言われて、確かにと思う。裏の仕事というのをしていた時に培《つちか》った技術かな？

「タイミングを見て実行します。ガリアストラを部屋から引き離しておく必要があるかと思いますので、巫女様《みこ》にも手伝っていただきたい」

「私にできることがあるんですか？」

「おれが鍵開けをしている時、ガリアストラが部屋へ戻らないよう引きとめてほしいのです」

「なるほど、大役ですね……できるかな」

「もしもお嫌でなければなのですが、巫女様《みこ》が身体を使って誘惑してくだされば、おそらくガリアストラは動けないかと」

「か、身体……!?」

「申し訳ありません。失言でしたか。すでにそういう関係なのかと勘違いしてしまいました」

とんでもないことを言い放ったのに、アメツさんは平静そのものだ。理不尽すぎる！

熱くてたまらない頬に手を当てて冷やしつつ彼を睨《にら》みつけると、軽く頭を下げられた。

「タイミングを見て合図をお送りします。目安として五分、ガリアストラの足止めをお願いできますか？」

「……頑張ります」

考えてみると、アメツさんは成功の確率を上げるために方法を提案してくれたにすぎない。怒るなんて、私のほうこそ理不尽だった。

でも、ついさっき遊びはお断りだ宣言をしてきたばかりだ。

こんな女、ガリアストラだって願い下げだろう。自分でも可愛くない女だと思った。


いつアメツさんに合図を出されるだろうとビクビクしながら過ごしているうちに、二週間も経った。目的地のセリシラ港に到着するまで一週間を切る。

同じ船に乗っている今が最後のチャンスなのに、ガリアストラはあからさまに私の動きを警戒していた。

精力的に船中を動き回り働いているけれど、船長室を基点として五分といえども空《あ》けないのだ。

船員たちもそれに違和感は覚えないらしい。おそらくガリアストラは、隠し部屋にいるパウラちゃんのことが露見しないように、元からあまり部屋を空《あ》けないようにしていたのだと思う。

私が話しかけようとすると露骨に避けるし、アメツさんに頼るしかなかった。

「巫女《みこ》様、なんでアメツのことチラチラ見てんの？　まさか惚《ほ》れた？」

「まさか！　あんな怖い顔……って、ハビエルくん!?　うわっ、今のなし！」

「いーよ。僕もアメツの顔は怖いって思ってるし。アメツのいいとこは顔じゃねーからさ」

海を見るふりをして甲板《かんぱん》でアメツさんを見ているのを、ハビエルくんに見つかってしまった。

アメツさんを大好きなハビエルくんに怒られなくてよかったものの、またちょっと失礼な疑問が湧《わ》く。

「おーっと、アメツのいいとこってどこだ？　って顔してるねー、巫女様《みこ》」

「そっ、そんな顔してないよ⁉」

「どもりすぎ。いや、巫女様《みこ》がアメツのいいとこ知る機会なんてねーから、そう思うのも無理ねーよ。巫女様《みこ》を怖がらせるようなことしか言ってねーもんね、アメツ」

「あはは……」

私が偽巫女《にせみこ》だったら殺すつもりで、ボロがでないうちは本物として扱う、だとかね。

ガリアストラの部屋に忍び込んで盗みを働く計画にまで協力してもらっているのに、素直に感謝できないのは、彼が私を助ける理由が、あくまで私が巫女《みこ》だからでしかないせいだ。

「アメツは仕事を教えるのがキャプテンの百倍うまいんだよ」

「ガリアストラもそんなに教えるの下手って感じはしないけど……？」

「キャプテンって何でもできるおかげで、たとえば専門分野のくせに自分よりできないやつを見ると、どうしてできないんだ？　とかフツーに言う」

「あっ、それは嫌な先生だし、ガリアストラがすごく言いそう」

不思議そうに目を丸くして、理解不能って顔になる気がする。

「自分よりできる分野を持ってるやつのことはめちゃくちゃ評価するし、ひがまない上、金払いがいいから、キャプテンはあれでいーんだけどね」

「それもなんかわかるな」

「アメツはその点、できねーやつのことわかってくれる。どうしてできねーのか、なんでわからないのか理解して、できるまで根気強く仕事を見てくれるんだ。昔はアメツもできないやつだったのかなって思うよ。今の姿見る限りじゃ全然、想像つかねーけど」

「へえ……」

神殿の裏の仕事というのをしていた時、アメツさんは苦労していたのかもしれない。

「僕は一芸が突出して優れてたんで、それを買われて船に乗った。初めはここじゃねー別の船にいたんだけど、船の仕事が全然できるようにならなくってさ。力仕事なんて農業ぐらいしかしたことないし、要領悪いし身体は小さいし、いじめられてたよ」

「ハビエルくんってよく見ると可愛いもんね」

「巫女《みこ》様には遠く及ばねーよ！」

ふんっと顔を逸《そ》らされて一瞬怒らせたかなと思う。でも、今のは褒められた気もした。いや、遠く及ばないというのは、いじめられそうってところにかかっていたの？

「――この船に来て、アメツが色々教えてくれたから今の僕があるんだよね」

思い出すように縁《ふち》にもたれて遠くを見つめたハビエルくんは、強い海風に目を細めた。

「アイツ、いいやつなんだよ。よく誤解されるけど。クソ真面目で空気読めないとこはあるし、海神《わだつみ》教への信仰心がちょっと暴走することもあるとはいえ、それもアイツのいいところだ」

「本当にハビエルくんはアメツさんが好きなんだね」

「ああ、すげー好きだよ。アイツみたいな男になりたいんだ。だから僕、巫女《みこ》様には感謝してる」

「感謝？」

されるいわれが思いつかなくて目を白黒させていると、ハビエルくんがぐっと顔を近づけてくる。

小麦色の瞳の中に映る自分の顔が見えそうだった。

「――解けてきてるよ。巫女《みこ》様が何かしたからだろ？」

低く囁《ささや》く彼は、目を細めて微笑《ほほえ》んだ。

「海の宝珠を使ってくれたわけじゃねーんだろ？」

「うん。そっか、治って……やっぱり」

海の女神の呪いが治ってきているというのなら、やはり彼の身体を蝕《むしば》んでいたのは壊血病《かいけつびょう》に違いなかった。

「一緒に食事をとりたがったのは、僕に料理を教えてもらいたい、なんて理由じゃねーんだろ？」

「どうしてそう思うの？」

「巫女《みこ》様が何が何でもレモンを食わせようとするから。どーして僕がレモンを避けているってわかったんだ？」

それこそが壊血病《かいけつびょう》にかかった原因だからだ。

「……なんでレモンを避けていたの？」

「故郷が恋しくて帰りたくなるせい。情けねーだろ？」

あっさりとハビエルくんが口にした言葉には彼の心情が込められていて、どんな思いで故郷の味を絶っていたのかが感じられた。

それなのに私は無神経にレモンを食べさせてきたのだ。

「巫女様が僕にレモンを食わせたのは、僕に僕の弱さと向き合うように仕向けるためなんだろ？　それが呪いを解くために必要なことだから」

彼はよく私の無神経さに耐えてくれたと思う。だからちゃんと説明しなければ。治り始めている今なら、彼を落胆させることにはならずに済むだろう。

ハビエルくんが海の女神の呪いだと思っているものは、壊血病《かいけつびょう》という人知の及ぶ病《やまい》でしかないと、そう話そうと心を決める。

その時、ハビエルくんが囁《ささや》いた。

「呪いの証《あかし》も消えてきたよ」

「――呪いの証《あかし》？」

「アレ？　巫女《みこ》様に見せただろ？　ほら、ニコラウの顔にも出ていた海魔《かいま》の模様」

「海魔《かいま》の模様？」

彼は丁寧に説明してくれる。

「ミミズ腫《ば》れみたいな触手の模様がアイツの顔に浮かび上がって、脈打つたびに血が出ててグロテスクだったじゃん！　あれが呪いの証《あかし》なんだよ」

ラフィタさんの顔にタコのような形の傷痕《きずあと》があったのは覚えている。あれが呪いの証《あかし》？　似たものがハビエルくんの手の甲にもあったのは、確かに見たけれども。

「その模様って、呪われた人の身体には絶対に浮かびあがってくるの？」

「そう言われてる。巫女《みこ》様だって知ってるだろ？」

「私……ちょっと勘違いしていたかもしれない」

いや、たまたま似た傷痕《きずあと》ができただけで、彼らの言う海の女神の呪いは壊血病《かいけつびょう》でしょう？

現にハビエルくんは治ってきている。私がレモンを食べさせるようになって症状が改善している。

でもそれが偶然だとしたら――女神の呪いはこの世に存在していて、ハビエルくんはこれからも呪いに苦しむかもしれない。

その可能性が残っているのに、軽はずみな発言はできなかった。

「そういや、巫女《みこ》様さっき何か言いかけ、て――っ、ぐわッ!?」

「どうしたの、ハビエルくん？」

ハビエルくんが急に口ごもり、次の瞬間、頭を抱えてその場に頽《くずお》れた。

「痛《い》ってーッ！」

「ハビエルくん!?　どうしたの？　大丈夫!?　ま、まさか」

壊血病《かいけつびょう》、それとも呪いが酷《ひど》くなった？　女神様が怒った？　本当にこれは海の女神の呪いだったの？

混乱する私に、ハビエルくんは絞り出すみたいに言う。

「だい、じょうぶ……これ、呪いに関係ねーから」

そして、すうっと息を吸い込み、苦悶《くもん》に歪《ゆが》んだ顔で近くの船員を呼びつけた。

「キャプテンを呼べ！」

船員はすっ飛んでいき、すぐに人が集まってくる。その間も、ハビエルくんは頭を抱えて顔を歪《ゆが》めていた。

「大丈夫？　どうしたの？　ううん、つらいなら答えなくてもいいからね」

「おいハビエル、巫女《みこ》に背中を撫《な》でてもらってるとはいいご身分じゃねえか」

「ガリアストラ！　ハビエルくんは具合が悪いんだから、からかわないで」

久しぶりに言葉を交わすガリアストラに、むっとした顔で睨《にら》まれた。私も睨《にら》み返《かえ》す。

彼はパウラちゃんを治すのを邪魔して、その後は私を避け、会話一つすら交わさなかったのだ。

睨《にら》み合っていると、ハビエルくんが息も絶え絶えなのに仲裁してくれる。

「巫女様《みこ》、いつものことだからだいじょーぶ……キャプテン、でかいのが来る。ヤベー頭割れそうなんで寝てくる。悪いけど指示はハンモックから出させてもらう」

「君の体調の変化が頼りだ。無理はするなよ」

船員二人に支えられたハビエルくんが手を振って部屋に戻っていく。ガリアストラは私からふいと視線を逸《そ》らして忙《せわ》しなく行ってしまった。

困惑する私に、近づいてきたアメツさんが教えてくれる。

「ハビエルには天候の急激な変化を予知する能力があるのです」

「予知能力？」

この世界には女神様がいる。呪いがある。願いを叶える宝珠がある。

それらが全て事実なら、不思議な力だってあるかもしれない……でも、ハビエルくんの状態からして、もう少し現実的な可能性に思い当たった。

「頭痛……そっか、低気圧」

気圧の変化に敏感な人は、その影響で頭痛を起こしたり気絶したりすることがあるという。昔のドラマで、雨が降る前にくしゃみをしてしまう女の子の話を見たことがあった。

「それって頻繁に頭が痛くなるってことじゃ？　ハビエルくんの才能ってこれなの？　大変じゃないですか！」

「テイキアツというのはわかりませんが、有用ですよ。おかげで嵐雲を目視するより前に準備ができます――巫女《みこ》様はお部屋にお戻りください。いつ高波に襲われてもおかしくないので、くれぐれもお部屋の外にはお出になりませんよう」

「海に落ちちゃいますね……！　了解です！」

私の運動能力は、体育で言えば五段階中四くらい。でも、この船のマストの見張り台に登るのに尻込みする程度には低い。体育の成績がそこそこよかったのは学生時代の話で、今じゃただの運動不足のＯＬだ。

「巫女《みこ》様、これはチャンスです。ガリアストラは対策に追われ船中を駆けずり回るでしょう。これより盗みに入ります」

「それじゃ私は、足止めのためガリアストラにぴったりくっついていますね――」

「いえ結構です、やめてください。部屋にお戻りください」

アメツさんはひと息に言った。手助けなどいらないという強い意思を感じる。

「巫女《みこ》様が外に出ているのは本当に危ないので、大人しくしていてください」

「……はい、わかりました」

「嵐のおかげで、ガリアストラはしばらく船長室に戻る余裕もないでしょう。おれ一人でどうにかできますので、ご安心ください」

アメツさんは私の背中を押して客室まで送ってくれた。部屋に戻るのを見届けなければ安心できないと言わんばかりの信頼感のなさである。

「南南西に雷が落ちたぞ!!」

その時、見張り番が声を張りあげた。直後、低い雷鳴が空に轟《とどろ》く。まだ遠くに感じるものの、緊張感が船中を覆《おお》った。

「……南は進行方向ですよね？　そっちに進んだら危なそうですね」

「全く反対方向から嵐が来る可能性もあります。ガリアストラは南南東へ舵《かじ》をきるでしょう。運がよければ嵐に遭《あ》わずに済む。ですが、おそらく我々は嵐に遭遇する」

「どうしてそう思うんですか？」

問いかけると、アメツさんは私を見下ろしじっと瞳を覗《のぞ》き込んできた。気圧《けお》されて、じりじりと後ずさりしてしまうほどに、強い視線だ。

「本来、海神《わだつみ》の巫女《みこ》の乗る船は、海の女神の恩寵《おんちょう》により嵐に遭《あ》うことはないと言われています」

海の女神の呪いにはかからない、というものほど信じられている定説ではなさそうだ。ガリアストラの言うところの俗信で、だからこの状況でも彼は私のところへ来ない。

でも、アメツさんが怖くて私の足は震え出しそうだ。

「ですが今の巫女《みこ》様にとって、嵐は起こったほうが都合がいい。ですから我々は嵐に見舞われるはずです。ガリアストラの不在を狙い、おれはやるべきことを果たします」

そう言って、アメツさんは私の部屋を離れていく。

そっと窺《うかが》うと、その足でガリアストラの部屋——船長室へ向かったらしい。

それを見届けて部屋に戻り、力尽きてへなりとその場に崩れ落ちる。気力が尽きかけていて、扉を閉めるのも忘れ、背後から近づく気配にも気づかなかった。

「君、大丈夫かい？」

「っ、ガリアストラ？　……どうしてここに？」

「様子を見に来ただけだ。俺にいられても迷惑だろうし、すぐに立ち去る。だが一応、君が座り込んでいる理由を聞いてもいいか？　何かあったのか？」

私はガリアストラに酷《ひど》いことを言っていた。遊びで近づくのはやめてほしい、だなんて。

もしも彼の気持ちが本当だとしたら残酷な言葉だ。

とはいえ、そんな可能性は万に一つもないと信じている。

でも——どちらにせよ、彼に素っ気なくされて当たり前だ。私たちは意見の相違を抱え、未だに争い続けている。

それなのにガリアストラは私を心配してくれていた。

私は、こっそり宝珠を盗み出そうと企《たくら》んでいるのに。

思わず、涙が零《こぼ》れる。

「泣いているのか？　どうした？」

「ア、アメツさんと、さっきまで一緒にいて」

「何かされたのか？」

「そうじゃない……でも、海神《わだつみ》の巫女《みこ》が乗っている船は嵐に遭《あ》わないって聞いて、怖くなって」

「俗信だ。気にすることはねえよ、ミズキ。現にアメツは何もしなかったんだろう？」

何もしなかったのは、俗信を俗信と切り捨てたからじゃない。偶然にも、この嵐が起きたほうがいい理由を私が抱えていると知っていたためだ。

彼は、海の女神が私のために嵐を引き起こしたとすら考えているのかもしれなかった。

課される壮大な期待とそれに応えなくてはならないという巫女《みこ》の責務に、生きた心地がしない。

「……こんなことを言われても君は嬉しくねえかもしれねえが、君の無事を確認できて俺はほっとした」

そう言うと、ガリアストラは私の肩を軽く叩《たた》く。嫌な気持ちはしなかった。

「次はパウラの様子を見に行かなくちゃあならねえ。君はここで大人しくしていてくれ」

「っ、待って！」

焦《あせ》りのままにガリアストラの袖を掴《つか》む。振り払われたらどうしようかと思ったのに、彼は振り返り床に座り込む私を心配そうに見つめてくれた。

「どうした？　ミズキ」

「あ、あの……っ！」

「君はもしかして、あまり船に乗ったことがなくて怖いのか？　嵐は初めてかい？」

「うんっ、そうなの」

ガリアストラの勘違いに乗っかって頷《うなず》き、その袖を握りしめる。今、彼に船長室へ戻られては困るのだ。

「よし、嵐の心構えを教えてやろう。起きている間は机にロープで身体を括《くく》りつけておき、寝たくなったらハンモックに身体を縛りつけろ。それができるだけ青痣《あおあざ》を作らずに嵐を乗り切る方法だ」

私が嵐を前に怯《おび》えているのだと信じ、ガリアストラは面白おかしく身振り手振りをつけて説明してくれる。でも、私が彼の袖を掴《つか》んで離せないのは嵐が怖いからじゃない。

きっとアメッさんが戸棚の鍵開けをしている真っ最中に違いないせいだ。

「あの、ガリアストラ、もう少しだけここにいてくれない？」

ガリアストラは目を丸くする。どうしよう、不審がられたかもしれない。

でも、なんと言えば彼を自然に引きとめられるのか、まるでわからなかった。

「ごめんなさい、でも、お願いだから」

「……俺に、傍《そば》にいてほしいのか？　ミズキ」

「うん、ガリアストラに、傍《そば》に——」

たどたどしく懇願《こんがん》する私の頬に、ガリアストラが触れる。ゴツゴツとした大きな手の温かさに、彼を見つめた。

その青い瞳の奥には白い炎が燃えている。

次の瞬間、熱い体温を宿した腕の中に抱き寄せられた。

「この忙しい時に、女の相手をしている暇なんかねえってのに、今の俺は、君の我《わ》が儘《まま》を聞いてやってもいいって気持ちになっちまっている。この感情は一体、何なんだろうな？」

「ガ、ガリアストラ――？」

「これは遊びの感情なのか？　確かに結婚なんか考えたこともねえ。歪《いびつ》な家に生まれちまったせいで、そんなもんが人生の選択肢に上ったこともねえんだよ」

強く抱きしめられて気づいた。傍《そば》にいてほしいという言葉が、どう受け止められ得るのか。アメツさんが言ったような意味で捉《とら》えられていたらどうしよう？

その可能性に頬が熱くなる。

「本気、ね。本気になりゃあ君も真正面から俺の気持ちを受け止めてくれるのかよ。傍《そば》にいてほしいって、何なんだ。君こそ俺のことをどう思っているんだよ」

私が彼を引きとめているのは、アメツさんと鉢合わせにさせないための時間稼ぎ。

もしもガリアストラが抱く私への感情が遊びじゃなく、本気で想ってくれているとしたら、これほど悪質な嘘はない。

「……ごめんなさい、ガリアストラ」

「どうして謝る。いや、君の言葉を都合よく受け取ろうとしたからか。君はただ怖いだけだよな。アメツが怖くて、嵐が怖くて、たまたまここにいる俺に縋《すが》っているだけだってのに、勝手に期待しちまった」

ガリアストラほどの人が私を相手にするわけがないと確信している。

けれど、私を抱きしめる彼の腕は熱すぎて、その心臓の鼓動があまりにも速くて、確信が揺らいでしまいそうだ。

「俺のほうこそすまない、ミズキ」

「どうしてガリアストラが謝るの？」

「君は怯《おび》えてるだけなんだろうが、俺はどんな理由であれ君を抱きしめられて嬉しい」

ガリアストラが照れて笑う気配がした。愛《いと》おしさで胸が詰まる。

彼は真実を知ったらなんと思うんだろう？

「パウラの手を握りしめた君が口にした情熱的な言葉を聞いたあの時に、もう俺の心は奪われていたのかもしれねえな」

船が激しく傾いた。ジェットコースターに乗ったみたいな浮遊感がして持っていかれそうになる私の身体を、ガリアストラが易々《やすやす》と抱き留める。

「ニコラウの野郎に恐《おそ》れず触れると言った君の勇気には惚《ほ》れ惚《ぼ》れした」

波の音が大きくなり、雷鳴が響く。

どこかでガリアストラの名を呼ぶ声が聞こえた気がした。

けれど彼の話はまだ終わっていない。続きを聞きたくなり、その背中に手を回してしまう。

彼が微笑《ほほえ》む気配と共に、私の首筋に頬ずりする。

「あんなクソ野郎のために聖句を唱える君の微笑《ほほえ》みを湛《たた》えた横顔に、見惚《みほ》れちまった。あんな顔、

誰にも見せたくなかったぜ。よりによってニコラウになんて最悪だ。ほんっとうに最悪にもほどがあるぜ、ミズキ」

腐《くさ》しながらもガリアストラの声音はとても穏やかで優しい。何もかも気にならないくらい、彼の声と鼓動に耳が傾く。

「この気持ちは全部遊びなのかよ、ミズキ。君にとっては迷惑か？」

確信が、揺らぐ音がした。悪い誘惑の音だ。

こうだったらいいのにと願っているせいで聞こえる幻聴としか思えない。

「そうだと言うならしつこくはしねえ。だけどやっぱり異世界人の君をこの世界にただ一人放逐《ほうちく》するのは心配だから、援助はさせてくれ。家に帰りたいというのなら送ってやる」

「送ってやるって……」

少し笑ってしまった。ガリアストラはやっぱり、私が異世界から来たなんて全然信じていない。

だけど、否定はしないでくれた。

ストーカーだと思っているくせに優しく受け入れてみせたりして、挙げ句の果てには、私みたいなわけのわからない女を助けようとしているのだ。

確信が、船が、揺れる。あまりの荒々しさに今にも裂けてしまいそうだ。

土砂降《どしゃぶ》りの雨が甲板《かんぱん》を叩《たた》く音、歩き回る船員たち——ガリアストラの名を呼ぶ無数の声に、怒号。

彼の意識が私から逸《そ》れるのを感じて、もう引きとめられないと悟る。

「邪魔をしてごめんなさい、ガリアストラ。もう行って」

「ああ、悪い」

私は、未練がましく彼にしがみつくのをやめた。ガリアストラも私から離れ、すぐに嵐を見据《みす》える険《けわ》しく凜々《りり》しい船長の顔になる。

何事もおおらかに受け止めるその度量も、自信過剰な自己賛美をする得意げな顔も、不満を表して唇を尖《とが》らせた顔もだけれど。

船長としてみんなに信頼され、頼られて働くガリアストラの顔が、一番――

「好き」

「はっ⁉」

ガリアストラは足を止め、驚愕《きょうがく》の顔つきで振り向いた。

でも、外からはひっきりなしに彼を呼ぶ声が聞こえる。

必死の形相で外と私を見比べていた彼は、小さく呻《うめ》くとこちらを指さした。

「なんで今言うんだよ！　ミズキ、後で覚えてろよ⁉」

金のピアスをつけた耳まで真っ赤になった顔は、男の人なのに可愛い。一瞬だけど両想いになれた気がして嬉しくなり、私は笑った。

この関係はすぐに崩れ去るだろう。

だから、つかの間の幸福をちゃんと噛《か》みしめた。

「――巫女《みこ》様、ガリアストラの足止めありがとうございます。こちらです」

「ありがとう、アメツさん」

アメツさんはかなり前に船長室を脱出していたようで、ガリアストラが外に出ていくと入れ替わりに私の部屋に入ってきた。外で待っていたのか、ずぶ濡れだ。

私の手に海の宝珠を渡すと、彼は私の足元に跪《ひざまず》く。だんだん驚かなくなってきた。

「他に、おれにできることはありますか？」

倒れそうだったランタンの火を消し真っ暗になった部屋の中、ほんの少しだけ考える。

「今度は私がガリアストラの部屋に入るので、誰も中に入らないようにしてもらえますか？」

「ガリアストラも入らせないということで、よろしいでしょうか」

「それでお願いします」

何をするのか聞かれるかと思ったけれど、アメツさんは頭を下げるだけで聞かなかった。

「人目を避けますか？」

「ガリアストラに気づかれたとしても、先に部屋に入れたらそれでいいです。十分ぐらい誰にも扉を開けられたくないんですが、可能ですか？」

「可能です。十分でしたら全船員に攻撃を受けたとしても問題ありません」

「あはは、それはすごいですね」

アメツさんに手を借り、支えてもらって船の揺れに抗《あらが》いつつ室外へ出る。冷たい雨で、私は一瞬にしてずぶ濡れになった。

雨にかき消されないよう船員たちが大声で怒鳴り合いながら、甲板《かんぱん》の上を走り回っている。

必要以上に風を受けて煽《あお》られなくするためほとんどの帆を畳み、一枚だけ残した下部帆はできるだけ荒々しい風を受けないよう低い。彼らはそれを繊細に操り、嵐を抜けようとしていた。

船長室に入る寸前、ガリアストラを見やる。

彼は甲板《かんぱん》にいた。笛を吹き、声を張り上げ、率先して指揮している。

かっこいいなと思い見ていると、彼がふいに顔を上げた。

真っ暗になった空の下、雷と雨と波の音で聞こえにくく見えにくいのに、目が合ったのがわかる。

私が船長室の前にいるのを見て、目を丸くしていた。その視線を振り切るように顔を逸《そ》らす。

「アメツさん、よろしくお願いします」

「はい、巫女《みこ》様」

船長室に入り鍵を内側からかけ、まっすぐ部屋の奥にある戸棚に向かった。

棚の一番下の仕掛けに触れるため、本を抜き取り謎の物体の入った瓶を取り除き、底蓋を開く。

すると、むわっと湿気《しっけ》と黴《かび》と腐った生モノの臭《にお》いが漂《ただよ》ってきた。

そして、中から女の子のか細いすすり泣きが聞こえる。

嵐に揺れる船の暗い穴蔵の中、置き去りにされてどれだけ心細かっただろう。

痛む胸を押さえて急いで階段を下りていく。

揺れと階段の湿気《しっけ》で滑りそうになりながら辿り着いた真っ暗闇の部屋の中、ハンモックがある場所より低い位置から聞こえる泣き声の主を手探りで探した。

部屋の隅に蹲《うずくま》る彼女を見つけた時、思わずその身体をかき抱く。

「パウラちゃんっ！　大丈夫？　ハンモックから落ちちゃったの？」

「だれ……みず、き？」

「そうだよ。ミズキだよ。パウラちゃん、今すぐに治してあげるからね。待っていてね」

「なおす……？」

一刻も早く治してあげたかった。もはや説明する猶予《ゆうよ》もない。

誰がこんな状態でいたいと思う？　健康になりたくないなんて思う？

パウラちゃんの手に触れて、海の宝珠を強く強く握りしめて願った。

「海の女神様、パウラちゃんを治してあげて」

狭い船室だというのに強い風が吹く。どこかで嗅《か》いだことのある風だ。

濃い潮――この世界に来る時に嗅《か》いだねっとりとした濃く清い海の匂い。

今度は目を見開いて何が起きるのかを見ていた。私の手の中にあった海の宝珠は白い光を放ち、七色の光の粒となった後ふわりと拡散して、周囲の空気に溶けていく。

次の瞬間、私の腕の中にいたパウラちゃんの身体に変化が起きた。

「ああ、ア……あ！　ああっ！」

「パウラちゃん、痛いの？　大丈夫？　苦しくない？」

「痛くない、苦しくない……！　気持ちいい……すごく、気持ちいいわ！」

暗い部屋のはずなのに、彼女の姿はぼんやり暗闇に浮かび上がって見えた。

肌が淡く白い光を帯《お》びている。みるみるうちに傷口が塞《ふさ》がり、肌が再生し張りを取り戻していく。

抜け落ちてしまっていた歯は新しく再生し、髪の毛が美しく生え揃い、目に輝きが戻った。

変化はほとんど瞬《またた》きのうちに終わる。パウラちゃんはバネみたいに身軽に私の腕から跳ね起きた。

「ミズキ、あんた本物の巫女《みこ》だったの？　海の宝珠を持っているなんて」

パウラちゃんは長い期間の栄養失調や、寝ついていた影響など何もないかのように、元気に話した。まだ淡い光をまとっている彼女は、ふわふわとカールする金髪がとても可愛らしい。

「私を巫女《みこ》だと思い込んでいる人から寄付してもらったの」

「海の宝珠を寄付？　誰がそんなもったいないことしてくれるっていうの？」

「えっと、アメツさんだよ。知ってるかな？」

「ああ、狂信者のアメツね。リアお兄様から聞いてるわ」

パウラちゃんは肩を竦《すく》めると、部屋の中を見回した。リアというのは、ガリアストラのことだろう。

「あたしここから出られないの？　鼻が曲がりそうなんだけど。この臭《にお》い何？」

パウラちゃんはその異臭の原因が自分だとは思わなかったらしく、私は慎重に言葉を選んだ。

「え、と。ごめんね。後でお掃除に来るから」

「なんで後なの？　今やってよ！」

パウラちゃんが叫んだ直後、上で強い振動がドゴンと響いた。

この音は前に聞いたことがある。船長室の扉が強く叩《たた》かれる音だ。

「パウラちゃん、私は戻って上の騒動を鎮《しず》めなくちゃいけない。だからここにいて」

「後でちゃんと掃除しなさいよ」

「うん、わかった」

パウラちゃんになんとか納得してもらって、急いで階段を上がる。一度船が大きく揺れて階段を滑り落ちるかと思った。

どうにか上がりきると急いで棚の底蓋を嵌《は》め込み、陳列物を元に戻す。ガリアストラの香水を借りて身体に吹きつけた直後に、扉の蝶番《ちょうつがい》が外れた。

扉の向こう側には肩で息をするガリアストラと、船員にもみくちゃにされるアメツさんがいる。

「ミズキ……君、まさか」

ガリアストラは扉を閉めて猛然と貴重品棚にとりつくと、首から提《さ》げていた鍵を引っ張り出し引き出しの鍵を開けた。中に海の宝珠がないのを確認して、しばらく呆然とする。

そして数秒後、全てを理解した顔で私を睨《にら》みつけた。

「可愛らしく俺を部屋に引きとめてみせたのは、こいつのためか」

「本当にガリアストラはすごいね。すぐにわかっちゃうなんて」

「協力者にアメツを選ぶとは命知らずだな」

「何も説明しなくても協力してくれた」

「そりゃあ巫女《みこ》の頼みだからな、あいつは何でもする。だがその分、秘密が露見した時の反動は凄《すさ》まじいだろう」

ガリアストラは淡々とそう言うと、部屋の奥を見やった。

「棚の物が動いている。君が俺の香水の匂いをプンプンさせてるってことはつまり、下に行って全てを済ませた後ってわけだ」

「パウラちゃんは元気になったよ。ガリアストラには、喜んでほしいな」

「ふざけやがって……！　それがどんな事態をもたらすか、君にはきちんと説明したよなあ!?」

「それでも、起こっていないことのために助けられる命を見捨てられなかった」

「君は大馬鹿者だ……君にはがっかりした！　盗人《ぬすっと》じゃねえか。俺の部屋から今すぐ出ていけ！」

「でも――」

「出ていけって言ってんのがわからねえのか、ミズキ！」

ごめんね、パウラちゃん。部屋の掃除はしてあげられそうにない。

私が部屋を出ると、アメツさんはもう解放されていた。船員たちはどんな説明を受けていたのか、ガリアストラとアメツさんの個人的な喧嘩《けんか》程度に思っているらしい。

「申し訳ありません、巫女《みこ》様。少々稼げた時間が短かったのではないかと思います」

「ううん、大丈夫。ちゃんと用は済ませられたので」

「それはよかった。――海水を浴びる必要はありますか？」

以前、海水を浴びせられたのは、海の女神の呪いにかかったラフィタさんと握手した時。それを言うということはやっぱり、アメツさんは私が何をしてきたのか理解しているのだ。

「私はその必要があるとは思いませんよ、アメツさん」

アメツさんは探るような目つきで私を見下ろしていたものの、やがて頷《うなず》いた。

「かしこまりました。それでは巫女《みこ》様を部屋までお送りしたらおれも船の操縦に戻ります」

私は部屋に戻り、アメツさんは仕事に戻る。

そして、それから何時間も船は荒れた海を彷徨《さまよ》い続けることになった。死ぬかと思うほど揺れたし眠れなかったけれど、幸い船酔いにはならなかった。

私はずっと部屋にいて、ハンモックに埋もれていたのだ。

ガリアストラに合わせる顔がない。

かすかに甘くスモーキーなガリアストラの香水の香を胸いっぱいに吸い込みながら、うつらうつらしていると夜が明けた。船の揺れはほとんど収まり、雷の音も遠くに去っていく。

「セリシラが見えたぞー！」

予定よりも随分と早く目的地に着いたらしかった。嵐が船を運んでくれたのかもしれない。

ここでガリアストラともこの船の人たちとも、永久にお別れすることになるに違いなかった。


セリシラ港は思っていたよりこぢんまりとした港だった。

ガリアストラたちは商人だと聞いていたので、てっきりたくさんの船が停泊し、忙しく積み荷を揚げ降ろしする光景が広がっていると思っていた。けれど、どちらかというと観光地のような場所だ。

ビスケットのように可愛らしい家が並んだ小綺麗な街の傍《かたわ》らに、ビビアーナ号はひっそり停船する。

「巫女《みこ》様、おはよー。巫女《みこ》様は寝てねーみたいだけど」
「おはようハビエルくん。具合は大丈夫なの？」
「頭が痛くなった時点で薬飲んで身体をハンモックに縛りつけて横になってたから船酔いしている
やつに比べれば平気。巫女《みこ》様こそ結構平気そうだね。やっぱ巫女《みこ》様って酔ったりしねーんだ」
私が船酔いしなかったのは単なる偶然であるものの、その思い込みを自《みずか》ら崩す必要はない。
「市場とか、見えるところにはないんだね」
「ああ、ここって住民用の波止場《はとば》だから。大きなマーケットはもう少し離れたとこにあるよ。興味
あるなら後で案内しよーか？」
「ありがとうハビエルくん。時間があったらお願いしようかな」
私に後どれぐらいの時間が残されているのかはわからないが、できたらハビエルくんと散歩くら
いしたい。結構仲良くなれた気がしているのだ。
そう思った時、ガリアストラが部屋から出てきた。彼の後ろには大きな荷物を抱えた船員たちが
ついて歩く。
「丁重《ていちょう》に扱えよ！　そいつは特に、巫女《みこ》の装束《しょうぞく》や法具が入ってんだ。落としたり傾けたりすりゃ女
神の怒りを買うと思え！」
螺鈿《らでん》で花の模様が象眼《ぞうがん》された長櫃《ながびつ》の中身は、確か巫女装束《みこしょうぞく》と装飾品が少しだった。それなのに、
船員二人がかりでも随分と重そうに運んでいる。
それに、ガリアストラの表情が険《けわ》しい。神経を尖《とが》らせているようだった。

そう思ったところで気がついた。あの中にパウラちゃんが隠れているのだ。

「神殿に先触《さきぶ》れを入れて入港許可証をぶんどってくる。君には話があるから逃げるんじゃねえぞ」

先に長櫃《ながびつ》を船から降ろさせるために立ち止まったガリアストラが、私を見ないでそう言った。

「逃げたら地の果てまで追いかけて泣かせてやる」

「……うん。ガリアストラには、私を怒る権利があるね」

ハビエルくんが、私とガリアストラの関係の急激な悪化に驚いた様子で目を丸くする。

そういえば彼はずっと部屋にいたため、事《こと》の成り行きを少しも知らないんだ。

「君は俺を嵌《は》めやがった。絶対に許せねえ」

「うん」

「俺をおちょくりやがって、こんな屈辱的な思いをさせられたのは初めてだぜ」

「ごめんなさい」

「謝って済むような話じゃねえ。君には償《つぐな》いをしてもらう」

ガリアストラがそれを望むのであれば、粛々《しゅくしゅく》と罰を受けよう。

「戻ってきたら、君が最後に口にした言葉の意味を聞く」

「……え？」

「あれは、俺を時間稼ぎに付き合わせるには必要ねえ言葉だったはずだ。それなのに君は口にした。その理由を、意味を、込めた君の気持ちを、あますことなく聞かせてもらう」

「え、え？　でも、それは！」

「覚えておけって言ったよな？　――好き、と口にした理由、絶対に聞かせてもらうからな！」

睨《にら》まれて、胸がときめくだなんて絶対におかしい。

胸の鼓動に翻弄《ほんろう》されて、私は頬を火照《ほて》らせてしまう。

ガリアストラはそんな私をますます睨《にら》みつけていたけれど、先行の船員たちに呼ばれ、視線を振り切るようにして船から降りていった。

「うっわ、キャプテンが顔赤くしてるとこなんて見たくなかった……アンタすごいね？　僕が寝てる間に痴話喧嘩《ちわげんか》か何かしたの？」

「その、すごく怒られても、絶縁されても、仕方ないようなことをしちゃったんだけど」

「つまりそれでも好きだから逃げるなって言ってたわけか、キャプテンは」

ハビエルくんまでそう言うってことは、私の勘違いじゃないのかもしれない。ガリアストラの消えた街を見つめながら、冷え切った身体の芯に熱が戻ってくるのを感じる。

「私、あんなことしたのに……」

「どんなことしたのか知らねーけど、キャプテンが地の果てまで追うって宣言した以上は、逃げれば絶対に追われるし、僕も手伝うから諦《あきら》めろよ」

「うう」

「そんな赤い顔で睨《にら》まれても……てか巫女《みこ》様に睨《にら》まれても少しも怖くねーよ」

「きゃっ」

ハビエルくんが私の頭を強引にぐしゃぐしゃと撫《な》でてきた。髪をボサボサにしようという悪意しか感じない。

「ちょ、酷《ひど》い！　痛い！　なんで⁉」

「アンタがむかつくから。でも、悪いのは僕だよ」

「はい⁉　どういう意味⁉」

「一生気づくな、巫女《みこ》様のバーカ！」

ハビエルくんの唐突な悪態に目を白黒させる。

でも、船員たちはみんな笑っているから悪い意味じゃないのだろう。

私も一緒に笑うことができた。もしかしたら、未来はそんなに暗くないんじゃないだろうか。

ガリアストラが戻ってきた時、どんな話をすることになるのかと考えを巡らす余裕も、次第に湧《わ》いてくる――でも、一時間くらい経った後だろうか。甲板《かんぱん》中でのんびりしていた人たちの様子がふいに変わった。

目つき、顔つきが鋭くなり、港に面した甲板《かんぱん》の縁《ふち》にとりつく。

ハビエルくんも顔色を変えてまっすぐに伸びる道の先を見つめた。

「あれは……巫女《みこ》行列か？」

いつの間にか私の背後に迫っていたアメツさんが、目を凝《こ》らして呟《つぶや》く。

その単語に、私も何かを感じ取って背筋を粟立《あわだ》てた。

近づいてきた一団の中心人物に、明らかに見覚えがある。

白と天色《あまいろ》の羽衣《はごろも》を重ねたような美しい巫女装束《みこしょうぞく》を着た女の子――パウラちゃんだ。

彼女は私たちのいる船に近づくと、躊躇《ためら》うことなく背後に控えた男たちに命令を下した。

「偽巫女《にせみこ》を捕らえなさい！」

「はっ」

鎧兜《よろいかぶと》を身につけた男たちが、船のタラップを踏んで乗り込んでくる。誰も動けなかった。

私は男二人に拘束《こうそく》され、もう二人に鋭い槍《やり》の切っ先を突きつけられる。

「パウラちゃん……何があったの？」

「パウラ様をそのように呼ぶとは不敬な！」

そう叫び私を殴ろうとした男を止めたのは、パウラちゃんだ。

「やめなさい！」

彼らはその一声で引き下がった。

——パウラちゃんが巫女《みこ》に戻ると、必然的に私が偽巫女《にせみこ》と露見する。

その可能性についてはガリアストラから指摘されていた。でも、当の彼女から偽巫女《にせみこ》であると糾《きゅう》弾《だん》されるなんて、考えてもいなかった。

「神官騎士がどうして巫女《みこ》様を捕える？」

「あら、あんたがアメツね？　噂《うわさ》通り人殺しみたいな顔をしているわ」

パウラちゃんの失礼な言葉に、アメツさんは少し眉を顰《ひそ》めたものの何も言わない。

「この女が偽巫女《にせみこ》だからよ。リアお兄様の義妹《いもうと》を名乗っていたんでしょう？　嘘よ！　だってリアお兄様の義妹《いもうと》はあたしだもの」

「……それが本当なら、笑えませんが」

「何ならセリシラ中の人間に聞いてみれば？　誰でもリアお兄様の義妹《いもうと》の顔を知っているわ。少なくとも金髪に、お兄様と同じ美しい青い瞳なことくらいはね」

どうしてこんなことになっているのか、まるでわからない。パウラちゃんはこの世界の人なんだから、知っているはずだ――偽巫女《にせみこ》がどんなふうに扱われるかということを。

身体中が震えた。唇も、舌の根まで震えて言葉が出てこない私の代わりに、ハビエルくんが声をあげる。

「この方は間違いなく巫女《みこ》様だ！　アンタがキャプテンの義妹《いもうと》だとしても、この方が偽巫女《にせみこ》だってことにはならねーんだよ！」

「いいえ、偽巫女《にせみこ》よ？　偽物じゃないならどこの神殿の出身なのか言ってみなさい。セリシラ神殿っていうのはなしよ。うちの神殿の巫女《みこ》はあたしだけなんだから」

ハビエルくんが縋《すが》るように見つめてきたけれど、適当でも口にできる答えがなかった。私はこの世界の地名を、神殿の名前を、少しも知らない。

「ほらね、答えられない。お兄様も可哀想。あんたみたいな女に騙《だま》されて。あんたをあたしだと信じて運んでくれただけ。お兄様に罪はないわ」

「パウラ、ちゃん？　私がガリアストラを騙《だま》したわけじゃないって、知っているよね？」

「初対面なのに気安く話しかけないで」

バッサリと切り捨てられて、察しの悪い私でもいくらか理解した。彼女はこの船に乗っていたこと、海の女神の呪いにかかっていたこと、それを私が海の宝珠を使って治したこと――全てを隠すつもりなのだ。

「連れていきなさい。親しげに話しかけられて気味が悪いわ。ほら、早く！」

「待てよ！　この方は巫女《みこ》様だ！　本当なんだ！　たとえ神殿に所属していなくとも！　女神に寵愛《ちょうあい》された巫女《みこ》様なんだ！　だって、海の宝珠を持っていたし！」

「ハビエル、それはおれがお渡ししたものだろう。この方は、それを根拠に自《みずか》らが本物の巫女《みこ》であるとおまえに主張したのか？」

アメツさんの指摘に、私を庇《かば》おうと声をあげてくれたハビエルくんが目を剥《む》く。

「ち、違う！　どうして海の宝珠を持っていたかなんて聞いてない。それを根拠にしたのは僕の勘違いだ。それでも、巫女《みこ》様は本物なんだよ!!」

ハビエルくんが必死に引きとめると、鎧兜《よろいかぶと》の、神殿騎士と呼ばれた人たちが躊躇《ちゅうちょ》した。パウラちゃんはつまらなそうに鼻を鳴らす。

「証拠は？　どうしてあんたは偽巫女《にせみこ》に騙《だま》されているの？」

「騙《だま》されてなんていない！　巫女《みこ》様は、だって、この人は――！」

言葉を発しかけていたハビエルくんが口ごもり、揺れる視線がアメツさんに辿《たど》り着く。

そこで、私はハビエルくんが何を言いかけてやめたのか気づいた。

彼は私が海の女神の呪いを解いたと思っている。だから私を本物の巫女《みこ》だと信じているのだ。でもそれを口にするということは、かつて彼が海の女神の呪いにかかっていたと暴露するのと同じだった。

アメツさんがそんな人物をどう思うか、ハビエルくんがそれをどれほど恐《おそ》れているか。

「ハビエルくん、大丈夫！」

「っ、巫女《みこ》、様？」

「きっと、何か誤解があるんだと思うの！　だから、大丈夫だよ」

何も言わなくても大丈夫。

そんな怯《おび》えた顔をして、何より隠したいことを、誰より知られたくない人の前で言わなくたっていい。

ガリアストラをまじえて話せば、きっとこの誤解は解ける。

パウラちゃんにどんな誤解をさせてしまったのかはわからないものの、誠心誠意話せばわかってくれるはずだ。

悪どい話ではあるが、海の女神の呪いを解いたことを恩に着せてでもわかってもらおう。

「う、あ……巫女《みこ》様……！」

引き立てられる私に、ハビエルくんが膝をついたまま手を伸ばす。

そんな彼に手を振る、その手を後ろに捻《ひね》りあげられて少し痛んだ。

不安で胸が苦しい。

でも、私よりも泣きそうな顔をしているハビエルくんたちを不安にさせたくないので、ちゃんと胸を張り、顔を上げて、足が震えるのを堪《こら》えて歩いた。

ψ　ψ　ψ

入港許可証の発行に妙に手間取った。

港湾管理の役人の、にやけた顔を見た時から、俺は嫌な予感がした。許可証を諦《あきら》めて船に戻ろうとする頃になってようやく発行され、ほとんどひったくるようにして受け取り港へ戻る。

いつもなら着港の安堵感《あんどかん》で緩い空気の流れている俺の船は、火が消えたように静まり返っていた。

「……巫女《みこ》はどこだ」

ミズキの姿が見えない。虫唾《むしず》が走るような胸騒ぎがする。

俺の問いに答えたのはアメツだ。

「金髪の、おまえの義妹《いもうと》を名乗る巫女《みこ》に連れていかれた。偽巫女《にせみこ》の嫌疑ありとのことだ」

「あの女……ッ!?」

だから治さないほうがいいと言ったんだ。

だが、ミズキはその有り余る優しさで治した。

治っちまったものは仕方ねえから、パウラには、ミズキにどれだけの恩と借りがあるかを言い聞かせて家に連れ帰ったのに。あの子はしおらしく頷《うなず》いてみせたのだ。

俺の義妹《いもうと》は、いい子のはずだった。心のどこかでは未だそう信じていた。

パウラはミズキを庇《かば》ってくれるだろうと。親父の命令に逆らえないところはあるが優しい子だと。

そんな、俺がパウラに抱いていた信頼の報酬がこれってわけだ。

「——何が、起きてるっての？　さっきキャプテンが巫女様《みこさま》と言い合っていたことが原因？　僕が寝込んでた間に何があったんだよ！」

ハビエルが混乱した様子で言うのを、アメツが否定する。

「おまえが部屋にいた間に起きた騒動は関係ないだろう。巫女様《みこさま》の依頼でおれがガリアストラの部屋からあるものを盗んだだけだ」

「盗んだ？　アメツが⁉　巫女様《みこさま》の依頼？　何が起こってるわけ？」

「おれが巫女様《みこさま》——ずっと船に乗っていたあの方に、海の宝珠を譲り渡した。だが、ガリアストラが取り上げたんだ。それを取り戻すために、おれが盗みに入った」

アメツは淡々と言いつつ、俺を射殺すような目で見据《みす》える。

「ガリアストラ、慎重に答えろよ。答えによっては、まずおまえから殺さなくてはならない」

「物騒だなあ、アメツ」

「茶化すな。偽巫女《にせみこ》として連れ去られたあの方はおまえの義妹《いもうと》か？」

「答えは……ノーだな」

「金髪の巫女《みこ》を名乗る女はおまえの義妹《いもうと》か？」

「ああ、十中八九そうだろうな」

「俺たちと共に船に乗っていたあの方は、一体誰だ？」

「彼女にはミズキっていう可愛い名前があるんだから、そう呼んでくれ」

「ミズキ――なるほど、ミズキ様か」

意外にも、アメツは即座にミズキを殺しに行こうって雰囲気じゃねえようだ。

俺の口車次第では、こいつの殺意を抑制できるかもしれない。だがそのためには嘘は禁物だった。

この男は神殿の裏の仕事で、尋問官をやっていたことがある。

人間の嘘と真を見抜くのには長《た》けている。特にこんな目をしている時には。

「あの方は巫女《みこ》か？」

「――巫女《みこ》の可能性がある、というところだな」

「可能性、だと？」

「あの女は突如、船の中に現れた。本人曰《いわ》く、トラブルに巻き込まれて女神像に祈ったら、この船に出現していたらしい」

それを、窮地《きゅうち》に陥《おちい》った女が巫女《みこ》と認められ、女神に宝珠を与えられて俺のところへ逃がされたストーリーだと見るのであれば、ミズキは巫女《みこ》だ。

順序が一つでも違えば、ミズキは幸運にも宝珠入りの女神像に祈っただけの女だがな。

だが、俺のこの説明には大きな落とし穴がある。

ミズキがこの船に突如現れたことを俺しか知らず、証明できないという点だ。

他のやつらから見れば、彼女はゴルド島で顔を隠して乗船した女でしかない。

「さて、ミズキの言葉を信じるのであれば、女神像の中に海の宝珠が埋め込まれていたか、あるいは女神がミズキへの寵愛《ちょうあい》の証《あかし》としてその命を助けるためにこの船に送ったということになる。どちらだろうなあ？　アメツ」

「ミズキ様が真実を口にしているのであれば、か」

アメツがミズキを様付けにしているのはなぜだ？

俺の言葉をそのまま信じたのか？　ミズキに僅《わず》かでも巫女《みこ》の可能性があるのなら、敬意を表さなくてはならないと義務感に駆られたのか？　アメツはそんな甘っちょろい男か？

「あの人はゴルド島で乗船してきたじゃないか！　いきなり船に現れたって、いつのことだ!?」

船員たちが当たり前の疑問を掲《かか》げた。当然そこが引っかかるよな。

だがこれを全て説明するとなると、パウラについて説明せざるを得なくなる。

気の毒な生《お》い立《た》ちの娘。俺のせいで地獄に引《ひ》き摺《ず》り込まれた義妹《いもうと》。

俺が巫女《みこ》となれなかったせいでとばっちりを受けた義妹《いもうと》の人生に、義兄として同情せずにはいられない。だから、告発の言葉はいつまでも喉にからんで中々滑り落ちてこようとはしなかった。

——しかしその時、高らかな鐘の音が四辻《よつじ》に響き渡る。

神殿の公示人の持つ杖《つえ》に吊るされた鐘が奏《かな》でる音だった。

カランカランと耳障りな音が不吉に響くのは、どういうわけだ。

俺たちの船の傍《そば》にまでやってきた公示人が、にやけた口を開く。

「セリシラ神殿の巫女《みこ》、パウラ様の名を騙《かた》った偽巫女《にせみこ》を十日後に神殿広場にて処刑する！」

そいつは俺たちの船の前で、馬鹿みたいににやにやしながら三度同じ言葉を繰り返す。それを終えると、街の別の場所で公示するためにだろう、足早に去っていった。

それがお前のやり方なのか、パウラ？

誰かにやらされているんじゃねえか？　何か俺は勘違いしているんじゃねえか？

以前、パウラと俺の女がトラブルになった時、パウラにされたという惨《むご》い仕打ちについて女が俺に訴えたことがある。何をされたと言っていたか、信じなかったから忘れたが——もし本当だったとしても、パウラに親父がつけた侍女のイリスあたりがやったんだろうと考えていた。

そのイリスは、パウラが呪われるのと前後して姿を消したそうだ。パウラの近くから聞こえる悪い噂《うわさ》は全てイリスの仕業《しわざ》で、パウラは純粋無垢《じゅんすいむく》な存在でしかないのだと思い込むことは、もうできねえ。

なのに往生際悪く義妹《いもうと》を庇《かば》おうとしている自分への怒りに身体が震えた。

「僕のせいだっ！」

俺がブチ切れる前に、ハビエルが悲鳴じみた声をあげて頭を抱える。

「最初から言うべきだった。アメツに本当のことを！　そうしたらアメツが巫女《みこ》様を、ミズキを守ってくれたのにっ」

「……ハビエル、どうしておまえがミズキ様を信じているのか教えてくれ」

アメツに促《うなが》されたハビエルは、酷《ひど》く脂汗《あぶらあせ》をかき、青ざめていた。

けれどその小麦色の瞳には覚悟の光が宿っている。

そして、ハビエルは怯《おび》えた顔つきをし、震えながらも、歯を食いしばって手袋を脱いだ。

その手は異様なほどボロボロだったものの、傷は治りかけている。

治りかけてはいたが――そこに刻印されていたであろう海魔《かいま》の印が、明らかに残っていた。

「僕は海の女神の呪いにかかっていた……っ、でも！　ミズキが治してくれた！　手の甲にあった呪いの証《あかし》は、ミズキのおかげでほとんど消えようとしているんだよ！」

ミズキはそんなこと、一言も言わなかった。

だが思い当たる節はある。彼女は見ていて苛《いら》つくほどハビエルを気にかけていたのだ。二人きりになる時間も多く、ハビエルも珍しく心を許している様子だった。

なるほどあのお人好しの女は、このためにハビエルに時間を割《さ》いていたというわけだ。

「僕がさっき……口にしようとしたら、ミズキが止めた。言わなくていいって。アメツに知られたくないって僕が思っているのを知っていたから」

アメツに懐《なつ》いているハビエルにとって、この告白がどれだけ勇気のいるものだったか。

そしてそれをミズキが知っていたとしたら、その甘さで庇《かば》ってやろうとするだろう。

簡単に想像がついた。

アメツがどんな顔をしているのか見るも、表情を変えねえから何を考えているのかわからねえ。

激昂《げきこう》はしていないようだ。それが意外だった。

ハビエルはあえてアメツを見ないように目を逸《そ》らしつつ、俺を見やる。

「あのさ、ミズキはキャプテンの義妹《いもうと》を、知っているみたいだった。義妹《いもうと》のほうはミズキのこと知らないふりをしていたけど。ミズキは何か誤解があるんだろうって言ってた。誤解って何？」

涙で濡れた目でハビエルが俺を睨《にら》み据《す》える。その表情は何かに勘づいていた。

「僕、偶然にも海の宝珠を持ってるミズキとぶつかっちゃったんだよ。そこでミズキが宝珠を落としたんだ。だからミズキが海の宝珠を持ってるって気づいた。僕は必死でそれを譲ってくれって交渉したよ。でも、ミズキはもっと酷《ひど》い人を治してあげたいからって僕の頼みを断った」

ハビエルの瞳が真実の片鱗《へんりん》に触れ、燃えるように輝く。

「ミズキが呪いを解いてやろうとしたのって誰なんだよ」

覚悟を決めて己の恐怖と向き合ったハビエルの震えは、真実への怒りに変わっていた。

「もう解いてやった後なんじゃねーのか？　キャプテン」

「――ガリアストラの答えを聞く前に、おれからもいいか」

有無を言わせない口調に俺が頷《うなず》くと、アメツは視線を船長室に向けた。

「ゴルド島で船に乗った女を隠していた部屋は、おまえの部屋に繋がっているんだな？」

「ああ……そうなるな」

「なるほどな。ミズキ様は本当にお優しい方だ」

何を意味しているのか定かじゃなかったが、アメツの声音には敬意が含まれている。

「ミズキ様はガリアストラに海の宝珠を取り上げられたので、おれに盗んでほしいと依頼した。なぜ取り上げられたのかといえば、助けようとしている相手のために宝珠を使うと、ミズキ様が困った事態に置かれるだろうとガリアストラが予想したからだ」

これほど酷《ひど》い事態になるとは思っていなかったが、厄介事が起きるのは目に見えていた。

「だが、ミズキ様は助けたいとおっしゃった。相手がどんな人間でも。ミズキ様が助けたいと願うことと、その相手がどんな人間かは無関係なのだと」

「あの女は、甘い甘いお人好しだからな。言いそうだ」

「おれは、ミズキ様が願うことでどのような危険が生じようと、お守りさせていただくと約束した。これがその危険なんだな、ガリアストラ？」

「あ、ああ」

俺は少しばかり驚きの念に打たれてアメツを見あげた。

海の女神に呪われた者に苦悶《くもん》の死を。海神《わだつみ》の巫女《みこ》を騙《かた》る不届き者に絶望の死を。

思考停止したまま女神への無条件の信仰を捧《ささ》げてきた男が、今そのあり方を変えようとしている。

「アメツの言う通り、ゴルド島で船に乗ったのは俺の義妹《いもうと》のパウラだ。巫女《みこ》就任の挨拶《あいさつ》周りの最中に体調を崩したと思ったら、海の女神の呪いにかかって、居場所のなくなった偽巫女《にせみこ》だ」

あれだけ口にするのを躊躇《ためら》っていた真実は、いとも簡単に俺の舌から滑り落ちた。恐《おそ》れていたほどの反応はない。

「だから巫女《みこ》様に会わせろというおれたちを誤魔化《ごまか》すために、突如現れたミズキ様を身代わりにしたんだな、ガリアストラ」

「そうだ。信じるのかい？　アメツ」

「船の出入りはハビエルだけじゃなくおれも監視していた。それこそガリアストラが適当な女を連れ込み巫女《みこ》に仕立て上げてるのでは、と警戒したからな。ミズキ様が出入りした足跡は掴《つか》んでない」

「……君も監視していたのかよ。そりゃ、ミズキが忍び込めるわけがねえな」

「何だよ！　僕の監視なら忍び込める穴があるとでも言うのかよ！」

ハビエルが抗議するのを俺は笑った。船員たちも声をあげて笑う。腹を抱えているやつもいた。

アメツもまた、唇を微《かす》かに歪《ゆが》めている。ハビエルは目を見開いた。

「悪いな、ハビエル。おまえを信頼していなかったわけではない。おれがおれの不安を払拭《ふっしょく》するために必要だった。実際にガリアストラはミズキ様を身代わりに仕立て上げているわけだ」

「……そう、だね。キャプテンが信用ならねーのが悪いよな」

かつて海の女神の呪いにかかっていた者を、アメツが糾弾《きゅうだん》せず受け入れた。

その事実にハビエルが肩を震わせて俯《うつむ》く。

声を殺して泣く肩や背中を、船員たちが無遠慮に叩《たた》いたり小突いたりしてよろけさせる。

身体中青痣《あおあざ》だらけになりそうだが、ハビエルは嬉しいだろう。

仲間たちは、まだ呪いの痕跡の残るハビエルに敢えて触れることで、その思いを示しているのだ。

「たまたまミズキ様が巫女《みこ》だったからよかったものの、ガリアストラ、そうでなければどうするつもりだったんだ？」

「どうもしねえが？　ごり押しするだけだ。大体、ミズキが巫女《みこ》かもしれないだなんて詭弁《きべん》でしかねえのに、よくすんなり受け入れるな。アメツ、何か心境の変化でもあったのかい？」

「——何も変わってなどいない。ただおれは、ミズキ様は本物の巫女《みこ》だろうと考えているだけだ」

「ふうん？　いつもの君なら疑わしきは罰しろと主張しただろうに」

「かつて出会った海神《わだつみ》の巫女《みこ》たちは海の女神に呪われた者を足蹴にし、怨嗟《えんさ》の言葉を投げつけた。そうするのが正しいのだと、おれも思っていた」

船員に取り囲まれ、もみくちゃにされつつ泣いているハビエルを見やって、アメツは嘆息する。

「だが、ミズキ様は違った。——あの方が、正しいのだと思いたいのかもしれないな、おれは」

ミズキこそが本物の巫女《みこ》だと思いたい。その気持ちはよくわかる。

純真無垢《じゅんしんむく》な幼子だった頃に俺が夢想した巫女《みこ》は——アメツにとってだって、まさにミズキみたいな感じの、お人好しの馬鹿だったろうからな。

「ミズキを助ける。君たち、手伝ってくれるか？」

俺の仲間たちは、一人残らず破顔し頷《うなず》く。

その時、マーケットの方角からにわかに物々しい喧噪《けんそう》が響いてきた。

ψ　ψ　ψ

「——パウラちゃん、どういう状況なのか説明してもらえる？」

「説明？　まだわかってないの？　お兄様はなぜこんな頭の悪い女を身代わりに選んだのかしら」

パウラちゃんは不服そうに爪を噛《か》んだ。

ここはパウラちゃんの家、つまりはガリアストラの実家でもあるのだと思う。

豪邸と言っていい白亜の小さな宮殿で、街の一角を占める巨大な邸宅だ。

私は薄暗い中庭に面した人気《ひとけ》のない部屋に連れてこられ、神殿騎士と呼ばれる男二人に取り押さえられている。

パウラちゃんは柔らかいソファに深く腰掛け足を組み、跪《ひざまず》けと強要されている私を見下ろした。

「自分は何も悪くないのにどうしてって顔をしているわね」

蔑《さげす》むように言われてドキリとする。彼女の指摘通りだ。

私は悪くないのに、どうしてパウラちゃんはこんなことをするのだろうと思っている。

確かに、この世界では巫女《みこ》ではないのに巫女《みこ》のふりをするのは禁じられているという。

だが、その罪を論《あげつら》うのであれば、パウラちゃんも同罪のはずだ。

「あんたが悪いのよ、ミズキ。あたしのお兄様を誘惑したでしょう⁉」

「ゆ、誘惑？」

思いも寄らなかった糾弾《きゅうだん》にたじろぐ。すると、パウラちゃんがますます険《けわ》しい顔つきになった。

「リアお兄様はあたしのものよ。巫女《みこ》になったらお兄様をくれるってお父様が約束したの。それなのに、あんたは汚い手でベタベタお兄様に触ったわね！」

「くれる？　あの、パウラちゃん？　ガリアストラはものじゃないんだよ？」

「あたしのものよ。お兄様が巫女《みこ》になれなかったせいで、あたしがどれだけ大変な思いをしてきたと思ってるの？　想像もできないから、あんなことができるんでしょうけど」

「――あんなこと？」

「あたしのいたあの酷《ひど》い部屋、あんたの部屋の声が聞こえるのよ。知らなかったでしょう？」

パウラちゃんは意地悪く言い、その青い瞳に滴《したた》るような憎悪を込めた。それを見て、内容を聞く前に気づく。

私は絶対に、何かをしたんだ。

「お兄様を引きとめたわね」

「引きとめた？」

「とぼけないで！　嵐の日、あたしは心細くて何度もお兄様を呼んだわ！　それなのに、お兄様はあんたのところにまず行って！　でも、すぐにあたしのとこに来てくれようとしてた。それを邪魔した!!」

アメツさんがガリアストラの部屋から海の宝珠を盗もうとしていた時だ。ガリアストラが部屋に戻ろうとしたため、私はそれを邪魔した。

パウラちゃんのところへ行こうとしたのを、確かに邪魔したのだ。

「でも、それは！　パウラちゃんのために――」

「あたしのためにお兄様があたしのところに来るのを邪魔した？　意味がわからないわ！」

パウラちゃんが金の巻き毛をくしゃくしゃにしながら叫ぶ。

あの恐ろしい嵐の中、暗い穴蔵の中に放置された彼女の絶望はどれほどだったろう。

ガリアストラが来てくれそうだったのに、それを引きとめた私を恨むのは無理もない。

なんて説明すればわかってもらえる？

「パウラちゃん、そのね、えっと――」

ガリアストラが海の宝珠を隠してしまったので、盗み出すために引きとめていただけなんだよ。

彼が宝珠を隠したのは、パウラちゃんを治させないため——って？

もしもパウラちゃんを治したら私が困った事態に陥《おちい》るから、パウラちゃんの健康より私の身を案じ——って？

そんなこと、言えるわけがない。

「薄汚い女狐《めぎつね》！　絶対に許さないわよ、ミズキ！　——でもあんたに恩があるのは事実だから、必要以上に痛めつけたりはしないわ」

希望が見えた気がしたのは一瞬で、それはまやかしだとすぐに思い知らされた。

「十日後、あなたは神殿広場で死刑になるの。罪状は巫女《みこ》偽称。審判の八日間は免除してあげたんだから感謝してね」

「審判の八日間？」

「海魔《かいま》信仰との関わりを吐かせるための八日間の拷問《ごうもん》よ！　あんた処刑も見たことないの？　とっても惨《むご》たらしいけど面白いのよ。今からでも追加してもらおうかしら」

「そんな……嘘」

「嘘じゃないわ。あんたは縛り首になるの。いつまで間の抜けた顔をしてるわけ？　馬鹿じゃないの！　この女、地下牢に繋いでおいて！」

神殿騎士二人が私の腕を掴《つか》んで立たせようとする。もがいたけれど振り払えない。

ガリアストラはこの事態を知っているだろうか？

ふと思ったけれど、確かめる術《すべ》がない。

「待って、パウラちゃん！　誤解があるの。やめて……っ、パウラちゃんだって偽巫女《にせみこ》なのに！」

「巫女《みこ》様を侮辱《ぶじょく》するなッ！」

「ぅあっ⁉」

私の右腕を捻《ひね》りあげていた男が、私の背中を殴る。息が一瞬できなくなった後、痛みと気持ち悪さが襲ってきて、嗚咽《おえつ》しながら咳《せ》き込《こ》んだ。

「うっ、えっ、ごほっ、げほっ！　っ、ぅえっ」

「まだ足りないか⁉」

「やめなさい！　……ミズキ、あたしに謝るのなら痛めつけるのはやめるように言ってあげるわ」

パウラちゃんは淡々と促《うなが》す。心底震えあがり、嘔吐《えづ》きつつもすぐに謝罪した。

「ごめ、なさい。パウラちゃん」

「謝るだけじゃ足りないわね。さっきの言葉、訂正して？」

「うん、訂正する。ごめんなさい」

「謝って訂正すれば済む問題ではありませんぞ、パウラ様！　この者は拷問《ごうもん》にかけるべきです！」

「やめなさい。直接被害に遭《あ》ったあたしが言っているのよ？　聞き分けなさい！」

いきり立つ二人の神殿騎士から受けた、たった一回の暴力で、まだ胃から吐き気が込み上げてくる。それを宥《なだ》めようと荒い呼吸を繰り返し、私は痛みを堪《こら》え歯を食いしばり続けた。

それでも謝罪の言葉は本心だ。

私は言ってはならないことを口にした。

この神殿騎士二人は、アメツさんと同じ。そんな人たちの前で偽巫女《にせみこ》だなんて、決して言ってはいけなかった。

パウラちゃんまで死刑にされてしまうかもしれないのに、我が身可愛さに口走ったのが情けない。

「さあ、その女をあたしの目の届かないところに押し込めてしまいなさい」

「かしこまりました」

運ばれていく。腕と殴られた背中が痛い。私は力の入らない足でついていく。

どうすればいいの？　十日後に縛り首になる？　まるで実感がわかない。

「パウラ様の慈悲に感謝するんだな！」

「あの方が口添えしなけりゃ、縛り首の日が待ち遠しくなるような目に遭《あ》っていたんだぞ」

二人の言葉に唇が、舌の根が、身体中が、震えた。人権問題なんて言っても無駄なのはよくわかっている。

私が連れて行かれたのは、一般家庭には似つかわしくない地下室。地下牢という単語から想像するような陰惨《いんさん》な場所ではないものの、小さな明かり取りの窓があるだけの薄暗い部屋だ。

彼らは私をその部屋に突き飛ばす。そして、すぐには立ち去らず入り口の前に立《た》ち塞《ふさ》がった。

「パウラ様はああおっしゃっているが、この女が縛り首だけで済むだなんて許されない。そうは思わないか？」

「ああ、思うよ。パウラ様を偽巫女《にせみこ》だなんて悍《おぞ》ましい言葉で侮辱《ぶじょく》した」

二人の男は笑っている。その目は三日月型に歪《ゆが》んでいた。

「オレたちの手で罰を与えるのはどうだ？」

倒れ込んだまま動けない私を見下ろして笑う男たちを前に——彼らが何をしようとしているのか、まとまらない頭では考えてもわからない。

それでも、逃げなくちゃと感じた。ここにいたくない。どこか別の場所に消えてしまいたい。

神様、仏様、女神様、助けてください。そう唇の裏で呟《つぶや》く。

あの、ストーカーに追われていた夜のように。

——その時、男たちの背後に影がよぎった。

とても美しい青い瞳を見る。

「あらよっと！」

「ぐわっ」

扉近くに立っていたほうの男が、呻《うめ》いて前のめりに倒れた。

現れたガリアストラは、振り下ろした両の拳《こぶし》をほどいてもう一人を見やる。

私に覆《おお》い被《かぶ》さろうとしていたその男は、ほどきかけていたベルトを慌てて締め直そうとしているうちに、こめかみを蹴飛ばされた。

どちらも死んではいないらしく、ピクピクしている。

死んでほしいとまでは思っていなかったが、動けない様子を見て心底安堵《あんど》した。

でも、身体中に回った恐怖の毒はすぐには抜けない。

「怖い思いをさせちまったな。遅くなって悪い、ミズキ」

「がりあすとら……っ」

「ああ、この世で最も美しい君の信奉者、ガリアストラだぜ？」

無意識に伸ばしていた私の手を、彼は当然のことみたいに受け入れる。

ガリアストラの大きな手と私の手が重なり合う。掌《てのひら》から伝わる熱が、腕、肩を通って身体の中心に送られていき、凍りついていた胸の奥の塊《かたまり》が溶けるように涙が溢れてきた。

「――休ませてやりたいところだが、少しまずいことになった。急ぐぞ」

「きゃっ」

ガリアストラは無造作に私を抱き上げる。驚いたものの、私の全体重を抱え上げてもびくともしない頼もしさに、身体中の力が抜けていった。

「今なら君にキスしても嫌だとか迷惑だとか言わなそうだな？」

「……っ、馬鹿じゃないの、ガリアストラ……！」

彼の首に抱きつく。綺麗な顔をしているくせに、首の太さとか、身体の厚さだとかは、間違いようもなく男の人で、それなのにさっきの男たちとは違い、その熱に心底安心できる。

「おいおい、キスされるのが嫌だからってくっつかなくてもいいじゃねえかよ」

「嫌なんかじゃ、ないっ」

ただ胸の底から湧《わ》き上がるふわふわと温かい気持ちのまま、抱きつきたかっただけだ。

私はその肩に手を置いて身体を起こす。ガリアストラの、男の人のくせに妙につやつやしている唇を見つめた。

「私なんかがキスして、本当にいいの？」

「君にそんなことを言わせちまう自分の美貌《びぼう》が心底憎いよ」

私を片腕で抱いてみせた彼が、片方の手で頭を引き寄せる。

逆らおうだなんて少しも思わなかった——けれど、なぜか唇があると思っていた場所にない。

閉じていた目を開くと、ガリアストラは顔を背《そむ》けていた。

「えっと……どうしたの？」

「待て、タンマだ。深呼吸させてくれ」

私とキスしたくない理由でもできたのかなとヒヤリとしたのは一瞬で、すぐに嫌な気持ちは晴れる。横を向いて深呼吸を繰り返す彼の耳は真っ赤だ。

首も頬もよく見るまでもなく赤く染まり、あまりにも意外なその姿に笑いが込みあげてくる。

「ふふ……何それ。おかし……っ、はは、ガリアストラらしくもない」

「お、俺らしさなんて君は何一つ知らねえはずだろ」

「どうせ遊び人なんでしょ？　キスくらいで照れるようなガリアストラじゃないでしょうに」

「確かに、遊んだ女の数は星の数、だがなあ……こんな気持ちになるのは初めてなんだよっ」

ガリアストラが赤くなった眦《まなじり》をキッと吊りあげてこちらを睨《にら》みつける。私のせいだと言いたげだ。

責めるような眼差《まなざ》しすら嬉しくて、私は彼の隙をついてその頬に触れる。

「おい、待て、ミズキ——っ」

慌てた様子でガリアストラは後ずさりするものの、今の私、ガリアストラに抱き上げられているんだよ？　いくら後ろに下がったって逃げられない。

「……嫌ならしないよ？」

「いっ、嫌なわけがねえだろうが！　大歓迎だが、少し、心の準備の時間が――っ」

怖い目にあった直後に助けられて、アドレナリンでも出ているのかもしれない。

好きになってしまったものの、住む世界が文字通り違いすぎると思っていた人に同じ想いを寄せられ、助けられ、赦《ゆる》されて――いつもなら私なんかって思うのに、彼の真っ赤な顔にどういうわけか勇気づけられる。

溢れる喜びを分かち合いたくて、親愛の情を込めて彼の唇に自分の唇を押し当てた。

ガリアストラは腕に抱いたままの私の唇から逃《のが》れられずに、目を白黒させて慌てふためく。

今ならその腕から落とされても、きっと笑えるだろうと思うくらい愉快だった。

しばらくして、私が気づく前にガリアストラが気づいた。

紅潮《こうちょう》していた彼の肌は白く戻り、緩んでいた口元は固く結ばれ、目が炯々《けいけい》と輝く。船の上でよく見せた、船長としての彼の顔だ。

直後、私も微《かす》かに子どもの泣き声がするのに気づく。女の人の悲鳴に、男の人の雄叫《おたけ》びも聞こえた。

「状況はあまりよくねえらしいな。行くぞ」

ガリアストラはつい先程まで、私を腕に抱えているのも大変そうに恥ずかしがっていた。だというのに、今はもう何の動揺もなく厳しい顔つきのまま私を運んでいく。

広い邸宅の入り組んだ回廊を、迷いなく進んだ。ここはガリアストラの実家でもあるのだっけ。

「何が起きてるの……？」

「パルテニオ海軍が港に攻めてきやがったんだ」

「そんな、他のみんなは？」

「出航の準備をしてもらっているぜ。セリシラ港には東港と西港があるが、襲われているのは東、俺たちの船があるのは西だから問題ない。それより問題なのは俺たちのほうだな」

広い敷地の裏門から出たにもかかわらず、それは読まれていたらしい。道の先から、神殿騎士が六人、その他に男女三人を伴《ともな》い、パウラちゃんがやってきた。

ガリアストラが私を降ろして剣を抜く。

「俺があいつらを相手にしている間に、西港へ逃げてビビアーナ号に乗り込め」

「でも、ガリアストラは？」

「俺一人のほうがやりようがある。それより君が気にすべきは、アメツらの反応だろ？」

「そうだね……みんな、私に怒っているでしょ？」

「それがどうして、そうでもねえ。アメツは君を信じることにしたらしい」

「信じる？　結局嘘には変わりないのに」

「君が愚直なお人好しのお節介の、ただ甘い親切心に駆られた馬鹿だって信じることにしたんだよ」

「何それ!?」

「そういう人間こそ女神は寵愛《ちょうあい》するんじゃないかって、思いてえじゃねえか」

ガリアストラが剣を構えると、神殿騎士たちは怯《ひる》んだ様子になった。

「誰一人抜かせはしねえ。ミズキ、君は逃げろ。いいな？」

「その必要はないわ」

「……パウラ、何のつもりだ？」

パウラちゃんが手で合図を送ると神殿騎士たちが剣を下ろす。

「あたし、もうミズキを処刑したりしないわ。信じて、お兄様」

「パウラちゃん、本当？」

「おいおいミズキ、なんで君が信じているんだよ」

どうしてガリアストラは聞く耳を持たないのだろう。彼女はガリアストラの義妹《いもうと》なのに。

「ミズキ、あたしを助けなさい！　パルテニオのやつらが街の人間を人質にとって、巫女《みこ》を渡せと要求しているの。でもあたし怖くて耐えられない。だから、あたしの代わりにミズキが行って！」

「何を馬鹿なことを言いやがる！」

「元はといえば、ミズキがあたしのふりをして偽巫女《にせみこ》を名乗ったのが悪いのよ。だから今度も、あたしの身代わりになってちょうだい。そうしてくれるのならミズキに免罪符をあげる。神殿長直々《じきじき》に書いてくれると言っているわ」

「ミズキ、こんなふざけた話を聞くんじゃねえ！　これを聞き入れようとするなんて――」

ガリアストラが私の顔を見て、はたと口を噤《つぐ》む。彼が私のために紡《つむ》いでくれる言葉が嬉しくて、その姿を見ていただけなのに――でも、もしかしたら伝わったのかもしれない。

ガリアストラがなんと言おうと、私がパウラちゃんとの和解の機会を逃《のが》すつもりはないってことが。

「パウラちゃんの代わりに私が巫女《みこ》として名乗り出れば、許してくれるの？」

「ええ、約束する。海の女神に誓うわ」

「ありがとう、パウラちゃん」

「君が礼を言うような話じゃねえぞ、ミズキ！」

「私がパウラちゃんにつらい思いをさせたことは事実だよ、ガリアストラ」

「逆恨みでしかねえ。俺はパウラを放っておけと言ったのに、ミズキが強行して助けてやったんだ。それにもかかわらず恩知らずが――」

「ガリアストラ、やめて」

私のせいで仲がよかった義兄妹が仲違《なかたが》いするところを、これ以上見ていたくない。

ガリアストラはすぐに口を閉じた。けれど私の考えに賛成しているようには見えない。

さりげなくパウラちゃんたちのいるほうへ進み出てからガリアストラに向き直る。

「神殿騎士の皆さん、ガリアストラの足止めをお願いします」

「おい、ミズキ！」

私の指示に従うかのように、私とガリアストラの間に神殿騎士たちが立《た》ち塞《ふさ》がった。

「パウラちゃん、私が何をするべきか教えてくれる？」

「神殿へついてきて。せめて巫女《みこ》らしく見えるように装束《しょうぞく》を着てもらわないといけないわ」

「おいこの、馬鹿女があっ!!」

そんな罵倒《ばとう》の言葉にさえ胸が温かくなるだなんて、どうかしている。

彼の私への気持ちなら、それがなんであれ嬉しい。

「馬鹿な私のこと、好きでいてくれる？」

「っ、ああ！　好きだよ、ふざけやがって!!」

ガリアストラが抜刀した神殿騎士と剣を打ち合いながら叫ぶ。それを聞いて満足した私は、パウラちゃんたちの後を追った。


神殿は観光地にある教会のような趣《おもむき》で、違いといえば十字架が飾られていないことぐらいだった。代わりに錨《いかり》の意匠《いしょう》があり、海の女神を奉《たてまつ》っているんだなあと感心してしまう。

そんな礼拝堂っぽい建物を回り込んで奥の一室に案内され、私は急ぎ着替えさせられた。

椅子に座るパウラちゃんの前で、二人の女性が手早く着つけてくれる。パウラちゃんの長櫃《ながびつ》にあった装束《しょうぞく》とは少し色が違うものの、基本的な形と基調となるデザインは同じものだ。海を彷彿《ほうふつ》とさせる。

「このあたしにリアお兄様とのあんなやりとりを見せつけたこと、腹が立つけれど許してあげるわ」

「あ、ごめんね、パウラちゃん」

「謝らないで、むかつくから！　でもこれが最後だしいいわ。これから大変な目に遭《あ》うんだもの」

「大変な目？」

「そうよ。また何もわかんないって顔しているのが本当にむかつくけれど、大人しくついてきたのは本気で知らないせい？　おめでたすぎて、ちょっと笑えてくるわね」

パウラちゃんは口元を隠すように手で覆《おお》いながら笑った。

「パルテニオ共和国って女神信仰が薄いことで問題になってる野蛮な国よ。三十年前に王制から共和制になった時に、大事なものを根こそぎ失ってしまったんですって。だからあんたが巫女《みこ》を名乗ったところで大切になんて扱ってもらえないのよ、ミズキ」

パルテニオというとラフィタさんのことが真っ先に思い浮かぶ。彼女の指摘は正しいだろう。

「ねえ、聞いてるミズキ？　あいつらは絶対、このダバダ王国の身分の高い女を攫《さら》って弄《もてあそ》びたいのよ。なんて悍《おぞ》ましいのかしら。あんたが悲惨《ひさん》な思いをすると想像すれば溜飲《りゅういん》が下がるわ！」

「……パウラちゃんはそう思うのに、私を行かせるんだね」

「あたしは絶対に行きたくないし、あんたのことが大嫌いだもの」

「パウラちゃんはすごくガリアストラが好きなんだね」

「女はみーんなお兄様を好きになるわ。まるで砂糖に群《むら》がるアリみたいに。払っても払っても害虫が付くから嫌になるけど、これであんたのことは排除できるからもういいわ」

「私はきっと戻ってくる」

「駄目よ、戻ってこないで！　乱暴されてそのまま死んでよ！」

私がガリアストラを好きで、彼女がガリアストラの義妹《いもうと》だからといって、こんな暴言を吐かれて平気なわけじゃない。ふつり、ふつりと怒りが湧《わ》き、私はパウラちゃんを見据《みす》えて言い返した。

「ごめんね、パウラちゃん。でもガリアストラは渡せない」

「あんたのものみたいな言い方しないで！　あたしのものなんだから！　昔からずっと！　あんたが消えたらあたしとお兄様は結婚するの！　あたし、やっと巫女《みこ》になったんだもの！　もういい子のふりをして我慢している必要はないのよっ！」

「ガリアストラはそんなつもりないと思うよ」

「お兄様がどんなつもりかなんて関係ない。お父様の許可はいただいているもの。嫌だと言ったってやりようは色々あるわ。たとえば航海士のハビエルとかいう男の故郷の島を、神殿に手を回して干上がらせてやるって言うの。お兄様はきっとあたしの言うことを聞いてくれるわ」

夢見るように語るパウラちゃんにとって、それはごく普通の手段に違いない。

ガリアストラにどう思われるのか気にならないのだろうか？　彼にとってパウラちゃんは可愛い義妹《いもうと》なのに、今の彼女は取《と》り繕《つくろ》う必要を感じないらしい。

「これまではお兄様に会いに来てもらわなくちゃいけなかったから、たくさん我慢していたわ。けど、巫女《みこ》になったらもう好きにしていいとお父様と約束していたのよ」

「パウラちゃんにとって、ガリアストラの気持ちはどうでもいいんだね。それって、悲しい」

「悲しくなんてないわ。悲惨《ひさん》なのはあんたの未来よ、ミズキ？」

パウラちゃんはほくそ笑んで私から顔を背《そむ》けると、着替えを手伝ってくれている女性たちと同じ服に着替えさせてもらった。

「あたしは女神官《おんなしんかん》の服で見物に行こうっと」

私はこの世界における法律違反である偽巫女《にせみこ》の罪をすすぐことになるなら、と身代わりの任を引き受けた。だからといって、彼女の気持ちはまるで理解できそうにない。

「人質にとられた街の人を解放してもらうために行くんだよ。遊びに行くんじゃない」

「あたしは関係ないんだから遊びに行くのも同じよ」

「関係ないって……」

絶句して、パウラちゃんとの意思疎通を諦《あきら》める。

きっとパルテニオ共和国の中には話が通じる人がいるはずだ。ラフィタさんの名前を出してでも、なんとか交渉してガリアストラのところへ帰ってみせる。

元の世界に帰る、とは思わなかったことに気づいて、おかしくなった。

そして、神殿の裏から礼拝堂の中へ出る。するとそこには大勢の人々が待ち構えていた。

「巫女《みこ》様！　息子が捕まっておるのです、どうか助け――」

飛びつくように私の膝元に縋《すが》りついたお爺《じい》さんが、私の顔を見て尻すぼみに言葉を失った。

パウラちゃんの――巫女《みこ》の顔を知っているのだろう。

彼は次に、私の後ろで女神官の服を着ているパウラちゃんを見て愕然《がくぜん》とする。

「きっと助けますから、安心してください」

私の言葉なんて彼にとっては無意味かもしれないものの、せめてもの慰《なぐさ》めになればと口にした。

私は彼らの知る巫女《みこ》ではない。けれど、人質のために力を尽くす気持ちはあると伝わればいい。

「偽善者ぶってないでさっさと車に乗りなさい」

パウラちゃんに促《うなが》され、天蓋《てんがい》つきの馬車に乗せられた私は、そこで少し安心した。

町中の多くの人に知られずに済む。巫女《みこ》が、身代わりの偽者だってこと。

きっと落胆させるだろうから、知らないでいられるのならそのほうがいい。

港へ着くと、すすり泣く女性と子どもの声が耳についた。その原因は見ればわかる。

「子どもを人質に……！　なんてことを！」

甲板《かんぱん》まで連れてこられ、カトラスを突きつけられて泣きじゃくっているのは、子どもばかりだった。

無力感に打ちのめされて泣いているのは母親だ。彼女たちの傍《そば》にはパルテニオの軍人へ果敢に挑んで返り討ちにされたらしい男たちが倒れていた。

私が馬車から飛び出すとパウラちゃんが追いかけてくる。

縋《すが》るように私を見やった母親、父親たちの顔が青ざめた。子どもを助け出すためにやってきたはずの巫女《みこ》が、見たこともない女なのだから当然だ。けれど彼らも子どもを助けたいのだろう、何も言わない。

周囲の人々も、私の正体に気づいているのかいないのか、固く口を噤《つぐ》み成り行きを見守っていた。

「よくいらしてくださいましたな、巫女様《みこ》」

パルテニオの船へ進み出た私にそう言ったのは、責任者らしき恰幅《かっぷく》のいい壮年の男だ。値踏みするような目には威圧感があって、気圧《けお》されそうになってしまう。

物々しく武器を構える兵士を並べ、要求が通るまでは断固として引かないと言わんばかりに口を真一文字に引きしめている。

泣いている子どもたちに不安を与えたくないと思った私は、かろうじて胸を張った。

「どうして子どもを人質になんてしたんですか」

「そうすれば貴女《あなた》が即座に出てきてくださると思ったからです」

「子どもを心底怯《おび》えさせてまで、一体私に何の用です？」

パウラちゃんの言葉が頭をよぎる。弄《もてあそ》ぶために連れていかれる？

そんなくだらない目的のためにこんなまねをしたのだろうか。

後ろを振り返れないけれど、パウラちゃんが笑っているような気がした。

「私はパルテニオ海軍中尉、ホセ・ピケと申します。お許しください、巫女様《みこ》」

ふいに威圧感を消し、ホセと名乗った男が跪《ひざまず》く。パルテニオ側の緊張感が緩み、その場にいた全員が戸惑《とまど》った。

「何をですか？　許すも許さないも、子どもたちを解放していただけないと話になりません」

「我らの話を聞いてくだされば、無辜《むこ》の子どもたちはすぐに解放いたします。お優しい方だと伺《うかが》っていたため、ただちにお会いしようとこのような手段をとらせていただきました。お許しいただだかなくとも構いませんが、そうまでして巫女《みこ》様をお呼びした我らの言葉をお聞きください」

「……お話を聞いたら、子どもたちを解放してもらえるんですね」

子どもや巫女《みこ》の命を盾にとり、何かを要求しようという様子ではない。彼らは私に敬意を払っているみたいに見える。

「どうか一度巫女《みこ》様によって救われた我らの提督《ていとく》を、もう一度救ってほしいのです」

「提督《ていとく》……？　もしかしてラフィタさんのこと？」

「はっ！　ラフィタ・フォン・ニコラウでございます」

「あの人に何かあったんですか？　その、とても困難な状況にあったのは知ってますけれど」

海の女神の呪いにかかっていた人。

私は呪いを壊血病《かいけつびょう》だと思っていたので、すぐに家に帰って静養するように勧めた。

けれど、あれが壊血病《かいけつびょう》でなく呪いなら、休んで治るものではないとしたら、見当違いなアドバイスをしたことになる。

「私に何をさせようと言うんですか……？」

「ニコラウ提督《ていとく》のために祈りを捧《ささ》げてほしいのです」

原因不明の病《やまい》を加持祈祷《かじきとう》で治そうとするのは中世以前の世界では珍しくない。

けれど、片鱗《へんりん》とはいえ現代日本の科学を知る私にとっては非常識だ。祈ったって何かが解決するとは思えない。

それがたとえ呪いだとして、この世界に女神がいても、私は偽巫女《にせみこ》でしかないのだから。

「私は一度、ラフィタさんのために祈りました。けれどそれが効かずに悪化したのであれば、別の方法を試したほうがいいと思います」

「いいえ、巫女《みこ》様の祈りは効きました。ニコラウ提督《ていとく》は一時快方へ向かいました。他の者たちもです」

それはもしかして、どこかで新鮮な野菜や果物をたくさん仕入れて食べたからじゃない？

疑う私を余所《よそ》にピケさんは沈鬱《ちんつう》な面持《おもも》ちで続ける。

「ですがニコラウ提督《ていとく》は過《あやま》ちを起こし、女神の恩寵《おんちょう》を失いました」

「過《あやま》ちとは、どんなものですか？」

「海賊討伐の最中、海賊の仲間であった女を戦闘の最中に殺害したところ、これが孕み腹《はらばら》であったのです。それが判明して以降、提督《ていとく》の容態は急激に悪化しました」

凄惨《せいさん》な出来事に言葉を失った。

海賊を討伐するのは仕方ないことだ。それが武力頼りになるのも。殺さずに制圧しろだなんて、よほど力の差がないとできないことだと思う。だから一概には責められない。

でも、妊娠していた女性が赤ちゃんと一緒に亡くなってしまったという事実に、どうしても胸を痛めずにはいられなかった。

「呪いとその悲しい事件との間に、因果関係はあるのでしょうか？」

「そうとしか考えられません。ニコラウ提督《ていとく》以外は全員快癒《かいゆ》に至りました。どうか巫女《みこ》様にニコラウ提督《ていとく》のもとまで来ていただき、今一度お祈りいただけないでしょうか？」

もしも妊婦を殺したことで症状が悪化したというのであれば、それは完全に超自然的な呪い以外の何ものでもない。私には到底手に負えないことだ。

「あなたたちの要求を呑まないと、子どもたちを返さないって言うんですか？」

「いいえ。もしも巫女《みこ》様が同情の余地はなく、女神の怒りのままに腐り落ちていくのが宿命だとおっしゃるのであれば受け入れよと、ニコラウ提督《ていとく》から指示されております。子どもたちはお返し、我々は速《すみ》やかに立ち去ります」

私が行かないことで、ラフィタさんは見捨てられたと思うだろうか？

それは嫌だ。何かしてあげられることがあるのなら、やってあげたい。

ただ、私が行っても何の力にもなれないと思う。無駄に期待させるまねは逆に非道じゃない？

「……ですが、もしもニコラウ提督《ていとく》の状態が手の施《ほどこ》しようのないものだというのであれば、どうか看取《みと》ってくださらないでしょうか？」

「看取《みと》る？　そんなに状態が悪いんですか？」

「はい……たとえどのような結果になったとしても我々一同、巫女《みこ》様をお恨みはいたしません。おいでくださる労に対して百万リゼラをお支払いいたします」

リゼラというのが、この世界のお金の単位らしい。

「それならあたしが行くわ！」

唐突に、場違いなほど無邪気《むじゃき》な声があがる。パウラちゃんの明るい声に、その場の空気が、特に町の人たちのものが凍りついた。

未だ囚《とら》われたままの子どもたちの親が、喉の奥で悲鳴をあげる。

本物に代わり偽巫女《にせみこ》が前に出ていたなんて知られたら、パルテニオの軍人たちがどんな行動に出るかわからない。だからみんな、私が巫女《みこ》だなんて嘘っぱちだと知っていても、黙っていてくれたのに――

「そんなことなら早く言いなさい。てっきり誘拐でもされるんじゃないかと思っちゃったわ。巫女《みこ》の祈祷《きとう》をお望みなら正式に神殿に依頼をすればいいのに。その金額なら断らなかったわよ！」

「……我々パルテニオとダバダは敵国とも言える微妙な関係性ですので、受理されるまでに時間がかかるのを懸念《けねん》したのです。速《すみ》やかに受けていただけるとわかっていれば正式な依頼を出したことでしょう。失礼、あなたは神官殿でいらっしゃいますか？」

「いいえ？　あたしこそがセリシラの本物の巫女《みこ》パウラよ。この女はミズキというの。偽者よ」

「……偽者、身代わりという意味でしょうか？」

「そう言ってるじゃない。あんたたちが巫女《みこ》であるあたしに乱暴を働くかもしれないし、死刑囚を代わりにしたのよ。でもあんたたちに必要なのは本物の巫女《みこ》のようだからあたしが行ってあげる」

ピケさんの鋭い視線が私とパウラちゃんを見比べる。子どもたちも不安そうに私たちを見た。

パウラちゃんと言い争いなんてしている場合じゃない。

何を言えばこの場を丸く収められる？　私は大人しく引き下がったほうがいい？

けれど、パウラちゃんにこの仕事ができるのだろうか？

死の淵《ふち》にある、海の女神に呪われたラフィタさんの手を、握ってあげることができるの？

「――申し訳ございませんが、パウラ殿、我々は貴女《あなた》に用はございません」

「なんですって？　巫女《みこ》が必要なんじゃないの!?」

「パルテニオ共和国では神殿の権威を振りかざし権利を享受するのみで義務を行わず、有事の際に身代わりを立てて後ろでほくそ笑んでいるような女を巫女《みこ》とは呼ばないのですよ、パウラ殿。我が国では、それを偽巫女《にせみこ》と呼んで斬首の刑に処しております」

「なっ……！」

「我が国で巫女《みこ》と呼ばれるのは真実、女神に寵愛《ちょうあい》される方。たとえ神殿などの権威に認められていなくとも、女神の慈悲と慈愛を体現する方をそう呼んでいるのです。ミズキ様とおっしゃるのですね。貴女《あなた》の話はニコラウ提督《ていとく》から聞いております。貴女《あなた》をこそ提督《ていとく》はお待ちです」

求められているのは巫女《みこ》ではなく、私だ。ならば、私を求めてくれている人のところへ行こう。

「わかりました。連れていってください、ピケさん」

「その女はダバダの犯罪者よ!?　資格もないのに巫女《みこ》のふりをした偽者！　死刑にしようと思っていたのを、あたしを守ることで恩赦《おんしゃ》を与えてやっただけなのよ!?」

「今は関係が微妙とはいえ、同盟も結んだことのあるダバダ王国が、本物の巫女《みこ》を処刑し偽巫女《にせみこ》が権勢を揮《ふる》う国だとは信じたくありませんな」

「許さないわよ、ミズキ！　あんたなんて絶対に許さないから!!」

パウラちゃんの身代わりをすれば許すという約束は、多分反故《ほご》にされた。

悲しいけれど、どうすればいいのか、顔を真っ赤にして怒る彼女を見てもわからない。それに今、優先すべきはそんなことではなかった。

私は彼女の言葉を無視して、船に囚《とら》われた子どもたちへ向き直る。ピケさんが部下に視線をやり、子どもたちはすぐ解放された。子どもたちは両親のもとへ行こうと一目散にタラップを下りていく。

「みんな、足元に気をつけてね」

「巫女《みこ》さま、ぼくたちの代わりに連れていかれちゃうの……？」

「お友達に会いに行くだけだから平気だよ」

まだ本物と偽巫女《にせみこ》の区別のつかない幼い子どもに心配されて、私は笑って答えた。

ラフィタさんとは数ヶ月前に一度会っただけだけれど、そう言っても間違いじゃないだろう。

タラップを下りていく子どもたちが責任を感じずに済むように、笑顔で手を振るのはそんなに難しいことじゃない。全員が船を降りると、私は入れ替わりに船に乗り込んだ。

渡り板が回収され、艫綱《ともづな》が外される。船が陸地から離れていく時に、流石《さすが》に心細くなった。

「巫女《みこ》さま、いってらっしゃい！　はやく帰ってきてね！」

「うん、いってくるね」

子どもたちに笑顔で声をかけつつ、港を見渡す。

こちらを見つめる群衆のどこを見てもガリアストラの姿を見つけられなくて、足止めさせたのは自分なのに、どうしても泣きそうになった。

船が港を離れていく。帆が風を受けて膨らみ、船は沖に進んで入り江を出た。私はどうにか涙を流さないように、瞬《まばた》きを堪《こら》える。

「巫女《みこ》様を部屋へご案内いたします。こちらへ」

兵士に声をかけられて、俯《うつむ》きながら頷《うなず》いた。

本物の巫女《みこ》らしくふるまう必要があるのかどうかもわからない。

パウラちゃんの告発をピケさんは一蹴《いっしゅう》した。けれど、この船の他の人たちの考えは知らない。

私は大人しくついていく。ガリアストラの船ビビアーナ号と同じように船尾楼《せんびろう》に案内された。

客室といった感じの部屋は居心地良さそうに整えられている。ハンモックには大きなクッションがたくさん詰め込まれていた。

疲れ果てていて、少し休みたい。クッションに顔を押しつけて泣きたかった。

だから案内の人が出ていくのを待っていたのに、彼はなぜかその場に留まり続ける。

「案内してくださってありがとうございます。あの、もう大丈夫なので、よろしければ外に出ていただけると――」

「まだ気づかねえのかい？　ミズキ」

「えっ……」

案内の兵士の声音ががらりと変わった。テノールのハスキーな声を聞いて涙が零《こぼ》れる。

頭で理解するより前に、私の全身が震えた。

「――そんな、こんなところに……どうしてガリアストラが！」

「俺に不可能はねえんだよ、知らなかったのかい？」

そこにいたのは、パルテニオ海軍の兵士の軍服を身につけたガリアストラだった。

再会の喜びが過ぎ去ると、私は真顔にならざるを得なかった。

「……忍び込んできたの？　絶対にすぐにバレるよ？」

「そうでもないぜ？　現にここまで侵入しているしな」

「協力者とかがいるの？　アメツさんとかハビエルくんも一緒？」

「いや、俺一人で協力者はいねえ。君が連れていかれそうになるのを見て、とっさに密航したからな」

「……絶対に、絶対に絶対にすぐにでもバレると思う」

「そこまで念を押すことねえだろ」

「だって、桁違《けたちが》いに目立っているからね？　ガリアストラ」

他の人たちは出立の慌ただしさで、私は心細さからくる不安で周りが見えていなかったから気づかなかっただけだ。落ち着いて見るとガリアストラはガリアストラ以外の何者でもない。

「どう見ても平兵士には見えないよ。ガリアストラが着ているとその軍服も士官のものみたい」

「君に褒められると照れるぜ」

「照れてる場合じゃないのわかるよね？」

「考えなしに乗り込んだ自覚はあるが、君ほど自暴自棄《じぼうじき》なつもりはねえぜ？　俺には優秀な頭脳があり、状況を打開する策ぐらい、いくらでも思いつく」

「うっ……」

それを言われると弱い。打開策もなしに流れるままにこの状況に陥《おちい》った自覚はある。

「君がパウラの提案を呑んで俺を置き去りにしていった時、どれほど肝を冷やしたかわかるか？」

ガリアストラが怒りに満ちた眼差《まなざ》しで私を見据《みす》えた。青い瞳は怒りの炎に燃えている。

その炎を見ていると、罪悪感で胸の裏側がちりちりと焼《や》け焦《こ》げるのを感じた。

「ごめんなさい……」

「君が、お得意の博愛主義で後先考えずに突っ込んでいくのを今後一切しねえと誓ってくれるのであれば、今俺が感じている憤《いきどお》りも多少は静まると思うんだがな」

彼は私の心の奥底を見抜くようにまっすぐに見つめてくる。その視線を受け止められず、目を逸《そ》らす。

「ごめんなさい、約束はできない」

「……君がその場しのぎの嘘で誤魔化《ごまか》そうとしなかっただけ、よしとするしかねえんだろうな。わかっていた！　それが君の美点であり、どうしようもない欠点だ。振り回されるたびに臓腑《ぞうふ》が煮えたぎるほど腹が立つ」

ガリアストラは苛々《いらいら》した様子で制帽を脱ぎ、髪の毛をかき回した。鬱陶《うっとう》しげなその姿に胃が落ち込むほど申し訳ない気持ちになったけれど、彼の言葉を粛々《しゅくしゅく》と受け止めなければならないだろう。

私は、ついついガリアストラに助けを求めてしまう。でも、それはやめるべきなのだ――

「何か勘違いして馬鹿なことを考えている気配がするなあ、ミズキ？」

軽く頭突きをされて、その美貌《びぼう》の近さに驚いて後ずさりしようとする。でも、その必要はなかった。自分で額《ひたい》を小突き合わせておいて、ガリアストラのほうが素早く離れていく。

「えーっ、ゴホンッ。つまりだな」

顔を赤くして目を逸《そ》らし、髪の毛をいじりながら彼は言う。

「俺を見てくれ、って話だ。君を追って敵地まで乗り込んできたこの俺を。絶世の美貌《びぼう》を持つ男じゃなく、君の馬鹿に付き合っちまって勝手に死ぬほど怒りくるっている一人の男をだ」

「どちらかというとガリアストラこそ私を見てって感じだけれど。こっち見て？」

「揚げ足を取るんじゃねえ！」

「自分でくっついてきておいて、なんでそうなっちゃうのかなぁ」

「……俺の顔を間近で見せりゃあ女は何でも言うこと聞くから、いつもこうしているんだが、どうしてか君はやりにくい」

いつもこうしているって言葉には引っかかるものの、悪い気はしない。

ガリアストラは気を取り直したようで、ふわついていた表情を引きしめた。

「君は優しすぎるから、自分の命を大事に扱うのがどうにも下手くそらしい。だから君が他者への慈愛のために君自身を危険に曝《さら》すたびに、俺が命がけで守ってやる」

「えっと、それはちょっと困るよ、ガリアストラ」

「勝手に困ってろ。俺だって勝手にやるからな」

怒っているふうなのは、赤くなった八つ当たりじゃないかなと思う。

「俺が危険に曝《さら》されるのが嫌だっていうのなら、行動に移す前にちょっとは考えてみるんだな。君が何をするにしても、その行動には俺の命がかかっていると自覚すりゃあいいんだ。そうすりゃお優しい君も、少しは自分を大事にしてみる気になるだろうよ」

目の前に助けを求める人がいる。その人を助けたら自分が困った事態に陥《おちい》るかもしれなくても、私は助けるだろう。

困った事態に陥《おちい》るのが、自分だけなら躊躇《ためら》いなく——でも、ガリアストラを巻き込んでしまうのだとしたら、躊躇《ちゅうちょ》せずにいられるだろうか？

「さて、睦《むつ》まじく口論できるのもここまでのようだ」

そう言われた直後、足音がこの部屋に近づいてくるのが聞こえた。

「巫女《みこ》様、失礼いたします」

許可を出す前に容赦《ようしゃ》なく扉が開く。

ピケさんと彼が引きつれてきた兵士たちは、ガリアストラの姿を見て顔を歪《ゆが》めた。一人パンツしか穿《は》いていない人がいるのは、彼に服を奪われた人だろう。

早速私の身勝手のせいでガリアストラを危険な状況に陥《おとし》いれてしまった。

「さて、このような場所で何をしているのか聞かせてもらおうか、密航者殿？」

「俺の女の付き添いだよ、皆の衆」

ガリアストラはこの期に及んでまだ余裕の笑みを湛《たた》えている。

本当に策があるんだよね？　私のために死んじゃったりしないよね？

「おれの制服を返しやがれ!!」

「おう君か。服を借りてるぜ、ありがとうな。だが、足の丈が足りねえのはなんとかならねえか？

俺が不格好になっちまうじゃねえか。ミズキの前でこんな姿をさせられるなんて屈辱だぜ」

「文句を言える立場か!?」

ガリアストラは敵国の船の中で孤立無援の状態のはずなのに、まるでこの場を支配する王者のように堂々たる態度で笑う。

「俺に傷をつけるのはやめてくれよ？　特に彼女の大好きな、女神の与え賜《たも》うたこの美貌《びぼう》にだけは手出しするのはやめてくれ。巫女《みこ》だけじゃなくて女神だって涙を流して悲しむぜ」

「減らず口を叩《たた》くな！」

「いやっ！」

ピケさんが兵士たちにガリアストラを取り押さえさせ、拳《こぶし》を振り上げるのを見て、思わず前に出て叫ぶ。ピケさんは踏み留まり、私を見下ろして苦り切った顔で溜め息をつく。

「ひとまず上甲板《じょうかんぱん》まで出てもらおう。船の内部には置いておけん」

「私も一緒に！」

「構わねえだろう？　ミズキは俺から離れねえからな……なあ、少しくっつきすぎじゃねえ？」

ガリアストラの言葉を無視してしがみついている私を見て、ピケさんは肩を竦《すく》めた。

すぐ私たち二人は上甲板《じょうかんぱん》に引《ひ》き摺《ず》り出される。船中の人間が憎悪を滲《にじ》ませて、ガリアストラを見《み》据《す》えていた。

「ガリアストラをどうするつもりなんですか？」

「密航者は船から叩《たた》き出《だ》すか、元の港への強制送還という扱いになりますが――」

私の問いにピケさんが答えてくれようとしたのに、ガリアストラが遮《さえぎ》る。

「おいおい待ってくれ。君らは我が身の不幸をどうにかしようとあがくあまりに、巫女《みこ》の置かれた窮状《きゅうじょう》をわかっていねえ」

「巫女《みこ》様が窮状《きゅうじょう》に置かれている？　あの妙な金髪の女のせいでか？」

「パウラか……。アレとは別件だぜ、ピケ中尉殿。君たちパルテニオ共和国海軍こそがミズキの名誉を穢《けが》しかねねえ現状に、俺は抗議したいのさ」

「我々が巫女《みこ》様に何をするというのだ！　言いがかりは不愉快極まりない。立場を弁《わきま》えるんだな」

「勿論《もちろん》、君らのように軍規の行き届いた軍人が不埒《ふらち》なまねに及ぶとは思わないが、それでも逃《のが》れ得ない不都合ってのは起こりうるもんだ。俺が何を懸念《けねん》しているかわかるか？」

「……どういう意味か聞かせてもらおうか、ガリアストラ殿」

「正直ここまで言ってわからねえのが驚きなんだが、巫女《みこ》みたいな高貴でうら若い女が軍艦に供もつけずに乗船するのがそもそもおかしいだろうよ」

高貴という部分に若干物申したい気持ちはあったものの、私は口を噤《つぐ》んで周囲の反応を見守る。

苦虫を噛《か》み潰《つぶ》したような顔をしているピケさんに、ガリアストラの言葉は届いているらしい。

「巫女《みこ》様に手出しなどせんし、我が名誉に誓って他の者にもさせはしない」

「ピケ中尉、君はこうして対面で話してみても中々信用のおける男だってのが伝わってくる。パルテニオ共和国の人間相手であれば君の訴えは真摯《しんし》に響き、一定の信頼を勝ち取れることだろう。だが、ミズキの郷里であるダバダ王国の人間は君のことなど知らねえ」

ガリアストラの口上はピケさんを圧倒している。苦虫が二匹、三匹とピケさんの口の中で噛《か》み潰《つぶ》されていった。

私はダバダ王国出身でもパルテニオ共和国出身でもない。それどころか、異世界出身だけれども、そんなこと言わなければ誰も知りようがない。

「パルテニオの軍人しかいない船に連れていかれ、帰ってきた時に巫女《みこ》がどんな不名誉な噂《うわさ》の的《まと》になるか、少し考えればわかるだろう？　ただでさえパルテニオ共和国は王制解体の折に神殿を潰《つぶ》しまくったせいで女神への信仰心が薄いと周辺各国で評判なんだ。巫女《みこ》故《ゆえ》にミズキの身の潔白が証明されるだなんて誰も考えないぜ？」

「……だからといって、貴殿の存在が巫女《みこ》様の身の潔白の証明とはならん」

「俺はいいんだよ。何しろ俺とミズキは恋人なんでな。だよな、ミズキ？」

「あっ、うん……そう、言ってもいいのかな？」

私とガリアストラはお互いの好意を確認し合っている。

改めて考えてみると顔から火が出そうだったのに、ガリアストラはといえば余裕の笑みを浮かべていた。離れている時は、彼のほうが余裕そうなのが悔しい。

「このミズキの顔が何よりの証明だろう？　さて、ダバダじゃ悪鬼羅刹《あっきらせつ》と評判のパルテニオ軍人と無差別乱交パーティの疑いをかけられることと、婚約者と婚前交渉したと噂《うわさ》されること、どちらがミズキにとってダメージがでかいか、わからねえわけじゃねえよな？」

ガリアストラの口上はあまりに無遠慮で酷《ひど》いものだったけれど、猥雑《わいざつ》で無責任な噂《うわさ》を広めそうな人物に心当たりがある。その懸念《けねん》があることを認めないといけないのが悲しい。

「――この方を敵対視していた、あの金髪の巫女《みこ》が噂《うわさ》を振りまくかもしれんということか」

「創意工夫を見せてくれるかもしれないな。さて、君たちパルテニオ軍人がミズキの故郷での風評なんて知ったこっちゃねえと、利用するだけできりゃあそれで満足で、用済みになればゴミのように打ち捨てる気だってわけじゃねえんなら――」

「わかった！　もういい。貴殿の乗船を許可する！」

ピケさんが根負けしたように頭を振った。

「ガリアストラ殿、せいぜい巫女《みこ》様の傍《そば》にへばりついて御身《おんみ》の名誉をお守りするがいい」

「ご理解いただけて感謝するぜ、ピケ中尉」

ガリアストラは本当にすごい。口車だけで乗船の権利を勝ち取ってしまった。

「よかった、ガリアストラ！」

「君と片時も離れずに船旅を楽しめるだなんて、これはもはや休暇みたいなもんだな」

余裕の口ぶりに笑ってしまう。この人は本当にすごい人で、どうして彼みたいな人が私を想ってくれるのか未だにピンと来ていない。

でも、好きだった。少なくとも私は、彼のことが間違いなく好きだ。

そして、近づきすぎると染まる彼の頬を見る限り、ちゃんと好かれてもいる。

「巫女《みこ》様、その男が不埒《ふらち》なまねに及んだ際には、どうか声をあげてください。我々が即座にお助けに馳《は》せ参じます。ガリアストラ殿も巫女《みこ》様に婚前交渉の不名誉を負わせぬよう、お気をつけ願いたい」

「君らと違って相手が俺なら不名誉にはならねえ気もするんだが、パルテニオの軍艦の上でなんて情緒もへったくれもねえからやめとくよ」

どうせ何もできないだろうに、そんな内部事情は伏せて彼は堂々と言う。

ピケさんは顎《あご》を撫《な》でつけながらガリアストラを見据《みす》えた。

「やはり、この船でもっとも危険なのはガリアストラ殿だな」

「君らと違って日旱《ひで》った人生を送っていないんでね。我慢のしどころは心得ているつもりだ」

「そうではない。いや、確かにそういうことでもあるのだが」

「あん？」

「この船の者はニコラウ提督《ていとく》を慕《した》っているが、提督《ていとく》の船への乗船を許可されなかった者の集まりだ。それがために海の女神の呪いを免《まぬが》れ、こうして提督《ていとく》のために動けるのだが」

「許可されなかった？　どういう意味だ？」

首を傾《かし》げるガリアストラに、ピケ中尉がにやりと笑う。珍しくガリアストラがビクッと怯《ひる》んだ。

「我々一同ニコラウ提督《ていとく》を心の底から慕《した》っているが、貞操の危機を感じると同乗を許されなかった。提督《ていとく》を恋い慕《した》い熱視線を送り続けて肥《こ》えた我々の目にも、ガリアストラ殿は非常に魅力的な男に見える」

「ひっ」

ガリアストラが青ざめてか細い悲鳴をあげた。

我が身を守ろうとするかのように身体を抱きしめる彼はまるで美少女だ。

どうも、この船で一番に身の危険があるのは本当に私ではなくて、ガリアストラだったらしい。

「巫女《みこ》様、この船では先程ガリアストラ殿が口にした類《たぐい》の危険について、巫女《みこ》様が危惧《きぐ》しなければならない事態は一切起こりえませんのでご安心を」

「あっはい」

「ガリアストラ殿、我々も普段はこのようなことを口にはしないが、貴殿の行動が目に余るようであれば積極的なアプローチに出る者もいるかもしれん、ということを心しておいてほしい」

「ミズキ助けて」

私の後ろに隠れようとして隠れられていないガリアストラ。

服を奪い取った彼に一矢報《むく》いんと、早速肉体美を見せつけてアプローチを始めるパンツ一丁の男が現れる。一緒に被弾してしまった。私も助けてもらいたい。

「ニコラウ提督《ていとく》は無人島に身を寄せていらっしゃる。到着までの三日、おれの温もりに包まれ続けるがいい！」

「今すぐこんな服脱いでやる！」

ガリアストラの自業自得な気がするのでフォローはしない。

優秀な頭脳で状況を打開する策くらいすぐに思いつくだろうし、大丈夫だよね！　頑張れ！

目的地である無人島は、無人という言葉の響きから想像されるような岩ばかりゴツゴツとした不毛の土地というわけではなかった。

海岸に立ち並ぶ椰子《やし》の木。爽《さわ》やかな海風の吹きすさぶ温かな島の、岸壁の上のレモン畑。

この地でラフィタさんはその身を蝕《むしば》む何かを悪化させているという。ならばそれは、壊血病《かいけつびょう》だなんていう私の世界にもある病気ではなくて、呪いなのかもしれなかった。

「何はともあれ……快適な旅だったね、ガリアストラ」

「俺は痩《や》せた」

ガリアストラが私にくっつきながら呟《つぶや》く。意気消沈した様子の彼に、帰り道が残っているのを伝えるのはやめておいた。

「何もされなくたって、そういう欲求を俺に向ける可能性のあるやつと同じ空間にいるってだけで疲れるんだよ……」

「あっ、その気持ちわかる」

女子トークかな？　というくらいガリアストラはわかり手だ。

色々体験してきているらしいので深く突っ込めない。藪《やぶ》をつついて蛇《へび》を出しそう。

「女ならいいんだよ、俺より弱いから……。その点女はつらいよな……男って女より強いもんな」

超一級のわかり手的に、自分より腕力が強い男に欲求を向けられるのが嫌なんだという。私も興味のない男にそういう目で見られるのはストレスだから、今回の彼の境遇には同情を禁じ得ない。

「ほら、この島にはラフィタさんがいるはずだからもう大丈夫だよ。みんなガリアストラには目もくれなくなるよ」

「だがなあ、ニコラウなんかこの俺の美貌《びぼう》の足元にも及ばねえだろ？　だからあいつら俺に鞍替《くらが》えしちまうんじゃないかな……俺の顔を見ながら三日も同じ船で過ごしたんだし……」

「謎の自信をネガティブな方向に発揮しないの」

ガリアストラにひっつかれたまま島に上陸すると、すぐにラフィタさんのもとへ案内される。

彼はテントの中に作られた居心地のよさそうな絨毯《じゅうたん》とクッションに埋《うず》もれるようにして横たわっていた。顔に刻印された呪いの傷は広がっていたものの、小綺麗に見える。

周りの人が細々《こまごま》と彼の世話をしているのだろう——誰もが手袋をはめてはいたけれど。

ラフィタさんには、私たちの姿を見るなり嫌そうな顔をする元気がまだ残っていた。

「うわあ、招かれてもいないのによくも堂々と押し入ってこれたよね、ガリアストラ」

「俺の女が憐《あわ》れな死病にかかった男を見捨てられねえと言うんで仕方なくな」

「ガリアストラ、そういう言い方はやめて！」

不服そうに唇を尖《とが》らせるガリアストラを見て、ラフィタさんは掠《かす》れた声で笑う。

「気にしなくていいんだよ、ミズキ。その男の粗忽《そこつ》さはボクもよく知っているから。……さて、キミたちは外に出ていて」

「しかし、ニコラウ提督《ていとく》！」

席を外すよう言われた軍人は抗議の声をあげた。でも、ラフィタさんは病床にあっても強い。

「ガリアストラだってこんなに弱ったボクをいちいち殺したりしないよ。そんなことをすれば、キミたちによって巫女《みこ》様もろとも八つ裂きにされてしまうだろうからね」

ラフィタさんの口にしたことは間違いなく可能だ。何しろ島には何十人ものラフィタさんの仲間がいて、私とガリアストラは二人しかいない。

付き添っていた二人と、私たちを連れてきた二人の男が出ていくと、ラフィタさんは私を見た。

「キミ、ミズキでいいんだよね？　調べたところによればセリシラの巫女《みこ》はパウラという名前らしいし、先触《さきぶ》れの者が言うにはキミはセリシラの巫女《みこ》ではないみたいだ」

「はい、あの、その――」

何と答えればいいんだろう？

口ごもりながら言葉を探していた私の代わりに、ガリアストラが淡々と言う。

「ミズキは巫女《みこ》じゃねえから君の呪いは癒《い》やせないぜ、ニコラウ」

「ガ、ガリアストラ⁉　いきなり何を言うの！」

「君が望むのであれば、この女は持ち前の優しさで死に水をとってくれるだろう。だが、一縷《いちる》の望みをかけてこの女に救いを求めようと考えているのであれば、やめておけ」

「……ミズキが祈ってくれた後、ボクも一時は回復の兆《きざ》しが見えたし、罪を犯したボク以外の者たちの呪いは癒《い》えたんだよ？」

「偶然だ。ミズキは俺の都合で巫女《みこ》を名乗らせていただけで、ただの俺の女でしかない」

ガリアストラの言葉の通りだ。

ラフィタさんが治ったのは偶然。私の祈りになんて、一体どれほどの価値があるのか？

「どうしてこんな時に、よりによってラフィタさんの前で言っちゃうの⁉　これまで散々私に巫女《みこ》のふりをさせてきたくせに！」

「こいつから希望を奪ったのを怒っているのかい？　ミズキ」

「そうだよ！　だって、こんなに大変な思いをしているラフィタさんの前でっ」

「だからこそだろうが」

一瞬、ガリアストラはラフィタさんが嫌いだから苦しめたいのかもしれないと想像した。そんな考えを抱いたことを、すぐに後悔することになる。

「末期《まつご》のひとときを甲斐《かい》のない希望に縋《すが》らせて、君は耐えられるのか？」

ガリアストラはひたすら、私のためを思ってくれていた。

「最期だってのに家族にも会いに行かねえで、君の祈りが女神に届くと信じて足元に縋《すが》りつくニコラウが死んでいったとして。全て終わった時に、君は報酬を受け取り凱旋《がいせん》できるのか？」

彼の言う通りだった。

巫女《みこ》のふりをするということは、叶わない期待を抱かせることだ。この世に本物の巫女《みこ》という人が存在するかどうかは別として、私は自分が本物ではないことを知っているのに。

「君が強欲で面《つら》の皮の厚い女だったなら俺だって黙っていたさ。ニコラウの野郎が最期の時間を無駄にしたって、俺の良心は少しも痛まねえからな」

「酷《ひど》い言い草だなあ、ガリアストラ。ボクを怒らせてもキミには何もイイコトはないと思うけど」

「ニコラウ、君だって巫女《みこ》なんぞ信じちゃあいねえだろう？　だから正直に話したんだぜ。俺たちがここへ来たのは君の仲間に脅《おど》されて仕方なくなんだよ。さっさとセリシラに帰してくれ」

「ヤダ」

「はあ⁉」

「確かにボクは海の女神なんて信じていない。だって見たことないし……でも、ミズキのことはちょっと信じていたんだよ？　それなのにこんなのあんまりだ」

「巫女《みこ》を信じるって、君のガラじゃねえだろうニコラウ！」

「ボクも、我ながらびっくりするぐらい不安なんだ。だからミズキ、君に傍《そば》にいてほしいな」

「おいやめろ。よせ！」

ガリアストラが焦《あせ》った様子で声を荒らげる。それを意に介さずラフィタさんは話を続け、私はそれを聞こうとガリアストラを押しのけた。

「ミズキ。君が本物の巫女《みこ》じゃないと言うのならそれでもいいよ。だからボクの傍《そば》にいて」

「わかりました」

「ふ、ふざけんなよミズキ！」

「だって、私が巫女《みこ》でなくてもいいってラフィタさんは言ってくれてる！」

「おいニコラウ！　君には兄貴がいたよな？　弟の死に目に会えねえ兄の気持ちを少しは考えてみろ！　家族に会いたいとか言えー！　そうすりゃミズキの気も変わる！」

「国政に携《たずさ》わる兄の邪魔をしたくないし、兄には何も知らせないつもりだよ。——それにね」

ラフィタさんは赤い唇を歪《ゆが》めて笑った。

「ボクに女をとられて慌てふためくガリアストラを眺《なが》めるのは、最期の余興にちょうどいい。せいぜいボクを献身的に看護するミズキを見て泡を食っているといいよ」

「こんな太々《ふてぶて》しい野郎が早晩死ぬはずがねえ！」

「ううん、すぐに死ぬよ」

ラフィタさんは静かに唇を震わせた。

「わかるんだ。命の杯に穴が開き、そこから自分の生命が零《こぼ》れ落ちていくのが、わかる。最期の時はそれほど遠くない」

零《こぼ》れる生命の水を掴《つか》もうとでもしているのか、ラフィタさんが震える手を伸ばす。以前会った時よりもずっと細く荒れてしまったその手を、私はそっと握った。

「うん、こうして手を握っていてよ、ミズキ。誰もがボクを慕《した》っていると言うくせに、ボクのためにミズキを攫《さら》ってきてはくれるのに、誰も、ボクに直接触れないんだ」

この世界における海の女神の呪いに対する恐怖心はとても大きい。私みたいに、これは呪いじゃなくてただの病気なんじゃないかと、往生際悪く考えはしないんだろう。

「温かいなあ、人の手って」

ラフィタさんが猫のように目を細める。

こうして手を握るためだけだとしても、彼のところへ来てよかったと思った。


本当に私は往生際が悪い。

ラフィタさんに運ばれてきた食事には新鮮な野菜や果物が含まれていなかった。

パンをドロドロに煮溶かした重湯《おもゆ》のようなスープ一杯。勿論《もちろん》それは、弱り切って寝台から身体を起こせない状態のラフィタさんに、野菜や果物は消化に悪いとか、噛《か》むのが大変だとか、そういう思いやりで用意されたものに違いない。

それでも、食事を変えれば治るんじゃないかなんて考えてしまう。

「ミズキ、キミがボクに食べさせてよ」

「いいや俺が直々《じきじき》に食わせてやる。ありがたく思え、ニコラウ」

「絶対に嫌なんだけど」

ラフィタさんとガリアストラが仲良くやり合う。

諦《あきら》めが悪くてしつこい私は、ガリアストラの言葉に甘えてこの場をお願いすることにした。

「私、少し外に出ているからちゃんと食べさせてあげてね、ガリアストラ」

「俺のような絶世の美男子に手ずから食わせてもらえるなんて君は果報者だなあ？　ニコラウ」

「食欲消えた」

そっとテントを後にして、私が向かったのは小径《こみち》の先にある丘だ。

私の後には二人の軍人がついてくる。片方はピケさんだった。

「この島にあるレモンって、食べてはいけないんですか？　誰かの所有物だったりとか」

「無人島ですので問題はないかと思います。巫女《みこ》様がご所望でしたらすぐにご用意いたします」

「ここのレモンは中々美味《うま》いですよ。ほんのり甘くて、塩をかけると甘さが引き立つんです」

もう片方の若い軍人がその味を称賛した。やっぱり普通に食べているらしい。

これだけ自然のレモンがたわわに実っているのであれば当たり前だ。

やはりラフィタさんの状態が改善しないのは、それが呪いであるからにほかならない気がしてくる。

「巫女《みこ》様、ご用意いたしました。どうぞご賞味ください」

しばらく島の様子を見て回っていると、なぜかレモンの皿が用意された。巫女《みこ》を名乗る私が食べてはいけないのか、と質問するのは要求するのと同じ意味があったらしい。

ガラスの器《うつわ》に山と盛られてやってきたのは、食べやすいように薄くスライスされた瑞々《みずみず》しいレモン。うっすらとかけられた白い粒は塩なのだろう。

「わざわざ用意していただいてありがとうございます。いただいていいですか？」

「器《うつわ》は我々がお持ちいたしますので、巫女《みこ》様はどうぞお召し上がりを」

「いえ、器《うつわ》ごと欲しいんです」

「そうなのですか？　でしたらお渡しいたしますが……」

不思議そうな顔をした人から器《うつわ》ごとレモンを受け取って、未練がましくテントへ戻った。

自分の考えが間違っていたと認められなくて、自説にしがみつく私は見苦しい。

「ただいま戻りました。ラフィタさん、少しは食べられました？」

「ボクはガリアストラなんかに、あーんされるぐらいなら自害する」

「聞いてくれよミズキ！　こいつ、世界の至宝たる俺の指に噛《か》みつこうとしやがったんだ！」

口をぴったりと閉ざすラフィタさん、案外元気そうに見えるのは気のせいかな？

ガリアストラのテンションに釣られて無理をしているのかもしれない。

「ラフィタさん、パン粥《がゆ》を食べられないところ申し訳ないのですが、よければ少しレモンを食べませんか？」

「嫌だよ。噛《か》むのが大変だし」

「そう、ですよね」

皮を剥《む》かれ薄く切られているとはいえ、パン粥《がゆ》すら満足に食べられない彼にとっては大変だろう。

「血だらけの口の中が沁みるし。歯茎が痛いんだよ」

「そうですよね」

「それに味が嫌いだし」

「……え？　今なんて言いました？」

「酸《す》っぱいじゃないか。ボク、そういう果物って嫌いなんだよね」

子どものように顔をしかめるラフィタさんを見て、私は急に目の前が開けたと感じた。

「もしかして、今より状況が悪化する前からレモンやミカンなどを口にしていないんですか!?」

「えっ？　うん、そうだけど……」

「味が嫌いなだけなんですね？」

「だけってどういう意味？　ボクはレモンなんて食べないよ！　美味《おい》しくないから！」

ラフィタさんが動かない身体を無理に動かそうとしてまで寝台の上で後ずさりする。そんなに嫌がるだなんて、これはもう彼が柑橘系《かんきつけい》の果物からビタミンCの類《たぐい》を長期間摂取していないことは明らかだ。

「もしかしたらラフィタさんは味が嫌いだと認識しているだけで、柑橘類《かんきつるい》のアレルギーがある可能性もありますね。だとしたら無理には食べさせられないな」

「あれるぎいが何なのか知らないけど、無理に食べさせるのはやめてね、ミズキ？」

「えーっ、ミズキ。嫌ってるのを無理やり食わせるんじゃねえのか？　俺は全面的に協力するぜ？」

「余計なこと言うのはやめてくれるかい？　ガリアストラ！」

「君に嫌がらせできるのなら俺は手間を惜《お》しまねえぜ、ニコラウ」

「……パッチテストをしましょうか」

ラフィタさんとガリアストラが首を傾《かし》げる。

「ガリアストラ、ラフィタさんの二の腕で確認したいことがあるの、服を脱がせてあげて」

「おうこら、ミズキがこう望んでいるんだから従えよ、ニコラウ」

「嫌な予感がするけどミズキが言うなら仕方ないなあ……」

ラフィタさんは嫌そうな顔をしながらも上着を脱いでくれた。

ガリアストラの手を借りなくてはならないところに、彼の身体の衰《おとろ》えを感じる。

「ラフィタさんの二の腕の裏側にレモンの液をつけます。今から二日後まで、拭《ふ》いたりせずにつけておいてください」

「これって巫女《みこ》のまじないの一種かな？」

「巫女《みこ》じゃねえって言ってるだろ、ニコラウ。ミズキに妙な重荷を背負わせるんじゃねえ」

市販されているヘアカラーのカラーリング剤のパッケージには使用の前にパッチテストをするように注意が書かれていたりする。二の腕の裏などに薬品を塗布《とふ》して四十八時間置いておき、その後の皮膚の状態を見て異常が現れた場合は即時使用を中止するように、って。

無視して適当に染める人も多いらしいけれど、私は律儀にやっていた。

髪の毛が生まれつき茶色がかっているせいで、学生時代はわざわざ黒く染めていたのだ。


二日後。レモンの液を塗布《とふ》したラフィタさんの二の腕の裏側は綺麗そのもので、肌荒れも赤みも現れてはいなかった。

あくまでパッチテストは皮膚に対するもので、身体に入った食品にアレルギーがないことを示すものではない。でも触れた瞬間かぶれるような重篤《じゅうとく》なアレルギー反応を示さないのはわかった。

「ラフィタさん、レモンやミカンなどを食べている時に唇が痺《しび》れたり、喉がぎゅっとすぼまって息が苦しくなったり、舌が腫《は》れ上がってしゃべれなくなったりということはありますか？」

「あるわけないでしょ。毒じゃないんだから」

「それならよかった」

「え？　何？　ミズキが怖いんだけれど」

「レモネードを作ったので、どうかたっぷり飲んでくださいね」

この日に向けて用意したのは、ハビエルくんが作ってくれた美味《おい》しいレモネードを再現した、私のお手製レモネードだ。ラフィタさんは頬を膨らませて抗議する。

「味が嫌いだって言ったじゃん！　絶対に嫌だよ！」

「噛《か》むのがつらいだろうと思い、果汁だけ搾《しぼ》ってみました」

「味が嫌いだって言っているよね⁉」

「沁みたりしないように砂糖や蜂蜜《はちみつ》を添加して、できる限り飲みやすくしています」

「だから、何をどうしようとボクはレモンの味が嫌いなんだって――――！」

「ラフィタさん、好き嫌いしないで飲んでください」

スプーンで一口分を掬《すく》って口元に突きつけると、嫌そうに顔を背《そむ》ける。

彼だって治る可能性があるとわかれば、レモンを口にするだろう。

けれど医者ではない私が勝手に診断を下して、違っていたらどう責任をとれる？

だから理由は言わずに、ごり押しして飲ませるしかない。

「こいつが飲まねえなら俺が飲むぜ、ミズキ」

「ありがとうガリアストラ。でも、待って」

治るかもしれないと希望を見せておいて叶わなかった時、私が憎まれるだけで済むのなら話をするべきだという考え方もある。だけど、酷《ひど》く自分勝手なことに、そうなるのが怖い。

レモンを食べれば治るかもしれないと伝えて、それでもこの人が治らなかった時のことを思うと、怖くてたまらないのだ。憎まれ役になる決心が中々つかない。

いや、私が悪者になる覚悟をするだけで、人を一人助けられるかもしれないのなら――

「……飲めばいいの？」

ふいにラフィタさんが上目遣いに私を窺《うかが》いながら言った。

「そんな悲愴《ひそう》な顔しないでよ、ミズキ。たかだかボクの好き嫌いなんかのために」

ラフィタさんにとっては、たかが好き嫌いで私が独《ひと》り相撲《ずもう》しているようにしか感じないだろう。

「キミが泣きそうな顔をする意味はわからないけど、仕方ないから飲んであげるよ。ほら、あーん」

「あーんなんて、俺だってミズキにやってもらったことがねえのに……！」

「そうなの？　俄然《がぜん》、飲む気になってきた。ミズキ、ほら、早くちょうだい？」

どこまで本気か嘆《なげ》くガリアストラに触発されて、ラフィタさんが口を大きく開く。せっかくその気になったのだ、気が変わる前にと慌ててスプーンを彼の口に差し入れた。

「この味……嫌いじゃない、かも」

「ホント？　よかった！　それじゃこれから毎日作りますね！」

「いや、毎日飲みたいほどなわけじゃないんだけれど」

「ミズキ、俺は君が作るレモネードを毎日飲みてえ」

「ガリアストラに飲ませるのは癪《しゃく》だし、ボクが全部飲むね」

絶妙なガリアストラの合いの手のおかげでラフィタさんがその気になってくれた！

「ありがとうラフィタさん、ありがとうガリアストラ！」

「礼を言われる心当たりはねえが、それは俺にレモネードを毎日飲ませてくれるってことか」

「ガリアストラが飲みたいなら作ってあげる。ラフィタさんと一緒に飲んでね」

「まるで伝わってねえな⁉」

「キミたちってダバダでもいつもそんな感じなの？　なんだか妬《や》けちゃうなあ。むぐっ」

ふて腐れるラフィタさんの口にレモネードを掬《すく》ったスプーンを差し入れつつ、今は彼の快癒《かいゆ》を一番に祈った。


私とガリアストラの寝床《ねどこ》はラフィタさんのテントから離れた場所——野営地の反対側にある。海辺に近い砂浜の上に二つのテントが設営されていて、初めは浸水を心配したもののそれはなく、草地から離れているおかげでそれほど虫の心配がないのがよい。

私とガリアストラは別々のテントに入り、テント越しに少し話をしてから寝るようになっていた。

「きっとハビエルくんたちがすごく心配しているね」

「君は嘘つきだし、一人で放置できるほどの腕《うで》っ節《ぷし》もずる賢さもねえからな。みんなさぞや心配しているだろうよ」

「あはは……ボロクソだ」

「君はそれだけ好かれているんだぜ、ミズキ」

どうかな、と考える。巫女《みこ》だと思われていたから丁重《ていちょう》に扱ってくれただけだと思う。

巫女《みこ》だと誤解されていたおかげで何をしても褒めてもらえた。何をしても善意の解釈をしてもらえた。

巫女《みこ》じゃないただの私に一体何の価値があるだろう。

「ミズキ、そちらへ行っていいか？」

「えっ？」

「別に何もしやしねえよ。ただ話がしたいだけだ」

そんな心配はこれっぽっちもしていない。

ガリアストラは意外なほど奥手だ。プレイボーイに見せかけていただけで、これまで誰かとお付き合いなんてしたことないんじゃないのって疑うくらい。

コトリと音がした次の瞬間、彼が入り口の布をくぐって入ってくる。この世界にはまだジッパーなどという文明の細工は存在しないので、テントの入り口は布をかけただけだ。

「またぞろ君がろくでもねえことを考えている気配がした」

「ろくでもない、って」

「君を好きな俺の心を侮辱《ぶじょく》するような、ろくでもねえことをだ。心当たりがあるだろう？」

「侮辱《ぶじょく》って……」

「君の優しさは君自身の自己犠牲によってなりたっている。それが俺への侮辱《ぶじょく》に等しいんだよ」

ガリアストラが私の手を取る。真剣そのものの顔で、照れはない。

「もうラフィタに触るんじゃねえ。呪いは伝染《うつ》るものだし、それに、俺自身も面白くねえ」

「面白くないって何が？」

「俺の女に俺以外の野郎が触れたこと」

「流石《さすが》に誰にも触れずに生きていくっていうのは難しいかな……」

「なら、俺以外の誰にも会わせずに閉じ込めてしまいてえな」

ランタンだけに照らされた薄暗いテントの中、ガリアストラの青い瞳はよく見えた。輝く瞳は闇を切り裂く針みたいに鋭く私を見据《みす》え、この場に縫い止める。強く握りしめられた手が痛いような、でも熱さが心地いいような。

「……閉じ込められちゃったら、私、誰にも触れられずに生きていくことになりそう。ガリアストラはどうせ私に触れられないだろうし」

「おい、今まさに触れてるだろうがよ」

「心配してくれているだけでしょ？　私の目をもっとよく見ながら言ってみてよ」

「うっ」

目を合わせると、彼の手が離れていく。ほらね、思った通りだ。

「ガリアストラって本当に遊び人だったの？」

「そうだと答えるのもアレな気はするが、違うというのも逆に不名誉な気がするな⁉」

「誠実なお付き合い以外したことないっていうのなら、私にとっては嬉しい情報だよ」

「あー……期待してもらってるところ悪いが、それはねえな」

「ふうん。とてもそうは見えないけど」

そうであったほうが嬉しいのに、沽券《こけん》にかかわるとでも思ったのか、彼は強硬に過去の女性関係を主張した。

「俺は百戦錬磨の男だぞ！　この繊細で美しくも男らしい顔を見ろ！　鍛え上げられたこの身体

を！　引く手あまたにしか見えねえだろ!?　来る者拒《こば》まずな時期もあったしな！」

「ふう〜ん」

「あっ、いやその、今は違うんだが……」

まさにお付き合いをしている最中の相手に対して言うべきではないことだと気づいたらしく、歯切れが悪くなるガリアストラ。あまりいい気分じゃないものの、多分、遊び人だったのは事実だ。

それならやり返してやろうと思った。

「ガリアストラなんて……えいっ」

「うわっ」

肩を押すと思っていたより簡単に彼が倒れて、二人で砂に敷いた茣蓙《ござ》の上に転がる。

私が砂地に躓《つまず》いて声をあげた時はすぐに近くの兵士が来るのに、ガリアストラが声をあげる分には誰も来ない。

「つまり、ガリアストラがいくら叫んでも助けは来ないっ！」

「どういう意味だよ!?　つか、さっさと降りろ！」

「えー、やだ」

「やだじゃねえ！　俺は男で君は女！　今は夜でここは狭いテントの中！　あまりひっつくべきじゃねえと思うんだがなあ!?　これじゃ君の身の安全の保証ができねえ！」

「乙女みたいに顔を覆《おお》っているのはガリアストラのほうだけれど」

「顔を見られたくねえんだよ……！」

それでも私を振り落とすつもりはないらしく、私を上に乗せたまま、赤くなった顔を隠そうと両の掌《てのひら》で覆《おお》って身をよじる。

頬を染めて恥じらう彼は美少女みたいだ。私はそれを襲う悪いやつ。

……流石《さすが》にそろそろ降りようかな、と腰を上げかけると、彼に腕を掴《つか》まれた。

片腕では隠しきれなくなった顔が覗《のぞ》く。ガリアストラは赤い顔で私を睨《にら》んでいた。

「顔見えちゃってるよ？　大丈夫？」

「うるせえ。顔を見られたくないだけで、何もできないわけじゃねえんだぞ！」

腕を引かれた程度で簡単に引き倒されて、私は背中から莫蓙《ござ》に落ちる。

軽く叩《たた》きつけられて一瞬息が詰まった後、勢いで瞑《つむ》っていた目を開くと鼻先が触れそうなほど近くにガリアストラの顔があった。

「はっ、君も赤くなってるじゃねえか」

「……ガリアストラのほうが、赤いと思う」

「俺は元々の色が白いんだよ」

「それじゃ、今度こそ顔を逸《そ》らさずにキスできる？」

「できねえ理由がねえだろう？」

吊るされたランタンの明かりを背に負って、ガリアストラの顔は陰っている。それでも彼が赤いのは見てとれた。額《ひたい》に汗が光り、唇は引き結ばれている。私の腕を掴《つか》む手は熱い。

私まで熱が上がりそうで、逃《のが》れようと腕を引くと、遠慮するように込められた力が抜けた。痛がっているとでも思ったのかもしれない。違うのに。

私の腕を放したガリアストラは、手汗をかいている私の手に手を重ね、指を絡める。

彼の長い黒髪が肩からこぼれて私の視界に紗《しゃ》のように垂れた。

呼吸が浅くなる。彼のも浅かった。心臓の音がうるさい。

きっと、ガリアストラのもうるさいだろうと思った。

深海の色をした青い瞳が、動揺で震えている。

「あの、こんなに近くで見つめ合うのって、キスするより恥ずかしい気がする」

「……そうかもな」

ガリアストラが赤い頬のまま目を伏せる。長い睫《まつげ》毛が頬に影を落とすのを見て、抗議したい気持ちになった。あらゆるパーツが美少女だ。構成の妙で美青年になっているだけで。

私が呑気に心の中で文句を言っていると、それを知ってか知らずか、彼が私の指と指を絡め合わせる力を強める。

次に彼が目を開けた時、そこに恥じらいはなく、真剣な光が浮かんでいた。

「……結婚が俺の人生の選択肢に上がったことはねえ。よく知る結婚が異常なものだったせいだ」

ガリアストラは覚悟を決めて、口にしづらい自身の心を吐露《とろ》しようとしてくれていた。

「ミズキ、俺はな、十四歳まで娘として育てられたんだ」

「娘!?　えっ、違和感ないけど……でもどうしてそんなことに？」

「俺の親父は俺ほどじゃないが大層な美形でな、これに惚《ほ》れて嫁《とつ》いできた貴族の娘がお袋だ。親父は自分の子を巫女《みこ》にしたいんで、娘の誕生を熱望していた。だが俺が生まれたんでお袋はがっくり。そこで諦《あきら》めりゃあいいものを、親父の気を引くため俺を女と偽《いつわ》った」

彼が私の指と指を絡めて遊び出す。無意識の手遊びらしいが、ちょっと集中力がそがれる。

「俺が十四歳の時にバレた。部屋に女を連れ込んでな——即座に勘当された」

ガリアストラは荒《すさ》んだ顔つきで笑った。絡めた指と指をこすり合わされる。話に集中できないのに、まるで縋《すが》るようなその手つきをやめさせる気にはなれなかった。

「俺にとって結婚ってのは偽《いつわ》りを演じる趣味の悪い劇で、いずれは嘘が露見して壊れる代物《しろもの》。永久の愛を誓うというがそこからして胡散臭《うさんくさ》せえ。人の心が変わらずにいられるはずがねえ。その醜怪《しゅうかい》な劇の役者となる道を、どうして世のやつらがこぞって求めるのか理解もできねえ」

「私のことも……それじゃ理解できないね」

真剣なお付き合い、だなんてガリアストラにはわからないに違いない。そう口にすると、彼は強く指を握ってきた。

「ああ、わからねえ。だが君が求めるのであれば、結婚してもいいと思っている。それの何が幸福に繋がるのか俺には想像もつかねえが……正しい道しるべは君が持っているだろう」

握りしめられたままの手を引かれ、ガリアストラに起こされる。

鼻先が触れ合う距離まで近づく。けれどまだ、彼の顔に照れはない。

真剣すぎて、この吐息を共有しそうな距離に気づいていないのだ。

早く気づいて、そして恥じらってほしい。彼らしくないくらいに。

そうじゃないと、私の心臓のほうが壊れてしまいそうだ。

「君を幸せにするために何をどうしたらいいのかなんてさっぱりわからねえが、君が望むのであれば俺は君と結婚したいと思う。それが、君に取り合ってもらうために必要ならば」

真剣な表情と眼差《まなざ》しの割に、彼の言葉はプロポーズとは思えないほど淡々としていた。

「ミズキ、俺と結婚してくれ」

「ごめんなさい。それはちょっと」

「なんでだよ！　君は俺のことが好きなんじゃなかったのか？　俺は弄《もてあそ》ばれているのか⁉」

「ガリアストラ、私と結婚したいわけじゃないんだよね？」

「いや、結婚したいって言ってんだろ⁉」

「結婚がしたいわけじゃなくて、その、私が遊びは迷惑だって言ったのを気にしているんだよね」

彼が本気だとは思えなかったから言ったことでも、今となっては酷《ひど》い言い草だ。

そして、あの船の中でガリアストラに好きと言えたのは、金輪際それでおしまいだと思ったからだ。

「結婚を前提としたお付き合いなら私だって真剣に向き合うよ」

「……俺が本気じゃねえとか遊ばれてるとか言い出さねえか？」

「真剣なお付き合いを始めたら浮気はできないけど、それは平気かな？」

「それぐらいわかってるよ！　俺を何だと思ってるんだ！」

「いきなり自由を奪われるのは耐えられないんじゃないかなと」

「君が俺をどう思っているかようくわかった」

あ、怒らせた。

そう思った次の瞬間、唇が重なっていた。

柔らかく重なりお互いの熱を確かめるように触れ合い——一瞬にして離れていく。

「ほ、ほらな！　俺にだってこれくらいできる！」

唇に与えられた熱に酔うよりも、動揺でテントの内側に張りつくガリアストラに胸がときめく。

「ふふ……ガリアストラ、可愛い」

「可愛いとか言うんじゃねえっ。俺は可愛いと言われるのが何より嫌いだ！」

きっと昔は嫌な思いをしたのだろうと簡単に想像がついたので、これ以上言うのはやめておくことにする。でも、本心なんだけどなあ。

「なあ、ミズキ？　異世界から来たと言ったよな？」

「うん、そうだね」

「——俺のために帰還を諦《あきら》めろ」

眼差《まなざ》しは険《けわ》しいのに壁際に張りついたままなのがおかしいやら可愛いやらで、気づいた時には笑いながら頷《うなず》いていた。

「——ミズキ、やっぱり一人で眠るのは寂しいから、夜ボクの枕元でずっと手を握っていてくれない？」

「君、ほとんど治ってるじゃねえか！　さっさと完治させてピケに添い寝してもらえ」

「ボクって抱く側なんだよねえ。ピケやあの船の連中とは役割がかぶるから、ちょっと」

ガリアストラの言う通り、ラフィタさんの症状はみるみるうちに改善されていた。

やっぱり好き嫌いでビタミンCを摂取しないがために起きた壊血病《かいけつびょう》だったのかもしれない。

今となってはほとんど消えた、顔に浮かんだタコのような形の痣《あざ》は気になるけれど――

私たちが無人島へ連れてこられてから、一ヶ月が経過している。

ビビアーナ号はこの島に近づけないみたいだけれど、セリシラ港とは物資のやり取りをしているし、ガリアストラはビビアーナ号の船員と頻繁に手紙のやり取りをしていた。

「ラフィタさん、好き嫌いせず毎日ご飯を食べて、レモネードを飲んで、規則正しい生活を送れば治りそうですね。私はそろそろお役御免だと思います」

「このままボクとパルテニオに行こうよ。パルテニオでならミズキを特別な神殿の巫女《みこ》として遇すよ。ミズキがセリシラで遭《あ》ったような、あんな無礼な扱いを受けることはない」

「そう言っていただけて嬉しいけれど先約があるので、ごめんなさい」

「ガリアストラなんかのどこがいいのかボクにはさっぱりわかんないな。女癖最悪だよ？」

「余計なこと言うんじゃねえ！　パルテニオの野郎なんかの言葉を信じるなよ、ミズキ！」

「ガリアストラはこれまで寄港した全ての街に女を囲ってるって噂《うわさ》があるよ」

「……拠点の管理人ってそういうことだったのかな」

「違う！　初めはそういう意味もあったが、今は違うからな、ミズキ！」

「は、初めはそういう意味だったの……!?」

価値観の違いに絶句した。浮気しないかなって心配してみせたのは冗談でしかなかったのに、本気で考えなくちゃいけないらしい。

「ニコラウ！　君のせいでミズキがまた余計なことを考え出したじゃねえか！」

「いや、今のはどう考えてもキミの自業自得じゃない？」

ラフィタさんの言葉に大きく頷《うなず》く。

「まあ今度こそ治ってきているのは事実だね。まさか治るとはなぁ。絶対に死ぬと思ったのに」

「死ねばよかったのにな」

「ガリアストラ！　そういうこと言わないの！」

肩を竦《すく》めてみせるガリアストラに反省の色はない。

でも、それが私の理解の及ばない現実であるということを、すぐに思い知らされた。

「――ニコラウ、決着はミズキのいない戦場でつけるぞ」

「そうだね。そのためにも、これ以上馴れ合うのは避けたいところだよ」

二人は敵国の人間で、戦場に出れば殺し合いをする敵同士だってことを知っているはずなのに、私は理解できていないのだ。

「ミズキ、そんな心配そうな顔をしなくとも、今は殺し合ったりしないから安心してね」

ラフィタさんはにっこり笑うと、寝台からひょいと起き上がった。

治りつつあるもののまだ歩けるほどではないと思っていた私とガリアストラは、ぽかんとしてしまう。

「それじゃ、キミらをセリシラに帰す段取りについて相談してくるから、帰りの日まで島で適当に過ごしていてね」

ラフィタさんは顔の右側を覆《おお》っていた包帯を取る。呪いの証《あかし》は微《かす》かに残っていたものの、ほとんど気にならなかった。

スタスタと軽い足取りでラフィタさんがテントを出ていく。すぐに、外でどよめきが起こった。

死んでしまうと思われていた彼が普通に歩いているのだから、驚くのも無理はない。

「……もしかしてラフィタさん、結構前から治ってた？」

「あの野郎、ミズキを引きとめて口説《くど》くために体調が悪いふりをしてやがった！」

それなりに前から治っていたに違いないラフィタさんは、島中の人たちを驚かせながらも、私とガリアストラの帰還についての段取りをその日のうちにつけてくれた。


セリシラ港に近づくと、大勢の人が集まっているのが見えた。

「あれ絶対、歓迎してくれているわけじゃないよね……どんな噂《うわさ》が流れてるのかな」

「ミズキ、神殿とは話をつけてあるから安心しろ」

「えっ、いつの間に？　そんなことできるの？　神殿騎士と斬り合いまでしたのに」

「手紙のやりとりはできたからな、騎士の上の神殿長と交渉済みだ。元々セリシラ神殿の神殿長と親父の要請を受けて、周辺神殿へのドサ周りの途中で呪われたパウラを秘密裏《ひみつり》にセリシラへ運んでいたんだぜ？　多少の融通《ゆうずう》は利くさ」

「そっか。ガリアストラに恩があるんだね」

船員たちが帆を引き絞り減速していく。ラフィタさんが船首楼《せんしゅろう》から上甲板《じょうかんぱん》にいる私たちを振り返って小首を傾《かし》げた。

「そろそろ着岸するけど下船の準備はできている？　ミズキは降りなくてもいいけど」

「降りるに決まってんだろ。パルテニオの船なんぞ即出て行ってやる」

ラフィタさんとガリアストラの漫才もこれで見納めだと思うと少し寂しい。私は船の人たちに用意してもらった服や身の回りのもの、少しのお土産《みやげ》をまとめた鞄《かばん》を手に持った。

「ラフィタさん、あなたが治ってよかったです」

「うん。やっぱりキミは巫女《みこ》なんだと思うよ、ミズキ。ダバダ王国の基準では巫女《みこ》ではないのかもしれないけれど、少なくともボクの基準では巫女《みこ》だ」

だから私は嘘をついていたわけではないと、そう言ってくれているような気がする。

「ありがとうございます、ラフィタさん」

停船しタラップが渡されると、見物人が怯《おび》えた表情で退《しりぞ》いていく。

集まるセリシラの街の人々の顔を見るに、よからぬ噂《うわさ》が流れているんだなと感じた。

集まる人々の中には、アメツさんもハビエルくんもいる。そちらへ駆け寄って行こうとして、追いかけてきた人に腕をとられて引きとめられた。

「ねえミズキ。やっぱりボクと一緒にパルテニオ共和国においで」

「ラフィタさん？」

「ボクにかかった海の女神の呪いを解いた、世にも稀《まれ》な真実の巫女《みこ》――その価値もわからないダバダ王国に預けておくなんてもったいない！」

ラフィタさんが朗々《ろうろう》と言うや否《いな》や、彼の背後に控えていた兵士たちがカトラスを抜いて掲《かか》げる。

ガリアストラが前に出てラフィタさんの手を払い、私を背に庇《かば》った。

「キャプテン！　これ使って！」

「助かるぜハビエル！」

ハビエルくんが投げた肩帯を受け取り、ガリアストラもカトラスを抜く。アメツさんが私の腕を取り、その場から遠ざけた。

「ガリアストラ・ストラ！　ボクはパルテニオ共和国海軍大佐ラフィタ・フォン・ニコラウとしてキミに決闘を申し込む！　ボクが勝った暁《あかつき》にはこの街の巫女《みこ》、ミズキをもらう！」

「その勝負、受けて立つ！」

「ガリアストラ!?　ラフィタさん!?」

突如、目の前で始まってしまった決闘に驚愕《きょうがく》する私を、ハビエルくんとアメツさんが更に後ろに下がらせた。

「落ち着いてミズキ」

「下がってください、巫女《みこ》様。ここにいては危ないので」

「落ち着いていられる!?　二人を止めないと！」

「心配はないよ、ミズキ。殺し合いにまではならないだろうから」

「ニコラウのほうはどうも本気のようだがな」

「えっ⁉　それじゃ打ち合わせと違うじゃん！」

その会話に戸惑《とまど》い問いただそうとする間にも、ガリアストラとニコラウのやり取りは進む。

「決して巫女《みこ》を奪わせはしねえ！　巫女《みこ》ミズキはダバダ王国のものだ！」

「フォン・ニコラウの名にかけて奪ってあげるよ、ガリアストラ！」

「あの二人、私の身柄の話を、なんで私抜きでやるわけ⁉　私はものじゃないんだけど！」

抗議すると、ハビエルくんが面白そうに笑った。

「二人の男に取り合われてロマンチック、みたいな思考にはならないんだね、ミズキは」

「なるはずある？　ガリアストラが負けたら私、パルテニオ共和国に行かなくちゃいけないの⁉」

「キャプテンが負ける予定じゃないんだけど」

「予定？　ハビエルくん、どういう意味？」

「つまりこれは、ミズキを巫女《みこ》としてこの街の人に受け入れさせるための余興なんだよ」

トロフィーにされた私をよそに、周囲の人々は一対一で向き合うガリアストラとラフィタさんを熱狂の面持《おもも》ちで囲い込む。

私の人生が勝手に賭けられている上に、完全に見世物にされている。

ガリアストラとラフィタさんは、誰にも何も言われなくとも同じ所作で剣を構えて背中合わせとなり、同じ歩幅で五歩離れた。振り返ってお互い剣を構える。何かしらの作法にのっとり、二人は決闘前の空気を醸成《じょうせい》していく。野次馬たちの熱は否応《いやおう》がなく高まった。

「ここはダバダ王国領土。合図はアウェイのこちらがさせてもらおう」

誰もピケさんの言葉に異を唱えない。見合う二人の男の中間に彼が立つと、ざわついていた周囲の人々が示し合わせたように静まりかえる。

「――始め！」

その合図を皮切りに、二人が一瞬消えたように見えた。重心を落としたからそう見えたのだと、直後に気づく。ラフィタさんは数日前まで寝ついていたとは思えない素早い動きで剣を繰り出した。ガリアストラの喉に向かって、容赦《ようしゃ》なく突き出す。ガリアストラは身を捩《よじ》ってかろうじて避けた。

「ほ、本当にあれが余興……？　命かかってない……？」

「ニコラウは本気で巫女《みこ》様を奪わんとしているように思えます」

アメツさんの言葉に唖然《あぜん》とする。片方にとって余興でも片方が本気だなんて、ガリアストラの身が危険だ。

「ミズキ、安心して。キャプテンは最初の一撃でニコラウの本気に気づいている。それに強いよ。病《や》み上《あ》がりのニコラウになんて負けない」

私という存在をこの街に受け入れさせる試《こころ》みとして、確かにこの決闘はうまく作用している。街の人はガリアストラを応援していた。まるで、私を引きとめたいかのように。

「ガリアストラ様！　巫女《みこ》様を奪わせるな！」

「パルテニオの軍人なんかやっつけろ！　巫女《みこ》様はダバダのものだーっ！」

ここはダバダ王国セリシラ。ラフィタさんにとってはアウェイの地。よその国の人に奪われそうだと思えば、よく知らない人間ですら惜《お》しく思えるものらしい。

何にしても、私とガリアストラの帰還に戸惑《とまど》っていた街の人々は、パルテニオ共和国の軍人ラフィタさんとダバダ王国の商人ガリアストラの戦闘に興奮している。

「真剣じゃなくてもよかったんじゃない？　木刀とか……」

「それじゃ盛り上がらねーよ」

ハビエルくんが肩を竦《すく》めた。白刃《はくじん》が閃《ひらめ》くたびに息が止まりそうになる。

両者の切っ先がどちらの皮膚を切り裂いたとしても、悲鳴をあげる自信が私にはあった。

ラフィタさんの素早い切っ先を紙一重で避けたガリアストラは、無理な姿勢からその横腹に剣を叩《たた》きつけようとする。それをラフィタさんが軽やかな動きで避ける。ガリアストラの追撃を、踊るようにステップを踏んで避け続けた。

「ニコラウはキャプテンとまともに打ち合えば剣を飛ばされるからね、避けるしかないんだ」

「でも、ラフィタさんはガリアストラより速いよね。もう無理、見ていられない！」

「ただこの勝負はやっぱりキャプテンに分があるよ！　見てやってよミズキ！」

ハビエルくんにどやされて、渋々目を見開く。

周囲の人間の感嘆、怒号、悲鳴、絶叫。

その渦中《かちゅう》にいた二人の勝敗は、確かに今にもつこうとしていた。

「……ラフィタさん、疲れてる？」

「スピードタイプのあの男がガリアストラより先に疲れた時点でこの勝負は決まったも同然だ」

アメツさんの言葉通り、ガリアストラが振りかぶった剣が、足が止まったラフィタさんの剣を軽々と弾き飛ばした。ガリアストラが剛力の持ち主というより、ラフィタさんに体力が戻っていないのだ。

それで勝負ありとなった。ラフィタさんは潔《いさぎよ》く負けを認める。

「あーあ、負けちゃったなあ」

「ミズキは俺のものだ、ニコラウ。わかったら金だけ置いてさっさとパルテニオへ帰りやがれ」

「残念。でも約束だから仕方ないね」

ラフィタさんが合図をすると、ピケさんが三十センチ四方の箱を手にして近づいてくる。多分、最初に言っていた訪問報酬の百万リゼラだ。ピケさんはアメツさんに、そのずっしりと重そうな箱を渡した。

「つーわけで、俺が勝った。パルテニオの憐《あわ》れにも呪われた男を救い、金貨を手にした巫女《みこ》はダバダのものだ！」

ガリアストラが観衆に語りかける。彼らは勝者の言葉に熱心に耳を傾けていた。

「今日は俺のおごりだ！　祝杯をあげろ！　俺たちの巫女《みこ》に歓呼を捧《ささ》げろ!!」

「オオオオオオオオオオオオオオ!!」

ガリアストラの言葉に、街の男たちが歓声と雄叫《おたけ》びで応える。

私は幼い子どもに手を振られ、その母親に親しげな微笑《ほほえ》みを向けられ、老人に拝《おが》まれた。

ガリアストラはこれを計算していたんだから、驚きを通り越して呆《あき》れてしまう。

その時、金切り声が賑やかな雰囲気を切り裂いた。

「嫌よ！　駄目！　こんなの絶対に許さない!!」

ガリアストラと神殿の間では話し合いが済んでいるとのことだ。けれど、パウラちゃんがそれに納得しているとは、私も考えてはいなかった。

結果として、神官の制止を振り切ってパウラちゃんが現れる。

「パウラちゃん、ごめんなさい。でも私――」

「あんたの話なんか聞きたくないわ！　あたしが床《とこ》についている隙をついてあんたが現れて以降、全部おかしくなった！」

神官たちはおそらく事情を知っているのだろう。血相を変えて彼女を黙らせようとする。

自分たちの神殿から偽巫女《にせみこ》が出たとは世間に知られたくないのだ。

それなのに、その手を振り払ってパウラちゃんは慟哭《どうこく》した。

「あんたが現れてから全部！　全部全部全部駄目になって！　あんたさえ現れなければ!!」

彼女がそう叫んだ瞬間、ふと目眩《めまい》に似た何かを感じた。

「あんたさえいなければ、あたしがこんな惨《みじ》めな思いをすることはなかったのに!!」

意識が、急に、遠くなる。

世界が、かすみ、ぐにゃりと、歪《ゆが》んだ。

妙な焦燥感《しょうそうかん》に突き動かされて、気づくと私は口走っていた。

「でも、私がいなかったらパウラちゃんがどうなっていたかはわからないよ!?」

「恩着せがましいこと言わないで！　あたしはお兄様が優しくしてくれるのなら、あのままでもよかったんだから！　だから全部が全部、あんたのせいなの!!」

呪われていた状態のほうが幸せだったとパウラちゃんが叫んだ時、誰かがその言葉を受け取る。

私がこの世界に来たからパウラちゃんが不幸になってしまった。

だから私はもうここにはいられない、と何も説明されなくてもなぜか理解した。

『誰かを不幸にする望みは、わたしの涙じゃ叶えられない』

私の身体を使い、私の唇を震わせて、私の舌で、私以外の誰かが喋《しゃべ》る。

強い潮風が吹いて、瞬《まばた》きせずにはいられない。

目を閉じて、開いた次の瞬間。

――私は暗い林の中にいた。全身鳥肌が立つ。

「瑞希ちゃああああああん!!」

酷《ひど》い不協和音が私の名を呼ぶ。誰の声か理解する前に、全身から冷や汗が吹き出した。

私は暗い祠《ほこら》を飛び出し、しばらく走った後で思考が追いつく。

あれは私の親切心のせいでストーカーになってしまった男の声だ。

考えている時間はない。戸惑《とまど》っている暇も。どうしてなんて、考えている余裕も。

真っ暗な林の中、私は再び、自分を付け狙う男に追いかけられていた。

足が露出した走りにくいサンダルでは、踏みしめた岩の突起が痛い。シダに触れた足がかぶれそうだ。鋭い枝に巫女装束《みこしょうぞく》が引っかかる。

ふいに暗い下生えに隠れて隆起した木の根に、足をとられた。

「っ⁉」

転んで膝を擦りむいた、気がする。でも怪我の確認なんてしている場合じゃない。

どこへ逃げればいい？　どちらへ向かえばいい？　どうしたらいい？

「瑞希ちゃんだ！　ようやく会えた‼」

「ひっ」

生々しいほど近くから声が聞こえて、私は溺《おぼ》れる人間みたいに土を掻《か》く。

「いつの間に着替えたの？　もしかして俺とのデートのため？」

瘧《おこり》のように震える身体はうまく動かない。救いを求めてあらぬ方角に伸ばした手を、後ろから伸びてきた手に掴《つか》まれた。

ψ　ψ　ψ

俺が生まれた時に、親父は大層喜んだそうだ。

それはお袋の画策《かくさく》によって俺を娘だと思い込んだからだが、俺の瞳の色が青かったためでもある。

海の女神の瞳は青色だとされている。青は神性の証《あかし》だ。

だから、茶色だったミズキの瞳が青に染まったのを見た俺たちは、神が宿っているとわかった。

『誰かを不幸にする望みは、私の涙じゃ叶えられない』

それが、女神の発した言葉だと、気づいてしまった。

そして、その言葉が何を意味するのかを、この場にいた俺だけが理解した。

ミズキは俺の船に現れる寸前、ストーカーに追われていたらしい。だがおそらく宝珠が埋め込まれた女神像に願うことによって俺の船に逃がされた。

その願いが、今、女神によって反故《ほご》にされようとしている。

「嘘だろ、やめてくれ！　待ってくれ！　女神よ!!」

懇願《こんがん》も虚《むな》しく、強い風に目を閉じた直後、ミズキの姿はその場からかき消える。

優しい海の女神は、ミズキの願いを他者を不幸にする願いだと断じた。

「えっ？　あの女、消えたの？　女神様が消してくれたの？　やったわ！　やった！　なあんだ、あたしは初《はな》から女神様に祈ればよかったのね！」

パウラのはしゃぐ声音が、空洞になった頭の中にガンガン響く。

だがそれに構っている暇はねえ。考えろ。ミズキは今どこにいる？　異世界!?　場所を移動しただけか？　それとも時まで遡《さかのぼ》ったのか!?

だとすると、今まさにミズキの身に危険が及んでいる可能性がある。

どうして俺はミズキの出身地をちゃんと確かめておかなかった！

「そうよね。あたしは巫女《みこ》だもの！　女神に寵愛《ちょうあい》された巫女《みこ》。女神しゃまにおねがいすえあ――」

パウラの言葉が不明瞭になる。思わずそちらを見やり、その理由を確認して――おそらくミズキが時を遡《さかのぼ》り、ストーカーに追われている状況に戻されたのだろうと確信した。

女神はミズキの願いをなかったことにしようとしている。それによって引き起こされたその他の事象も、全て無に帰《き》そうとしていた。

ミズキの祈りによって治癒《ちゆ》されたパウラの身体が、呪いによって崩れていく。

パウラの身体から落ちたミズキの願いの欠片《かけら》——海の宝珠が転がり、俺の靴にこつんと当たった。

「海の女神の呪いだあああああ!!」

その場にいた街の人間は一斉にパニックに陥《おちい》る。

「あたしを、なおしてぇ！　もういちど、なおし、てえ！」

パウラは信じられない速度で重篤《じゅうとく》な呪いに冒《おか》されていく。全身に海魔《かいま》の印が浮かび上がり、脈打つたびに毒々しい印が血を流す。その姿を哀れと思わないわけじゃない。

俺の足元に転がる宝珠を拾い上げたのは、アメツだ。

「この宝珠は元々おれのものだ」

「そうだったな、アメツ。何に使う？」

「少なくともそこに転がる呪われた女のためには使わない」

「いやっ、いや！　やだっ、おにいさま！　おにいさまあっ！」

「元々、俺も君を治すのには反対していたんだよ、パウラ」

「……え？」

「仕方ねえだろ？　君を助ければミズキに危険が及ぶ可能性があった。そして君はそれを証明してみせた。悪いが俺は、二度と同じ過《あやま》ちは起こさねえ」

「そんな、うそ、うそよ、うそ！」

「君の快癒《かいゆ》を望んだのはミズキだけだったんだ。だが当のミズキはもういない。君がそう望んだだろう」

衆人環視のもとで海の女神の呪いが露見してしまった以上、パウラにもはや未来はない。

哀れとは思うが情けをかける気にもなれず、日の下で無残に変わり果てた姿から目を逸《そ》らす。

「ガリアストラ、このままだとおれたちの記憶から巫女《みこ》様が消えてしまいそうだがどうする？　女神は巫女《みこ》様が何らかの願いを叶えた時点まで、何もかも元通りにしようとしているようだ。つまり、おれたちも巫女《みこ》様に会っていなかったということになる」

恐ろしいほど冷静な推論だ。俺はアメツに頷《うなず》いた。

「アメツの想像はおそらく正しい。この世に女神が望まねえ願いの具体例がないのはそのせいに違いない。記憶ごと消されちまうんだ」

「じゃ、じゃあ、ミズキはどうなるの⁉」

「これから俺が助けに行くから落ち着けよ、ハビエル。おいアメツ、その宝珠よこせ」

「……巫女《みこ》様は、助けが必要な状態なのか？」

「ストーカーに追われている最中、女神像に縋《すが》りついたら俺たちの船に逃がされたと言っていた」

「それじゃ、ミズキは今襲われてんの⁉」

「今かどうかはわからねえ。むしろ過去かもしれねえ。だが海の宝珠さえありゃあ、どこにいようが、いつのミズキだろうが、助けに行ける！　譲れアメッ!!」

「それが人にものを頼む態度か」

「ぐえっ」

アメツの拳《こぶし》を鳩尾《みぞおち》に入れられ、一瞬マジで吐きそうになる。しかし、その手に握られていた海の宝珠は確かに俺に渡された。

「さっさと巫女《み こ》様を助けに行け、ガリアストラ」

「キャプテン、すぐにミズキを連れて帰ってきてよ」

「ああ！　行ってくる！」

踵《きびす》を返して海へ向かおうとした俺の足首に、枯れ枝のような指がまとわりついた。

「おにいさま……！　いかないで……」

哀れは哀れ。だが、この世には優先順位というものがある。

「ミズキがこの世に存在しているくらいなら、海の女神に呪われていたままのほうがよかった……」

そう言ったのは君自身だ。自分が望んだその幸福を、せいぜい噛《か》みしめるといい」

湧《わ》き上がる哀れみを殺して海へ進む。少しでも海の女神に近い場所で祈りたい。

「海の女神よ――」

願いの内容は慎重であるべきだ。女神は誰かを不幸にする願いは叶えない。

ミズキの存在が我が身の不幸に繋がると嘆《なげ》いたパウラの祈りは認められちまった。

ここにミズキを呼べないのであれば、俺が行くしかねえだろう。

「俺をミズキのもとへ連れていってくれ！」

ミズキのいる場所へ俺が行くことが、パウラの不幸になるとこの願いを拒否されたなら、海魔《かいま》信仰者になってやる。そんな内心の悪態が通じたのか、海の女神は即座に俺の願いを叶えた。

虹色の光輝が目映《まばゆ》く輝いたかと思うと粒となって散り、眩《まぶ》しくて目を閉じる。

——次に瞼《まぶた》を開けた眼前には、声にならない声をあげるミズキと、彼女に覆《おお》い被《かぶ》さる醜怪《しゅうかい》な影が存在した。頭が沸騰《ふっとう》し、何も考えずに固めた拳《こぶし》を叩《たた》きつける。

その男はいとも簡単に吹き飛んだ。ペラペラの身体をした貧弱な男だ。

だが、そんな男よりもミズキはか弱い。

「ガ、リアス、トラ……！」

怯《おび》え、震え、泣きながら、顔をくしゃくしゃにして俺に手を伸ばすミズキを怖がらせねえよう、俺は指先まで神経を張りつめて、慎重に迎え入れた。ガタガタ震える身体を受け止め、宥《なだ》めるように撫《な》でてやる。

やがてすすり泣くミズキの声が途絶え、その身体はくたりと力を失った。

「気絶したか……無理もねえ。怖かったよな、ミズキ。すぐに助けられなくて悪い」

ミズキを襲われた時の時間に戻すのであれば、俺を更に前の時へ飛ばしてくれてもいいだろうに。海の女神の采配《さいはい》に悪態をつきつつ彼女を抱き上げる。力なく気絶した身体を抱きしめ、腕にかかる重みと温かさを確かめた。彼女のほとんど薫《かお》らない体臭と共に、海の匂いのしない空気を吸い込み少々戸惑《とまど》う。

潮の匂いのしない空気というものを、俺は初めて嗅《か》いだかもしれない。

「どこだ？　ここは……」

街は海に面しているのが普通だ。

小さい村や集落、後ろ暗い連中の作る拠点は内陸にあるのかもしれないが……ミズキがそういう場所で生まれ育ってきたとはとても思えねえ。

「確か、ミズキは林にある祠《ほこら》の女神像に祈ったと言っていたか。それで俺の船へ来たと」

そこに、使われる前の海の宝珠が戻っているはずだ。

全てが元に戻っているという俺の推測が正しければ、だが。

祠《ほこら》を探して歩いていると、林が開けてしまった。夜のはずなのに、向こうは明るい。焚《た》き火《び》をしている輩《やから》がいるのであれば道を聞こうとそちらへ寄って、眼前に広がる景色を見て言葉を失う。

天を突く巨大な塔が真っ先に視界に飛び込んできた。

闇に映える宝石みたいな輝きに縁取《ふちど》られた建造物、チカチカ光る板状の物体、賑やかな聞き慣れない音楽。低い音を奏《かな》でながら広い運河を滑るように進む帆のない船。

ふいに、空で鈍く不可解な音がした。

塔の尖端の更に上空を横切る、輝く物体が立てた音だ。鳥じゃねえとは思うが、どうだかな。鳥だとしたら巨大すぎだ。

「……これは異世界だな。……マジで言ってるとは思わなかったぜ、ミズキ」

信じていなかったことを謝らなくてはならない。俺が謝罪すべき事象が増えていく。

「寝ていろ、ミズキ。その間に俺たちの世界に帰ろう」

ミズキには悪いが、恐怖の記憶を最後にこの世界とは永久の別れをしてもらう。里心なんかついたらたまらねえ。俺の世界に連れていくことが彼女にとって不幸だなんて、女神に認定されたら困るんだ。

「祠《ほこら》、祠《ほこら》、っと。ミズキの足で行ける範囲内にあるんだよな」

ミズキの足跡を追って探すと、それは林の入り口から少し小径《こみち》に入ったところにあった。

小さな朽《く》ちかけた木の祠《ほこら》。梁《はり》に使われているのは流木らしく、ねじくれて穴が開いている。この辺りに海の匂いはしないが、海の女神と何らかの関係はあるらしい。

「よし、ビンゴ！」

祠《ほこら》の中にはミズキが縋《すが》ったものだろう掌《てのひら》に乗るサイズの女神像が転がっていた。

女神像があると言われていなきゃ気づかなかった。梁《はり》と同じく海の流木を彫刻したもののようだ。

その像に空《あ》いた洞《ほら》を覗《のぞ》き込むと、うっすら輝く何かの存在が確認できる。やはり、この中に海の宝珠があったってわけだ。

「海の女神よ、俺とミズキを、俺の生まれた世界に還してくれ」

この願いが果たして叶うのか、ミズキにとって不幸とみなされカウントされないか、誤って妙な叶え方をされないか。不安を抑え込むためにミズキの身体を強く抱く。

どんな叶え方をされようとも、この女を決して手放さないために。

次の瞬間、突風が吹く。風の中には懐かしい潮の香りが含まれていた。

ψ　ψ　ψ

『――この辺りはかつて海だったの』

私は真っ暗な電車に乗っていた。内装に見覚えがある。最寄り駅のよく使う線だ。網上や中吊りの広告はのっぺりとしたグレーで、何が描かれているのかわからない。トンネルを走るルートはないはずなのに、暗くて向かい側に座っている人の顔も見えなかった。

ただ、私に話しかけているのが、女性だということだけはわかる。

『海は繋がっているのよ』

「……ガリアストラの世界と？」

ふいに外が明るくなった。トンネルを抜けたのだろうか？

電車の窓の外には、なぜか私の暮らす社員寮が見える。おかしな話だ。社員寮は線路沿いにはないはずなのに。

『あなたともう一人を私の世界に還してほしいと願う人がいる。この願いはあなたを不幸にする？もしそうならここで降りて。今度は直接あなたの家に送ってあげる』

つまりここで降りれば私は社員寮のすぐ傍《そば》に出て、安全に家に帰れるというわけだ。

「もう一人ってガリアストラのことですよね？」

『そうだったかもしれないわね』

「なら、私はその人の願いの通りにあちらの世界に行きたいです。それが私の幸せだから」

『それでいいの？　後悔しない？』

「女神様こそ、私の存在があちらにあることが誰かにとっての不幸になると、また私をこちらに帰したりしませんか？」

女性の表情を見ようとしても、見えない。優しげな微笑《ほほえ》みを浮かべている気配だけがある。

そこにいるのは女神で、しかもとびきり優しいと、感覚で理解していた。

『今度こそ、あなたは私の世界のものになるから、それはないわね』

私が仮住まいだったせいで、住人であるパウラちゃんの意向が優先されたらしい。

『……壊血病《かいけつびょう》なんてないのよ』

「えっ？」

『呪いは、呪い。私が悲しみを感じて目を背《そむ》ける時にかかる呪い』

「でも、ハビエルくんもラフィタさんも治りましたよ？」

『あなたが一生懸命に看病しているのが嬉しかった。治ってほしいと思えた。だから治った』

「あ、あはは」

笑うしかない。何かおかしいなと思い続けていたけれど、本当に壊血病《かいけつびょう》ではなかったとは。

私の知識なんて所詮は浅知恵で、女神のお情けで治っていただけ。

実質私は何の役にも立ってはいなかったのだ。

『あなたがいなければ治らなかったの、誇っていいのよ』

「女神様の気まぐれで治ったんじゃないですか。それにしても、そもそも、どうしてハビエルくんやラフィタさんが呪われたんですか？　子どもも呪っていると聞きました。一体、なぜ？」

こうして向かい合っていても、優しい雰囲気ばかり伝わってきて、矢継ぎ早に質問できるくらい何もかも許されていると感じるのに。

『……偶然、見てしまうの』

「見てしまう？　何を？」

『悲しいという気持ちを、抱かずにはいられなかったの』

シャボン玉がパチリと弾けるのに似た感覚と共に、頭の中にいくつもの瞬間が流れ出す。

生活のためにスリをした子どもから財布を取り返して殴りつけたハビエルくん、その日の食事にも事欠《ことか》く貧しい子どもとボロボロの弟妹たち。妊婦を斬り殺すラフィタさん、その夫の慟哭《どうこく》。海辺に産み落とされた海亀の卵を踏みつけて遊ぶ無邪気《むじゃき》な子どもたち、海亀の嘆《なげ》き――

『悲しい、と思ってしまうの』

「あなたが悲しいと思うと、呪われてしまうの……？」

パチン、と弾ける感覚と共に、また女神様の見た光景が流れ出していく。

誰かが必死になって説得していた。

『パウラ様、パウラ様！　お願いだからお考え直しください！』

『うるさいわよ、イリス』

パウラちゃんと、年嵩《としかさ》の女性だ。白い建物の回廊を歩いていく。デザインからしてそれは神殿のようだったけれど、セリシラにあったものより大きそうだ。

『貴女《あなた》には巫女《みこ》になる資格はありません！　神殿では何の奇跡も起こりませんでした！　それなのに巫女《みこ》を名乗るなんて、そんな恐ろしい話はありません！』

パウラちゃんが巫女《みこ》に就任した直後の光景らしい。

イリスという女性の名前をどこかで聞いたことがある。パウラちゃんの、侍女の名前だ。

『巫女《みこ》就任の儀式というのはそういうものよ。寵異《ちょうい》がなくとも、現れたことにするの』

『そんな馬鹿な話がありますか！　変ですよそんなの。神殿も女神様を馬鹿にしています！　パウラ様はあんな男たちの片棒を担いではなりません。巫女《みこ》を騙《かた》ったりしたら、貴女《あなた》が呪われてしまいますよ！』

女神はこの様子を見ていた。でも、パウラちゃんが偽巫女《にせみこ》になったことについては、それほどの感情を抱かなかったのが感覚的にわかる。巫女《みこ》を騙《かた》ったからといって、女神は呪わない。

でも、それを知らないイリスは、パウラちゃんを心から心配しているようだ。

『もういいではありませんか。パウラ様は巫女《みこ》ではありません。ですが、普通の女性として幸せになれる資格を十分にお持ちです。ガリアストラ様のことは諦《あきら》めて、共に逃げましょう』

イリスはパウラちゃんの細腕を掴《つか》み、ほとんど引《ひ》き摺《ず》るようにして歩いていく。働き者の女性らしい太い腕は、パウラちゃんがもがいてもびくともしない。

『離しなさい！　お父様に見られたらどうするのよ！　やめなさい！』

『何もご心配なく。きっとわたしが何不自由ない暮らしをさせてさしあげますから――』

『やめなさいって言ってるでしょう！』

パウラちゃんが叫んだ次の瞬間、イリスの身体が頽《くずお》れた。

その胸を貫《つらぬ》く鋼《はがね》の刃《やいば》――誰かがイリスを背後から刺したのだ。でも、刺客の姿は見えない。

『お父様――あたし』

『私の手出しは迷惑だったかね？』

姿は見えないのに声だけ聞こえる。低いバリトンの声音。

ガリアストラとは系統の違う美声だ。柱の陰にも、茂みの裏にもいない。でもそこにいる。

パウラちゃんとガリアストラの父親がそこにいて、イリスを殺した。だというのに、それを見ていた女神は彼を呪おうとはしなかった。呪われたのはあくまで、パウラちゃんだ。

パウラちゃんの薄青い瞳は揺れていた。動かないイリスを見て、虚空《こくう》を見て、イリスを見る。

どうするのだろう、と私は固唾《かたず》を呑んで見守った。でもなんとなく結末はわかっている。

それでも祈らずにはいられなかった。女神も同じように祈っていたのを感じる。どうか別の結末が訪れないか――考えたその時、倒れたイリスの人差し指がピクリと動いた。

パウラちゃんもそれに気づく。目を見開いて、そちらへ手を伸ばそうとする。でも――

『知りすぎていたし、おまえの巫女《みこ》業の邪魔になる。片づけさせても構わんな？』

『――ええ勿論《もちろん》。煩《わずら》わしかったので助かりました。ありがとうございます、お父様』

パウラちゃんは花が綻《ほころ》ぶみたいに嬉しそうに笑い、丁寧にお辞儀をすると来た道を戻る。

イリスから背を向けて、何事もなかったかのように廊下を歩いていく。

待って、行かないで、お願いだから、見捨てないで……どうかご無事で——誰の声だろうと惑うことは許されない。動けず声も出ないものの意識はあるイリスの最期の声が、女神には聞こえている。こんなつらくて悲しい声を、どうして私まで聞かなくちゃいけないの？

パウラちゃんは廊下を曲がり、見えなくなる。

悲しい、悲しい。悲しい、嫌だ、悲しい、つらい、悲しい、怖い、悲しい、悲しい——


『——こんなの耐えられない』

私が口にしたのかと思った。ふつりと景色が途切れ、女神が私の前の席で項垂《うなだ》れ顔を覆《おお》っている。

「……これがパウラちゃんが呪われた原因？　どうして父親のほうじゃなくて」

『……彼はもう手遅れだから』

その行為に対して悲しみを抱くには、僅《わず》かなりとも愛情が必要だ。

パウラちゃんは女神に愛されていた。女神は愛しているから呪ってしまう。

世の中の悪い人を排除する力じゃない。海の女神の呪いは腹立たしいほど理不尽だ。

女神は全世界の人間を見つめ続けていられるわけではない。そうだとしたらこの世は呪われた人間ばかりになる——でも、ただ見られただけで？

『だから水底《みなぞこ》にいるのよ。できるだけ何も気づかずに済むように』

そのせいで海の女神と言われているのだという。そして、そのために海にいる人間のほうが呪われやすい。

『貴女《あなた》を好きになってしまったわ。だから宝珠をあげる』

椅子に座ったまま手を伸ばす女神からは、相変わらず優しく慈悲深い雰囲気しか感じない。

でも、怖かった。海の宝珠を受け取るのが怖い。

『貴女《あなた》をこれからもずっと見ているわ。貴女《あなた》が願い、手を尽くすのであれば、あたかも壊血病《かいけつびょう》のように私の呪いは解けるでしょう』

海の女神から海の宝珠をもらうという行為の意味は知っている。

つまり私は海神《わだつみ》の巫女《みこ》として本当に認められたということだ。

『今からでも、貴女《あなた》は家に帰る選択ができる。でもそうしたら、私は貴女《あなた》を見つめていられなくなるの。寂しいわね』

私が乗る電車はいつの間にか停まり、窓の外にはまだ社員寮が見えていた。

まだ引き返せる。

でも、ガリアストラとお別れをする気にはならなかった。

震える手を伸ばして掌《てのひら》を向けると、その上にコロリと海の宝珠が載せられる。海の女神が嬉しそうに笑う気配がした。とても優しく、だから怖がるのが申し訳なくなる。

あちらの世界に行く。ガリアストラがいるから。でも、女神に見つめられる私のせいで、周囲にいる人――ガリアストラが呪われてしまうのではないかと、最後にそれだけが心配になった。

彼のことは好きだけれど、彼は喜びをもたらす分、多くの人を悲しませもするタイプだ。特に女関係で。

『あなたが私の代わりに嘆《なげ》き悲しんでくれるのなら、私は悲しまずにすむわ』

女神はおそらく私の心の中まで見通していて、そう教えてくれた。

『ようこそ、私の世界へ』

濃密な潮風が吹いた。深海で風が吹くならこんな匂いがするだろう。

閉じた瞼《まぶた》を撫《な》でる柔らかな感触は深海魚の鰭《ひれ》。その冷たさは深海の水の温度。

名残惜《なごりお》しげな女神の気配を感じた。くしゃみが出そうになって瞼《まぶた》を開けると、私が新しく暮らすことになった世界が見える。とてもとても明るかった。


電車で女神と向かい合って座っていたはずの私は、気づくとガリアストラの腕の中にいた。

場所はセリシラの港。集まっていた人々は、何かを遠巻きにして恐《おそ》れ戦《おのの》いている。

彼らの視線の中心に、一人で横たわるパウラちゃんの姿を見て、悲しいと思う。

女神だって悲しいと感じるだろう。

「ガリアストラ、降ろして」

私を助けてくれて、この世界に連れ戻してくれたガリアストラには色々と言いたいことがある。

けれどその前に、私はパウラちゃんを助けないといけない。

「巫女《みこ》様、何をするつもりですか？　呪われた女なんぞ放っておいてください！」

「アメツさん。悲しくなるからそういう言い方はしないで」

嫌いな人を作るなとは言わない。

嫌いな人を、嫌いと言うなとも言わない。

でも悲しいものは悲しくて、こんな気持ちをどうしたら抱かずにすむのかと、女神も苦悩しているのかもしれない。

「海の宝珠をもらったの。これでパウラちゃんを助けるよ」

「こんな女助ける必要ねーよ！」

「ハビエルくんも私を思って言ってくれているんだろうけれど、そんなふうに言わないで」

世界は悲しいことで溢れていて、私だって自分でも知らないうちに誰かを悲しませている可能性がある。パウラちゃんのことがそうだ。

誰だって、女神に呪われる可能性があるのだ。

ここは優しい優しい女神様が統《す》べる世界だから。

「ガリアストラ、私はあなたの義妹《いもうと》を治すよ」

「ああ。君がそうしたいならそうしろ。どうせ君は言っても聞かねえんだろうからな。何か起きたらフォローしてやる。困ったなら助けてやる。だから必ず俺に頼ると約束しろ」

「……うん！」

ガリアストラに後押ししてもらえたのが、震えるほど嬉しかった。一度泣き出したらしばらく号泣し続けてしまいそうで、なんとか涙を堪《こら》えてパウラちゃんの傍《かたわ》らに近づく。

「あん、たなんか……！　だい、きらい！」

「私もあなたのことが好きなわけじゃないよ、パウラちゃん」

好きだから助けるわけじゃない。

助けたいから、助けるだけだ。

「女神様、この子を治してあげて」

見覚えのある七色の光が淡く太陽の日差しに溶けていった。

「あんたになんか、助けられたくない！　さわらないで！　いやあっ……！」

パウラちゃんが嘆《なげ》いても嫌がっても、海の宝珠は彼女を癒《い》やしていく。

流石《さすが》の女神も呪いの解除を中断したりはしなかった。

女神は私を好きだと言っていたので、私の願いを優先してくれているのかもしれない。

何にせよ、ものの十秒もかからずに、重篤《じゅうとく》な状態に陥《おちい》っていたパウラちゃんは元の健康的な美しい少女の姿を取り戻す。彼女はすぐに石畳の上で身体を起こし私を睨《にら》みつけた。

「あんたなんか、嫌い。ミズキ、あんたなんか――！」

感謝の言葉なんて今更求めないものの、胸が痛くなるのだけは許してほしい。

パウラちゃんから目を背《そむ》けたその時、周囲の誰かが悲鳴をあげた。

ハビエルくんが血相を変え、アメツさんが怖い顔をしてこちらへ駆け寄る。振り返りパウラちゃんを見ると、ナイフを手にしていた。だから周りの人たちが悲鳴をあげているのだ。

彼女は革の鞘《さや》を躊躇《ためら》いなく放り捨てる。

「死んでよおっ！」

目の前で振り上げられるナイフを呆然と見つめるばかりで、身体が動かない。

けれど、その刃《やいば》が私に振り下ろされることはなかった。

「パウラ！　……もうおしまいにしろ」

ガリアストラが容易《たやす》く細腕を掴《つか》み、ナイフを奪う。パウラちゃんはその場に泣き崩れた。その姿は世にも不幸だ。

私がしたことは余計なお節介だった？　いらない親切？

「ミズキ、無事だな」

「うん……助けてくれてありがとう、ガリアストラ」

私にとっての幸せが、誰にとっても同じように幸せになると思うなんて、多分傲慢《ごうまん》な考え方だ。幸せな人を見ているだけでむかつくという人もいる。

それでも海の宝珠が叶えてくれる願いがあるのなら、それは誰も不幸にしないのではなく、女神が主観的に許容できるかできないかの問題に違いない。

「……早速このざまだが、後悔してねえな？　ミズキ」

「うん。私は私のしたことを、後悔しない」

自分以外の誰かに、自分の行動がどう思われるかは、善悪と関係ない話だ。

「パウラちゃんはこれからどうなるの？」

「さてな。だが、君ほど悪いようにはならないだろう」

処刑だなんて話にはならないらしい。よかった、と思えた自分に安心すると、少しふらついた。

ガリアストラに抱き寄せられる。けれど彼は私を見てはいない。まだ警戒した顔つきであたりを見回していた。

私はもう何もかも終わった気持ちでいるのに、彼にとっては船に帰るまでが遠足なのだ。つまり緊張しているってこと。

だからこそ、恥ずかしがらずに私に触れられるのだろうなと思うと、私の緊張は解《ほぐ》れてしまった。

ψ　ψ　ψ

私は今、セリシラ神殿の巫女《みこ》となろうとしていた。

随分いろんなところで巫女《みこ》を名乗ってしまったので、以前からずっと本物であったという話にしないと困った事態になるのだという。辻褄《つじつま》あわせの裏工作だ。

ガリアストラが神殿と悪どい取引をしたようで、それに乗るのは大変後ろめたいものの、背に腹は代えられず目を瞑《つむ》る所存である。

「水底《みなぞこ》深きに神留座《みづまりま》す海の女神の命《みこと》をもちて速納愛《はやきこしめ》したまえと精霊に願い奉《たてまつ》り申し上げる」

静まりかえった神殿の中には神殿長と数人の神官、見届け人のガリアストラたちがいるだけだ。

白亜の神殿に神殿長の祝詞《のりと》が朗々《ろうろう》と響き渡るのを、私は目を閉じて聞いていた。

女神とのおしゃべりには、そんな難しい言葉はいらないのになと思いながら。

くるぶしまで海水に浸《ひた》っていて、足指の叉がひんやりする。チャプチャプと波の音がした。

海神《わだつみ》の女神を祀《まつ》る神殿は必ず海辺に建てられているという。こういう儀式の時は海水を神殿内に引き入れ、裸足《はだし》で海水に触れて儀式を行うというのだからユニークだ。

海辺であったり、海水に触れたり、こうして工夫すれば女神に見てもらえるらしい。

女神はできる限り地上に影響を与えないよう、海の底にいるっていうのに。人間は何も知らずに女神に見てもらいたがっている。

女神の慈愛が持つ矛盾について、私は誰にも話すつもりはなかった。

あの優しい人を怖がってほしくない。誰もが善良であろうとすれば、彼女の眼差《まなざ》しは呪いにはならないから。

「この者を海神《わだつみ》の巫女《みこ》と認めたまえ。寵異《ちょうい》の印可を示したまえ」

特に何も起こらない。けれど、何かが起こったことにするらしい。

巫女《みこ》就任の儀式の際に起こる奇跡を、『女神の寵異《ちょうい》』と呼ぶのだそうだ。

この場に同席している神殿長、上級神官、儀式を受ける巫女《みこ》見習いの身内が、見届け人になる。

女神の寵異《ちょうい》を目撃した証人となり、巫女《みこ》が女神に正式に認められたと公《おおやけ》の場で証言するという。

そういう儀式だと思えば私はすんなり受け入れられる。

けれど、この世界の人は本当に巫女《みこ》に霊験あらたかな出来事が起きると信じ込んでいた。何も起こらないと割り切っている神官は別として、パウラちゃんの巫女《みこ》就任に立ち会った侍女イリスにとっては寵異《ちょうい》がないのは異常事態だっただろう。パウラちゃんを連れて逃げようとするほどに。

だからアメツさんがこの場にいて大丈夫なのか心配だ。ハビエルくんが宥《なだ》めてくれるといいんだけれど……

その時、くるぶしに何かが当たった。波が運んできたものか、穏やかな漣《さざなみ》が肌を撫《な》でるのとは違う感覚がして、早く目を開けたくなる。蟹《かに》とか、ウツボとかだったらどうしよう。

けれど、神殿長がいいと言うまでは決して目を開けるなと言われていた。

「目を開けてくだされ、巫女《みこ》様。あなた様の足元にあるのは何でございましょうか」

神殿長に声をかけられ、ようやく目を開ける。開け放たれた海側の扉から入り込む真昼の光の眩《まぶ》しさに目をしばたたきながら、私は足元に流れついた小さな瓶を拾い上げた。

その中にはたっぷりとした星の砂と一緒に、一粒の海の宝珠が納められている。思わず苦笑してしまった。甘くて優しい女神様は、使った海の宝珠を補充してくれることまであるらしい。

「海の女神様からのボトルメールみたいです」

「すっげー！　ホントの巫女《みこ》の儀式ってこんなことが起こるんだな、アメッ！」

「ああ、当然のことだ」

元気なのは初めて儀式を見るというハビエルくんと、熱狂的な信者のアメツさん、二人だ。

「信じられんッッ！」

絶叫した神殿長は、目を見開いたまま真後ろにバタンと倒れた。神官は騒然とする。

彼らの反応を見るに、これまで本当の巫女《みこ》が輩出《はいしゅつ》されたことはなかったのかもしれない。

「ガリアストラ、どうしようか、この状況……」

「放っておけ。やっとまだるっこしい儀式が終わったんだからな」

神殿長も神官たちも初めて見る女神の奇跡に驚いているらしく、互いに抱きしめあって感動を共有していた。確かに、放っておいても問題なさそうだ。

「どこに行くんだい？　ミズキ」

「うーん、海辺かな」

開け放たれた海側の扉から出て、冷たい砂の感触を足裏で味わう。

女神様にボトルメールのお礼を言おう。そして、これからよろしくお願いしますって。

優しくて少し怖いこの世界でこれから生きていくのだから、最初が肝心だ。

「ミズキ、俺も行く」

「ガリアストラも女神様に用事があるの？」

「俺が用事があるのは、その、君だ」

妙に歯切れ悪く言い、ガリアストラが靴を脱いで私についてきた。

「言いにくいこと？　海の宝珠を使いたいならあげようか？　私は特に叶えたい願いはないし」

「いらねえよ。君に元の世界に帰られるのが嫌で、持たせているのは気になるってのはあっても……改めて言うのはどうも気恥ずかしくはあるんだが」

ガリアストラが私を睨《にら》んだ。睨《にら》んだとはいっても頬を赤らめているので怖くはない。

「なんで俺がこんなに緊張しなきゃならねえんだよ。俺はなあ、ガリアストラだぞ？　女に求められる側の男だってのによお」

「私なんか相手にガリアストラみたいな人が緊張するのは、確かに変な話かもね」

「おいミズキ！　別に俺はそんなことが言いたいわけじゃねえぞ！」

「私のことが好きだから緊張してくれているんだよね？」

ガリアストラが言葉を失いたじろいだ。耳が真っ赤になっている。

その顔を見ていると勇気が湧《わ》いてきた。彼に向かって一歩近づく勇気。

そして先手を打って彼をあたふたさせたいという悪戯心《いたずらごころ》が。

「私もガリアストラのことが好き。これからも結婚を前提にお付き合いしていただけますか？」

「〜〜〜〜っ！　俺が今まさに言おうとしてたってのに！」

予想通りにガリアストラが真っ赤になって憤慨してくれたので、私は歓声をあげたくなるくらい幸せになったのだった。

この作品に対する皆様のご意見・ご感想をお待ちしております。
おハガキ・お手紙は以下の宛先にお送りください。

【宛先】
〒150-6005 東京都渋谷区恵比寿 4-20-3 恵比寿ｶﾞｰﾃﾞﾝﾌﾟﾚｲｽﾀﾜｰ 5F
（株）アルファポリス　書籍感想係

メールフォームでのご意見・ご感想は右のＱＲコードから、
あるいは以下のワードで検索をかけてください。

アルファポリス　書籍の感想　検索

ご感想はこちらから

異世界《いせかい》で身代《みが》わり巫女《みこ》をやらされてます

山梨ネコ（やまなしねこ）

2019年 10月 5日初版発行

編集－黒倉あゆ子
編集長－太田鉄平
発行者－梶本雄介
発行所－株式会社アルファポリス
〒150-6005 東京都渋谷区恵比寿4-20-3 恵比寿ｶﾞｰﾃﾞﾝﾌﾟﾚｲｽﾀﾜｰ5F
TEL 03-6277-1601（営業） 03-6277-1602（編集）
URL http://www.alphapolis.co.jp/
発売元－株式会社星雲社
〒112-0005 東京都文京区水道1-3-30
TEL 03-3868-3275
装丁・本文イラスト－泉美テイヌ
装丁デザイン－AFTERGLOW
（レーベルフォーマットデザイン—ansyyqdesign）
印刷－中央精版印刷株式会社

価格はカバーに表示されてあります。
落丁乱丁の場合はアルファポリスまでご連絡ください。
送料は小社負担でお取り替えします。

ISBN978-4-434-26503-7 C0093